Delenda

E o Vale dos Segredos

Amanda Reznor

Delenda
E o Vale dos Segredos

MADRAS*TEEN*

© 2015, Madras Editora Ltda.

Editor:
Wagner Veneziani Costa

Produção e Capa:
Equipe Técnica Madras

Ilustrações:
Amanda Reznor
A Herança – Fantasy, Sergey Solomko, 1870
Estalagem – The Temptation of Saint Anthony – Hieronymus Bosch, 1460
A Casa da Baixa Montanha – The Chateau de Chillon, Gustave Courbet, 1874
Não Fique a Sós... – The Forest, Gustave Doré, 1883
Mistérios Macabros – The Library in the Palais Dumba, Rudolf von Alt, 1877
A Descoberta – A Mountain Lake, Albert Bierstadt – 1902
Use a Chave! – Hall in the Magic Castle, Vasily Polenov, 1883
Perda Irreparável – Head of Medusa, Frans Snyders, 1657
Revelações – Still Life with Candle, Gerrit Dou, 1660
O Mapa – Death and the Miser – Hieronymus Bosch, 1485
Mentiras? – A Monster Rat from the Raigo Ajari Kaisoden, Katsushika Hoku-Sai, 1849
Profecia – The Temptation of Saint Anthony – Hieronymus Bosch, 1470

Colaboração:
Isabella Junqueira Costa

Revisão:
Margarida Ap. Gouvêa de Santana

Dados Internacionais de Catalogação na Publicação (CIP)
(Câmara Brasileira do Livro, SP, Brasil)

Reznor, Amanda
Delenda / Amanda Reznor. -- São Paulo : Madras, 2015.

ISBN 978-85-370-0947-5

1. Literatura fantástica brasileira I. Título.

15-01390   CDD-869.9

Índices para catálogo sistemático:
1. Literatura fantástica : Literatura brasileira 869.9

Proibida a reprodução total ou parcial desta obra, de qualquer forma ou por qualquer meio eletrônico, mecânico, inclusive por meio de processos xerográficos, incluindo ainda o uso da internet, sem a permissão expressa da Madras Editora, na pessoa de seu editor (Lei nº 9.610, de 19/2/1998).
Madras Teen é um selo da Madras Editora.

Todos os direitos desta edição reservados pela

MADRAS EDITORA LTDA.
Rua Paulo Gonçalves, 88 – Santana
CEP: 02403-020 – São Paulo/SP
Caixa Postal: 12183 – CEP: 02013-970 – SP
Tel.: (11) 2281-5555 – Fax: (11) 2959-3090
www.madras.com.br

Agradeço ao apoio da minha família, em especial a meu pai, cujas críticas diretas e justas foram imprescindíveis ao meu crescimento, e ao meu único avô, cuja gramática fluiu para o meu sangue; agradeço também a um matemático do extinto Colégio Ápice de Pindamonhangaba – Prof. Aguinaldo – *quem primeiro acreditou em mim.*

Dedico este livro a todos os corações ofendidos do mundo que, em algum momento da vida, dispararam ao reconhecer algo mais por trás de um sussurro, uma sombra ou um ruído [...], depois sendo, no entanto, por seus próprios donos desmentidos.

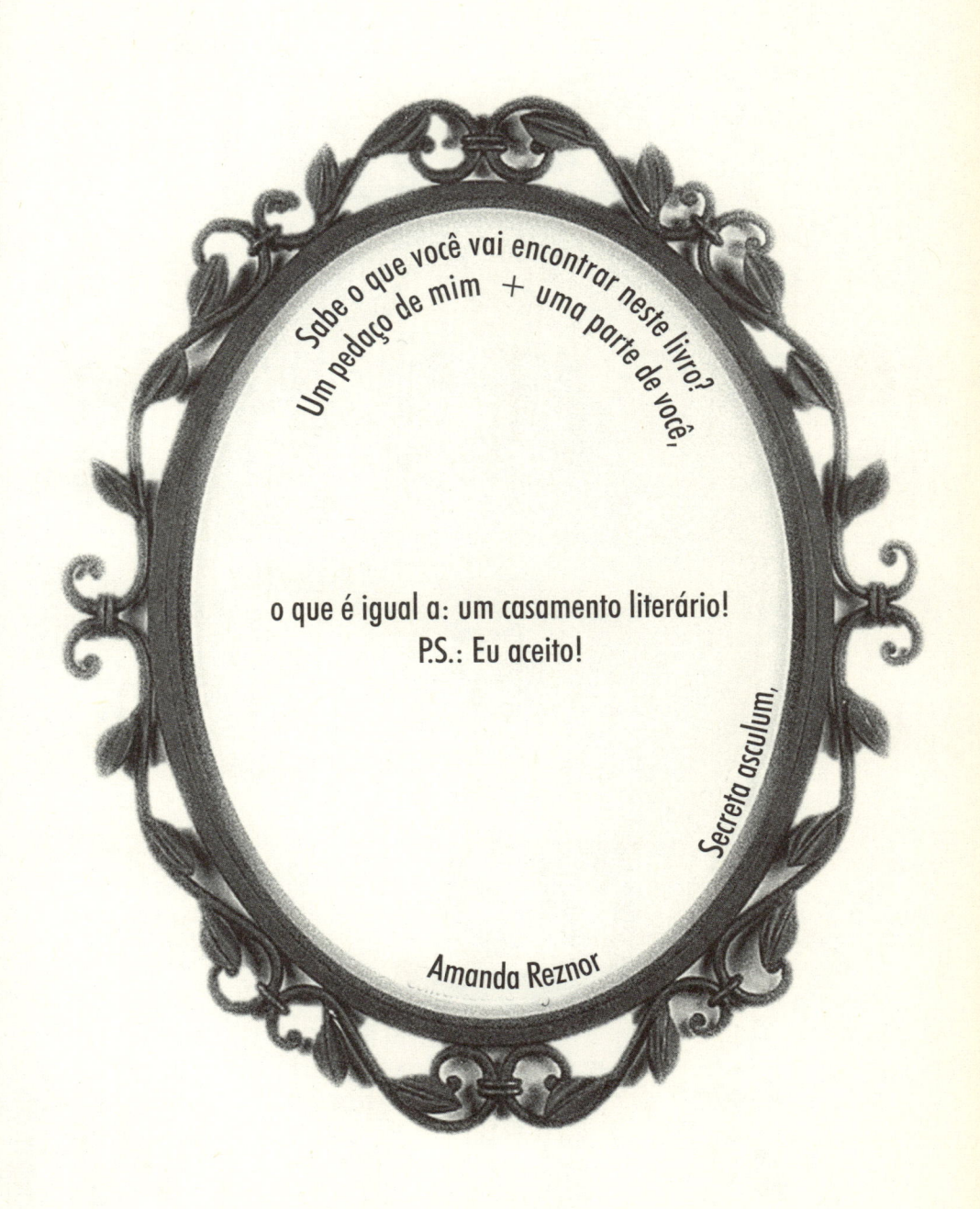

Sabe o que você vai encontrar neste livro?
Um pedaço de mim + uma parte de você,

o que é igual a: um casamento literário!
P.S.: Eu aceito!

Secreta asculum,

Amanda Reznor

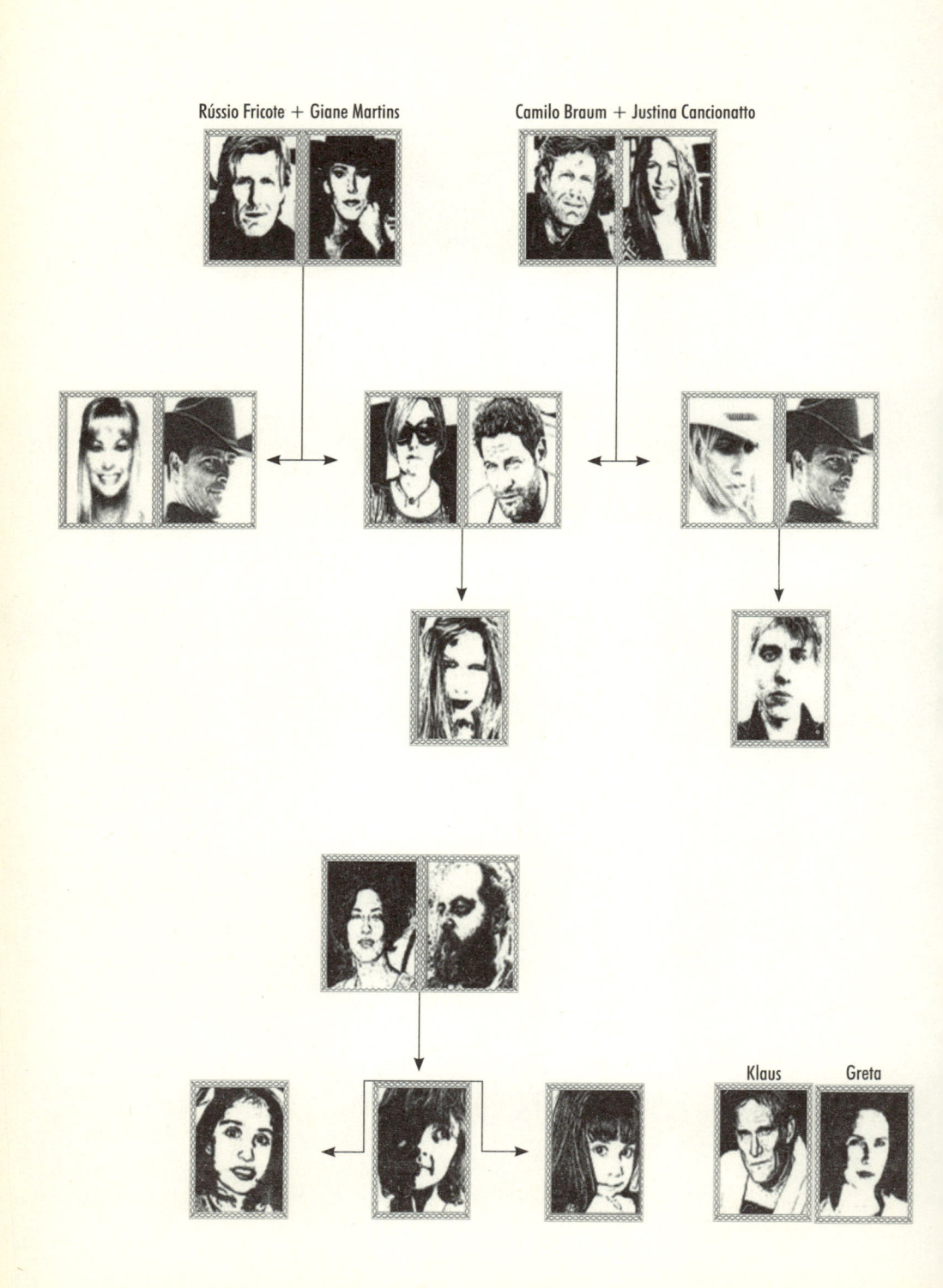

Rússio Fricote + Giane Martins   Camilo Braum + Justina Cancionatto

Klaus   Greta

Ramires Queirós + Lina Diablo

Celita Vergassen + Hélio Pereira

Inocência Machado

Gorete   Pe. Adelino   Dr. Klein   Nottemin   Sarita   Getúlio   "Bigodôncio"

Índice

Apresentação 15
Exordium 18
I A Herança 24
II Adeus..36
III Estalagem 46
IV A Casa da Baixa Montanha 56
V Não Fique a Sós 72
VI Mistérios Macabros 94
VII A Descoberta... 106
VIII Dr. Klèin 130
IX Use A Chave! 150
X Perda Irreparável...170
XI Revelações 190
XII O Mapa 206
XIII Mentiras?...222
XIV A Cilada...240
XV Profecia 264
Anexo – Mapeamento da Mansão...............................283
Considerações Finais 287
Agradecimentos Especiais..292

Apresentação

> *"Durante toda a minha vida como escritor, tenho defendido a ideia de que na ficção o valor da história prevalece sobre todas as outras facetas do ofício da escrita; caracterização, tema, atmosfera, nada disso vale alguma coisa se a história não tiver graça. E se a história conseguir prendê-lo, todo o resto é perdoável."*
>
> Trecho do prefácio de Sombras da Noite, de Stephen King

Só agora terminei de escrever o meu primeiro livro solo, *Delenda*. E não que ele tenha ficado perfeito – longe disso. Mas acredito que consegui alcançar meu propósito, a mensagem que eu pretendo repassar – e isso me basta.

Escrever pode parecer simples para quem acha que "é só ter o dom". Mas não é, nem um pouco – mesmo para aqueles que mais se identificam com a atividade. E isso porque escrever exige estudo, lotes de conhecimento. Para falar sobre qualquer coisa, preciso dominar aquele assunto, ou ao menos saber o básico para não me perder (ou mentir) ao me aprofundar nele.

Se eu falo de uma pessoa que está adoentada, por exemplo, tenho que pesquisar a doença, seus efeitos, sua cura, seu tempo de vida; se cito uma casa antiga, preciso conhecer História da Arquitetura e, se eu fizer essa casa explodir, devo ter a mínima noção de Física, desde que eu queira explicar as coisas direito, e até de Engenharia Civil, Geologia ou Química, de acordo com o nível de detalhamento.

Quando comecei a frequentar eventos e conhecer outros autores, percebi que existe um grande número deles que também são programadores, ou ligados à Tecnologia da Informação. Inicialmente, eu não entendia o porquê dessa relação, já que a tendência é que as pessoas associem os escritores a áreas como Jornalismo, Letras e afins. O motivo, entretanto, é bem claro, e agora o percebo: escrever um romance exige exímio raciocínio lógico, como a capacidade de organizar uma cascata de informações interligadas que, tal qual um programa de computador, para ser corretamente "compilado" pelo leitor deve seguir um caminho estruturado e sem *bugs*, correndo o risco de se tornar inconsistente.

Assim, muitas vezes me vi em apuros antes de concluir esta estória, que se passa dentro do Vale dos Segredos (um mundo particular que criei e venho aprimorando desde então). E isso não apenas pelas dificuldades da escrita em si, mas também pelo fato de que, paralelamente ao livro, um autor precisa coordenar seu casamento, filhos, estudo, trabalho... Realmente, nada fácil.

Por isso eu lhe peço que, se encontrar algo que o desagrade, um erro absurdo, fatídico, ou mesmo um caso simplório, critique-me, sim. Você estará me ajudando a crescer. E, quando encontrar algo digno de nota, por favor, aponte-o também. Assim eu saberei que estilos deverei levar adiante, e quais manias precisarei eliminar pelo caminho.

Finalizando esta minha introdução, quero dizer que o que você vai ler nas páginas seguintes é diferente de tudo o que já viu – sem clichê. E por que eu posso afirmar isso? Porque eu *vivo* no Vale dos Segredos. Eu conheço seus mistérios, encantos e monstros. E foi com um pedido de licença que, gentilmente, eles me concederam esta estória que eu agora apresento a você.

Boa leitura!

Vou te contar uma coisa que eu sei e que ninguém mais sabe.

Está pronto para ouvir?

xordium

É tarde, as luzes dormem. No céu a lua cintila, avisando aos seres insones que está liberada a festa noturna. Vamos, abram os olhos, convida ela, é o meu raiar que vos clama, e minhas filhas – seus milhares de olhos estrelados – aguardam ansiosas pela vossa agitação. Querem ver as cores que saltam das sombras pela noite, quebrando o contraste enegrecido das curvaturas das árvores, ou das rochas, das construções humanas. Suspiram por uma paixão que espaireça entre ramos, pelo vapor dos corpos que transitam nos cantos, pelo suco escarlate que espirra dos poros. Porque lá de longe, no firmamento, essas criaturas disformes e luminescentes nunca estão satisfeitas; lançam-nos ondas magnéticas, atravessam nossos cérebros e, sem nossa permissão, nos oprimem com sua voracidade: Queremos mais!

Os canídeos ficam loucos. Gatos fogem, ensandecidos. As sereias estouram, aos gritos, e os mais sensíveis se vertem em poemas, os dedos trementes, a mente ausente, sua alma é sugada por letras. E o satélite, lá em cima, ouve a garganta esgoelada que profana a atmosfera, invade altitudes e atinge sua superfície selena. Ela reflete toda a dor, solidão e pena, e assim vai engrandecendo, alimentada, comensal do amor e da morte serena...

E foi assim, diante de tais espectadores soturnos, que alguma coisa incomodou Cláudia no mais fundo da alma. Ela, que nadava profundamente no vácuo do inconsciente, foi resgatada por uma garra áspera e cortante, asfixiada pelos desejos obscuros que pareciam se elevar sobre os demais naquele instante: o quente, o vermelho – querem sangue. O seu, o meu, o deles, todo fluido vital é bem-vindo, ainda mais quando o solo ressequido já arregaçou a bocarra para se alimentar da carne. Por um tempo suas entranhas sossegaram, saciadas, mas basta um perigeu como esse para que o solo seja forçado a exigir mais.

A lua ri – é sádica – e instiga os elementos famélicos, destilando a carnífice etérea: – Vós que tendes fome, vos alimentai! – berra às moléculas desprevenidas, que, atordoadas e com os ouvidos inflamados, agarram-se às hemácias e mordem suas cápsulas, arrebentando-as em rúbias gotículas e coagulando a moral, que entope o bom senso, transmitindo aos impulsos nervosos a transcendental insanidade...

O tremor volta a vibrar no corpo de Cláudia, agitado por aquela ordem lunática. As pálpebras escondem seus olhos, covardes. Sente o coração bater mais forte, e aquele líquido bombeado parece ficar cada vez mais espesso, dificultando a respiração. O incômodo duplica, as mãos suam sob o cobertor.

Desperta.

A penumbra a cerca de forma sufocante. Cláudia se revira na cama, mas os músculos demoram a acompanhar seus movimentos. Finalmente o eflúvio sanguíneo a preenche, e ela consegue saltar para longe daquele antro. Procura pelo interruptor – a luz seria muito bem-vinda – mas ele não funciona. Sem energia? Ela sente que vai vomitar... Dobra-se sobre o abdômen, as vísceras contorcidas como mil cobras em um apertado ninho.

Volta a erigir o corpo, sendo encarada pelos vitrais enluarados. Um medo primitivo se descarrega em seus membros, amolecendo-os, e ela sente desesperadamente que precisa sair dali. Perto da escada, procura pela bolsa de mão – amanhã voltaria para buscar as malas. Percebe o vulto dos degraus, envoltos na atmosfera sombrosa, e os desce cautelosamente, atordoada pela impressão de que as escadas a carregam em uma língua de madeira, rumo à garganta de um monstro invisível.

Percorre o cubículo e o corredor seguinte em passadas rápidas. Quando chega à curva que o corredor faz à direita, em frente às portas da biblioteca, fica com a sensação de que algo a persegue. Desvia dos objetos que emolduram o corredor e, ao avistar a escadaria principal, avança com maior velocidade.

Atropela um pé, outro pé, um pé, outro pé, tropeça, cai, rola.

Vira a cabeça para o alto da escada, como se algo estivesse pronto para agarrá-la, ali, indefesa, mas os degraus continuam assustadoramente calmos. Ergue-se e, sem ter sofrido maiores danos que o susto, percorre o ladrilho axadrezado até o saguão de entrada, em direção à porta dupla de carvalho – a única comunicação com o exterior que ela conhece até o momento. Agarra um dos trincos e o gira... Trancada!

Gotas de suor brotam em sua testa. Abre a bolsa e procura o molho de chaves, mas não o encontra. Lutando contra o desespero, tenta se lembrar de onde o havia colocado. Não estão no trinco. Ela se agacha, tateia o tapete aveludado, mas também não está por ali. Vai até a mesa de centro, levemente iluminada pela luz que atravessa as cortinas sobre as vidraças. Nada.

Cláudia repuxa a gola do moletom, como se o elástico que aperta o seu pescoço fosse o causador de todos os infortúnios. Poderia ter deixado as chaves na cômoda ao lado da cama, mas não teria fôlego para retornar ao quarto no meio dessa escuridão.

Quando mira o longínquo espaço a separá-la do hall nublado da escadaria, seu estômago volta a dar cambalhotas. Dirige-se aos grandes vitrais do saguão, ocultados por suas imponentes cortinas cor de vinho, imaginando se aquelas paredes vítreas não teriam alguma abertura, qualquer que fosse. Mas a ausência de fechos alisa os vitrais como sorrisos lustrosos, expondo por detrás dos panos um gigante gramado fresco, alumiado pela lua cheia e igualmente pálida... Nenhuma abertura para o exterior. Observando a claridade que contrasta com a escuridão da casa, Cláudia sente aumentar a certeza tenebrosa de que há algo errado na atmosfera interna.

Mas seu desejo de liberdade aumenta por causa da grama que, inerte como um *View of Rouelles*[1] de passividade calculada, acalma suas retinas e renova sua coragem – ela resolve aventurar-se até o outro lado do salão. Andando rápido, como que para despistar a consciência do perigo surreal a cercá-la, cruza o saguão e o hall, tentando não olhar para as escadas. Depara-se com uma porta azulada bem à frente. Entra.

Um leve odor de papel velho e mofo invade suas narinas, denunciando uma estante de livros. Ela é atraída ao banheiro, por causa dos raios lunares que atravessam a porta aberta, identificando primeiro a janela, armada em um basculante redondo e estreito, mas que permitiria passagem.

Cláudia fecha o tampo do vaso sanitário e nele sobe, a fim de alcançar a abertura. Puxando um trinco, força o vidro para a frente, deixando uma abertura em semicírculo acima e abaixo do contorno de madeira. Em seguida, com um impulso, encaixa o corpo no vão e

---

1. *View of Rouelles* – uma das primeiras pinturas de Monet, retratando um exuberante descampado na Normandia.

respira, aliviada, o ar gélido da noite. Deixa-se escorregar, então, ao que cai sobre o mato espesso e orvalhado.

Para além do campo aberto ao seu redor, somente trevas delineiam a paisagem, e o medo, que ela imaginava ter abandonado lá dentro, pula das copas e vem quicando para cima dela, engalfinhando-se em seu peito. Ela corre até sua portentosa salvadora: a picape. Abre a porta, dá a partida com força e pisa no acelerador, ignorando as importantes recomendações que havia recebido no dia anterior: não enfrentar a estrada durante a noite.

Provocado, assim, pela alteração da inércia, o estômago também resolve se manifestar. Sentindo a boca salivar, prestes a expelir um conteúdo anônimo, a cabeça reclama suas dores, sendo engatilhada por um vulto que, atravessando rápido o caminho à frente do carro, a faz revirar.

O para-choque é esmagado contra uma nogueira, que revida o impacto com um golpe de seu tronco, e o *airbag* explode em um travesseiro informal, aconchegando a face inconsciente de Cláudia...

Algumas semanas antes...

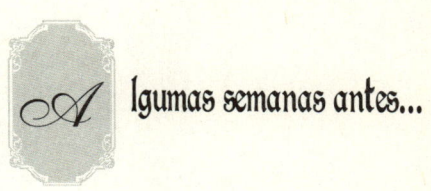

A herança

Chove. A tempestade lança trovões que estremecem a estrutura da casa. Em um dos quartos uma menininha se contorce sob as cobertas. Seu corpo vibra a cada relampejar – ela pressente o estrondo e sofre com o medo que estridula em sua espinha, vertendo os sonhos em pesadelos. Mais um raio e a penumbra do quarto é momentaneamente afastada, dando espaço à luz fantasmagórica que revela os móveis e a porta-janela da sacada. De repente, um ruído... A menina desperta, mas demora a abrir os olhos, retornando lentamente do mundo onírico à sua cama. Quando o faz, vê a sacada por uma faixa vertical, que parece espiá-la pela porta entreaberta. Venta forte e o trinco da porta tremula, impaciente, retirando-a por completo da sonolência. Aquela porta não deveria estar aberta!

Relutante, ela se levanta e calça suas pantufinhas, largadas à margem da cama. Estende a mão para puxar o trinco, mas um vulto que passa brevemente pelo lado de fora a impede de fazê-lo. Curiosa, em vez de fechar, ela empurra uma das laterais da porta, procurando a sombra pela sacada enquanto usa a madeira da janela para esconder seu corpo. É então que avista, na caixa d'água da casa vizinha, um grande pássaro negro. Ele ostenta uma corrente oscilante no bico e, percebendo o olhar da menina, vira a cabeça para ela, exibindo seu par de órbitas rubras.

Hipnotizada por aquele brilho escarlate, quase magnético, a pequena abandona a proteção do quarto e avança pelo piso gelado, discernindo o objeto dourado que reluz pendurado na corrente: uma chave. Um desejo imenso de posse a invade, fazendo-a reprimir qualquer sensação de perigo. Quando está prestes a atingir o beiral da sacada, porém, aquele pássaro negro de bico alaranjado toma a forma esguia de um homem curvado, cabelos espetados, a cabeça voltada para a garota e um malicioso sorriso nos lábios descarnados...

Cláudia despertou, coberta de suor. Passou a mão pela testa, afastando algumas gotas, e jogou o edredom para o lado, incomodada com o calor. Apoiando-se na cabeceira da cama, absorveu, pelas íris pardas, os raios solares que atravessavam as frestas da janela, pensativa... *Toc-toc* – uma senhora de longos cabelos alvos e óculos redondos empurrou a porta e entrou no quarto, graciosa, trazendo uma bandeja com o café da manhã.

– Vó?

A senhora voltou os olhos azulados para a neta.

– Bom dia! Dormiu bem, filhinha?

Cláudia recebeu a bandeja no colo e agradeceu, contrafeita. Sabia que a vovó Geórgia fazia de tudo para agradá-la, mas não queria que ela se esforçasse tanto. Ficou estática por alguns segundos, observando as mãos enrugadas da velha se dobrarem em conchas, uma envolvendo a outra, inquietas por não estarem tricotando, cozinhando ou lavando a roupa.

– Clau, você tá bem?

– Ah, desculpe, vó, é que eu tive um pesadelo.

– De novo? – Geórgia se espantou, sentando-se no beiral da cama. – Você quer me contar?

Após morder uma torrada lambuzada de mel, a neta respondeu, entre creck-crecks:

– É aquele mesmo sonho, vó, de quando eu tinha 6 anos... Aquela gralha que vira um homem de repente!

A avó balançou a cabeça, irritada.

– Já te avisei, menina, já avisei: tem que ir lá na benzedeira pra tirar esse mau-olhado de cima de você! Mas antes esse passarinho aí era um corvo, não era?

A neta riu da crendice da avó.

– Eu achava que era, vó, mas aí fui pesquisar e descobri que é uma gralha. Os corvos têm bico preto, e essa ave do meu sonho tem o bico laranja.

Geórgia se levantou, ainda sacudindo a cabeça, e abriu as janelas.

– Vamos deixar o sol entrar. Quem sabe ele não leva essas coisas ruins daqui?

Cláudia aquiesceu, sorrindo, e recebeu um afago carinhoso da avó nos cabelos castanhos, ficando a sós com sua xícara de leite e meia torrada. Já tentara decifrar aquele pesadelo por muitos meios – dicionários de sonho, de símbolos, de psicologia... Mas não encontrava nada que fizesse sentido. A gralha, pelo xamanismo, poderia estar ligada a premonições, mas, em se tratando de um sonho no qual ela era ainda criança, isso não parecia se relacionar...

Enquanto o quebra-cabeça martelava na cabeça de Cláudia, do lado de fora do sobrado o esquisito vizinho, Klaus, se aproximou. Como sempre, ele invadiu as vidraças da casa com o olhar, perscrutando os andares à procura do seu antigo objeto de interesse, aquela de nariz arrebitado, lábios bem feitos e ar sapeca, que eternizava nas mentes perversas a figura inocente de menina.

Esvaziada a xícara, Cláudia desceu as escadas e surpreendeu a porta da entrada aberta. Virou-se para o lado e levou um susto, quase derrubando a bandeja que tinha nas mãos – Klaus havia atravessado o jardim e estava parado na sala. Ao vê-la, teve um sobressalto ainda maior, soltando uma caixa que trazia sob um dos braços.

Levando a mão à boca, Cláudia hesitou antes de demonstrar sua indignação:

– Mas o que o senhor está fazendo dentro da minha casa?

Com um olhar perdido e sonhador, que irritou ainda mais a garota, ele respondeu, segundos mais tarde:

– Eu não sei...

– Como é? Não sabe? – ela disse já abrindo a porta, em um gesto autoritário. – E se eu chamar a polícia, o senhor vai saber?

O vizinho permaneceu com um ar abobalhado, suas narinas dilatadas respirando calmamente sob as olheiras do rosto magro. Cláudia arregalou os olhos e inclinou a cabeça bruscamente para a direita, indicando a saída.

Sob a ordem silenciosa, Klaus deu um pinote em direção à rua, abandonando a caixa atrás de si.

– Ei, e leve isto com vo... – antes de completar a frase, porém, Cláudia leu o que estava escrito no topo da embalagem de papelão.

– Para Cláudia... Blaise?

Ela sacudiu o caixote, apreensiva. O que aquele tarado estaria planejando desta vez? Seguiu com a caixa, a bandeja e a xícara vazia, passando pela copa e virando na direção da cozinha. Foi então que, surpreendida, quase deixou escapar novamente o que carregava nas mãos: a avó entoou um desafinado parabéns e bateu palmas ao ver a neta surgindo no seu campo visual. Absorvida pelas aulas do primeiro semestre da faculdade, Cláudia simplesmente havia se esquecido do próprio aniversário!

– Oh, vozinha, a senhora não precisava... – agradeceu.

A voz estava embargada pela emoção de ver a mesa recheada de salgados e docinhos, destacando ao centro um pequeno bolo liláceo.

Provavelmente a avó não havia escutado a discussão na sala, e talvez fosse até melhor assim, pois Cláudia já havia notado que os motivos que levavam sua vó ao limite do estresse eram cada vez menores.

– Você achou mesmo, Clau, que iria passar em branco? E logo no ano em que a minha filhinha entrou na Universidade de Farmácia?

Depois de deixar a bandeja com a caixa e a xícara sobre uma cadeira, Cláudia abraçou a avó, cada uma felicitando-se por razões diferentes: a mais velha, por orgulho e sensação de dever cumprido; a mais nova, por recompensa e mimo.

– Vamos, faça um pedido!

Cláudia desejou um século de vida próspera – o que mais poderia querer? – e assoprou a vela.

O número dezoito, destacado sobre uma plaquinha em relevo, a alertou de que agora não haveria retorno: ela fez sua incursão no mundo adulto. Recorreu a uma espátula enquanto a avó depositava dois pratinhos de porcelana sobre a mesa, louça decorativa reservada apenas aos momentos especiais. Cláudia então retirou a vela de sobre o *chantilly* e... Uma ponta negra se revelou na superfície espumosa.

– O que é isso?

A avó sorriu, entrelaçando os dedos caídos sobre o regaço. Auxiliada por um guardanapo, Cláudia segurou o plástico pela ponta e o puxou para cima.

– Vó, isso aqui não é uma...

– Seu presente, filha!

– Vó!!! – Cláudia enlaçou Geórgia mais uma vez, a chave de um automóvel apertada com força na palma da mão. – Que cor é, que modelo? Vó, quanto foi esse carro?

– Calma, filha! Ô, mas quê? Você sabe que não se conta o preço de um presente!

A menina exultou com a notícia, intumescendo as glândulas lacrimais, que retiveram as reservas salinas com dificuldade.

O bolo foi cortado e servido. Uma mordida vigorosa antes que o recheio de amoras escorresse... Cláudia flexionou as pernas para se sentar, sentindo o volume esquecido sobre a cadeira. Não querendo revelar o acontecido à avó, tentou colocar a caixa discretamente sob a mesa, mas Geórgia percebeu o movimento.

– O que é isso? – perguntou ela.

A neta estremeceu, pega no flagrante.

– Isso? Ah... Bom...

A avó lançou um olhar que derrubou quaisquer possibilidades de desculpas. Cláudia confessou:

– Bom, eu não queria deixar a senhora preocupada, mas é que aquele vizinho, o Klaus... Ah, ele entrou em casa e...

– Entrou em casa? E você nem me chamou?

– Eu... Eu fiquei sem ação, vó. A porta estava aberta e ele estava parado na sala, que nem um zumbi, com essa caixa! Quando me viu, deixou a caixa cair, depois saiu correndo... – ela achou melhor encurtar os pormenores.

– Mas o que é isso? Aquele pervertido te trouxe um presente?!

– Bom, só tem um jeito de saber... – Cláudia recortou os adesivos que impediam a abertura do embrulho, com o auxílio de uma faca, enquanto a avó resmungava que iria denunciá-lo à polícia.

Cláudia levantou a aba lateral. Estranhos objetos viajaram pela sua imaginação. Seria algum animal peçonhento, uma boneca, o quê? Escorregou para a mesa uma segunda caixa, de madeira abaulada, e soergueu o tampo, descobrindo um molho de chaves e uma carta.

Geórgia curvou o corpo sobre a mesa, deixando as bochechas penderem flácidas pelo rosto.

– O que é? – inquiriu, em um misto de curiosidade e estranhamento.

Cláudia recolheu o envelope, retirando algumas folhas dobradas de seu interior. Quando as leu, seu semblante se contraiu em pequenas rugas. Geórgia começava a ficar preocupada.

– Mas o que é isso, Clau? – repetiu a velha.

Cláudia enrolou.

– É... É um... Não, deve ser brincadeira!

– O quê, que está escrito aí?

A neta dobrou as folhas, impedindo que a avó as lesse, mas, se o conteúdo fosse verdadeiro, não seria algo possível de esconder.

– Cláudia, assim você vai me matar do coração! Fala o que é isso! É um recado sem-vergonha daquele vizinho pervertido, é?

– Não vó, não tem nada a ver com o senhor Klaus. Na verdade é um...

– Um o quê? O quê que é?

– Um... É um testamento!

Sentando-se na cadeira, que ficara abandonada atrás de si, a velha demorou a concatenar o vocábulo ao sentido. Um testamento?

– O quê?! Mas de quem?

A neta levou o olhar assombrado para a avó. Sabia que a notícia faria seu coração pulsar com força superior à necessária.

– Do Alfredo...

A velha ergueu uma sobrancelha.

–... Blaise!

Enquanto o cérebro de Geórgia associava as palavras, Cláudia percebeu um segundo papel sob as chaves – um mapa. E, quando o retirou, uma chave menor foi revelada, presa a uma correntinha dourada...

Uma gralha perdida, em um voo rasante, aterrissou na mente atônita de Cláudia, enquanto Geórgia desvanecia.

Passava do meio-dia. Cláudia demorou a consolar a avó, e agora ela estava deitada no sofá da sala, a televisão ligada em um canal qualquer. A neta lhe entregou um chá de menta adocicado, sentando-se sobre o respaldar ao lado da velha.

– Você não sabia mesmo dessa mansão, vó?

A senhora crispou os lábios arroxeados, misto de raiva e tristeza.

– Eu não tenho notícias do seu avô desde que ele me deixou, filhinha. Soube apenas da morte dele, por causa da pensão que me coube; de onde ele esteve, o que fez e dessa mansão aí eu não fazia ideia!

Cláudia não sabia o que dizer. Seu passado sempre fora nublado pelos carinhos quase sufocantes da avó superprotetora. Qualquer coisa que, a partir do julgamento de Geórgia, pudesse machucá-la, era filtrada e descartada de seus conhecimentos.

– Eu sei que isso te chateia muito, vó... Mas... A senhora não pode continuar guardando tudo para você! – ou escondendo de mim, pensou consigo mesma.

– Mas como é que essa caixa foi parar nas mãos do vizinho? – Geórgia mudou de assunto propositalmente.

– Isso eu não sei, mas ele estava muito estranho! Talvez alguém tenha dado a ele alguns trocados para fazer a entrega, e ele se aproveitou disso para xeretar a casa...

– É, melhor deixar a polícia avisada!

— Mas a senhora fugiu da conversa, vó! Eu quero saber por que você não fala nem da mamãe, do papai ou do vovô?!

Diante da insistência, Geórgia, como um rato acuado, fez a única coisa que poderia após uma tentativa de defesa malsucedida: guinchar para assustar o predador.

— Tem certas coisas que é melhor levar para o caixão, Cláudia! — vociferou, irritada, e a neta o sentiu ao ser chamada pelo nome.

Ainda assim, resolveu que não iria se conformar com o silêncio — não desta vez! Nunca tivera notícias da mãe ou do pai; a avó era filha única, seus bisavós já haviam morrido e os parentes mais próximos moravam na terra natal avoenga, continente que Geórgia não visitava desde que se casara com Alfredo. E a avó se recusava a comentar quaisquer detalhes da vida do filho, da nora ou do ex-marido, sendo que, até então, a neta se contentara com suas vagas referências à incógnita desse pedaço da história. Mas uma mansão havia se insinuado, e esse acontecimento era mais que suficiente para turbilhonar o lago plácido em que repousavam suas recordações...

— Vó, preste atenção. Eu recebi um testamento, e nele está escrito que Alfredo Blaise me legou uma casa e um terreno com mais de 3 mil metros quadrados. Eu só sei que a casa fica no norte, mas nunca saí desta cidade, a senhora sabe, e acho que, pela minha própria segurança, você deveria me contar mais sobre esse homem!

A avó, sisuda, não se deu por vencida, sentindo-se traída pelo destino. Que direito Alfredo tinha de roubar tudo o que mais lhe importava nessa vida — seu coração, sua inocência, seu filho, sua felicidade e, agora, sua única neta?

— A senhora já parou para imaginar, vó, que, por mais que não toque no assunto, já tem 68 anos, e que, bem ou mal, não vai estar aqui para me proteger para sempre? E depois que a senhora, bem, não gosto nem de imaginar isso, mas depois que a senhora "for para o céu", com todos esses segredos, quem vai me orientar, quem vai estar aqui para cuidar de mim, senão eu mesma? Não sou mais aquela menininha de 6 anos do meu sonho, vó. Eu preciso que confie em mim!

Uma lágrima grossa e solitária lambeu a face encovada e se espalhou pelo tapete da sala. Cláudia se penalizou por estar sendo dura com a avó, mas, afinal, retirar aquele peso de sua memória talvez lhe fizesse bem.

Com um longo suspiro, a velha se preparou para a maratona de palavras que seus pensamentos impediam de fluir, tolhidos pelo peso de anos de clausura:

– Lembro quando te trouxeram pra cá. Tão pequenininha... Cabia numa caixa de sapato! Seu avô que te trouxe, logo depois que nasceu. Nem mamou no peito, uma judiação! E eu não dizia essas coisas pra você não ficar com ressentimento, filha. Sempre tive dó de ver você aqui, crescendo sem nem conhecer os rostos da sua mãe e do seu pai!

Cláudia concordou com a cabeça. Estava empolgada por receber aquelas informações de difícil acesso, como se o segredo de sua geração fosse a sinopse de um filme dramático, e não uma peça da qual participava.

– O triste, filha, é que você veio logo depois que o seu pai morreu, e ninguém estava preparado pra uma coisa dessas! Sua mãe não quis nem te ver, pedindo que a levassem para o seu avô e desaparecendo no mesmo dia.

– Nossa... Deve ter ficado depressiva! Mas, vó, você falou do meu pai, que ele morreu... Como foi isso?

Geórgia se ajeitou no sofá. Parecia desconfortável.

– Ninguém sabe direito como foi. Quinze de abril de 1994, eu me lembro bem, o céu tava se desmanchando em cima da cidade e sua mãe atravessou a porta da frente com tudo, molhada que nem-sei-o-quê, segurando o barrigão de mais de oito meses e gritando feito louca que o Alfredinho tava no hospital, que não tinha mais jeito...

"Eu quis ir junto, mas o Alfredo não deixou, disse que eu só iria atrapalhar, me largou plantada junto ao telefone e disparou em seguida com a Inocência, sua mãe, para o Hospital das Alteias. E eu esperei. Foram minutos, horas, noites foi o que pareceu, até o telefone tocar.

"Atendi com a mão tremendo. Quase não consigo falar 'alô'. A moça do outro lado perguntou se eu me chamava Geórgia, e respondi que sim. Ela então avisou – infelizmente... Não teve jeito.

A avó suspendeu a narrativa. Sua pele ressequida momentaneamente recuperara o viço, alimentada pela água retida nos poros franzinos. Cláudia a envolveu com os braços, percebendo pela primeira vez, de forma sensata, que a rigidez muscular de Geórgia macerava muitos dias de lamentação.

– Desculpa, vó, desculpa! – pediu a menina, o timbre choroso. – Eu não queria te deixar mal!

Mas a avó a afastou, sacudindo a cachola.

– Não... Não, filha, vo-você tá certa. Eu precisava te contar, e vou terminar de explicar!

"Ainda na mesma noite eu fiquei sabendo que você havia nascido. A tensão fez sua mãe entrar em trabalho de parto. Fiquei muito confusa aqui dentro, no coração, sabe? A tristeza brigando com a alegria. Depois eu não sei te dizer o que foi mais difícil; se a morte do meu querido filho, assim, sem mais nem menos, ou se o sumiço seguido do seu avô e da minha nora. Porque, naquele dia, o seu avô não voltou. Passei a noite em claro, inquieta, o luto e o nascimento enlouquecendo minhas ideias. Só três da tarde do outro dia foi que ele apareceu, trazendo você e um monte de sacolas com fraldas, latas de leite e umas provisões. Então pegou roupas dele, colocou em uma mala e disse que tinha negócios a resolver. Eu entendi o recado – e você também já vai entender.

Cláudia franziu a testa, acentuando a dúvida e a concentração.

"Seu avô era envolvido na política, e insistia com o Alfredinho pra se candidatar a um cargo. Só que essas coisas de política sempre dão muita briga, e eu nunca concordei com essa imposição do seu avô, sabe, Clau? Mas ele teimou, e foi assim. Logo depois que o seu pai se candidatou ao senado, ficou noivo da sua mãe. Eles namoravam havia alguns meses, já, mas eu nem a conhecia, não achei que fosse sério. Vi a Inocência poucas vezes, e, quando a via, ficava uma sensação incômoda... Desculpa falar assim dela, filhinha, mas é verdade. Parecia uma morta-viva, Deus que me perdoe, é sim! O corpo magricela, aqueles braços sem cor, olheira funda e um cabelão escuro que ia até a cintura...

"Mas então, seu avô escondeu de mim que o Alfredinho foi assassinado, achando que eu iria sofrer mais. Eu fiquei sabendo depois por uma amiga que trabalhava no hospital, a Amélia. Você já a viu na vizinhança. Ela disse que o Alfredinho chegou se estrebuchando no pronto-socorro, envenenado, e morreu muito rápido, os médicos nem tiveram o que fazer. Aí o Alfredo botou na cabeça que iria encontrar o responsável a todo custo, mas o que ele encontrou eu não sei, porque nunca mais voltou pra contar!

Cláudia consentiu, encorajando-a a prosseguir, apesar da narrativa nebulosa.

— A última notícia que tive do seu avô foi de falecimento, quando você tava com 1 aninho de idade. Aí a sorte foi a pensão que ficou pra gente, Clau, senão... Aliás, eu tô aqui agora, um nó na cuca tentando entender, o que é que o danado aprontou para arrumar essa mansão... Fico com medo dessas coisas, de envolvimento da política, Clau, pra mim é tudo gente interesseira querendo se aproveitar! Não dá pra saber quando é seguro com esse povo. Foi que nem com seu pai — confiou e pá-pum, tiraram ele da jogada. Agora você, minha netinha, tão linda, começando a vida... Não queria ver você se misturando nessa sujeira em que ele se enfiou!

— Ah, vovó...

E, sem mais, Geórgia se levantou do sofá, como se aquele movimento brusco lançasse, novamente, todas as lembranças para o fundo da consciência.

— Vou preparando o almoço, filhinha.

Cláudia tentou impedi-la.

— O quê? Mas a senhora vai se levantar, desse jeito?

A avó emprumou o corpo, encarando a neta com altivez.

— Mesmo à beira dos 70, eu aguento muito mais que esses molengas de 20, minha filha!

— Bom, se a senhora insiste... — Cláudia poderia contestar, mas aquela era a alma de uma criança teimosa. — Então eu vou lá fora conhecer melhor o meu presente! — comemorou, também querendo aliviar a avó com a falsa ideia de que já estava satisfeita com o assunto.

O rangido que as passadas da avó provocaram no assoalho ao se afastar, porém, confirmaram a Cláudia que ainda havia muito a se contar, mas que pela boca de Geórgia ela nunca iria descobrir. Por que sua mãe sumira? Depressão pós-parto e pós-viuvez são compreensíveis, mas não eternas. Quem incumbira Klaus de entregar a caixa com o testamento? Seria alguém de confiança de seu avô? Além disso, o que haveria mantido o avô afastado por tanto tempo, como morreu ainda novo e, afinal, quem havia assassinado Alfredo Blaise Filho?

E nquanto Cláudia confere a picape 4 x 4 que a avó lhe deu, cabine dupla, azul esmaltado, Klaus se esgueira entre árvores próximas, na sua atividade preferida de espionar Cláudia.

Mas o que mais o atrai, nesta tarde, é a curiosidade acerca do que acontecera hoje de manhã. Enquanto andava pela calçada, horas mais cedo, ele simplesmente teve um lapso de memória e, ao despertar, estava na sala da família Blaise, com aquela caixa estranha e a impressão de estar dentro de um sonho... Estaria ficando louco?

deus

A estrada estava molhada. Fresca. Goticulada, uma delícia. O asfalto alisou os pneus enquanto o automóvel alçava velocidade. E o ar que ventou pela janela acariciou a face serena de Cláudia.

    Havia ganhado a picape, lindíssima, cobiçada, mas a carteira de habilitação, por cujas provas Cláudia já havia passado meses antes, ainda não ficara pronta. Só hoje pela manhã, quase 15 dias depois de seu aniversário, foi que ela recebeu notificação de que a documentação estava o.k., aproveitando para ir de carro para a aula de Química das Transformações.

    Depois da aula, deu carona a uma colega que morava na região e rumou para casa. O sobrado de paredes turquesa se aproximava. Tudo o que pertencia ou que vinha da avó era azul... Uma cor discreta e agradável, julgou a neta, estacionando sobre a grama religiosamente aparada, que já reclamava dos maltratos dispensados pelo novo inquilino metálico.

    Separando sua habilitação nas mãos, Cláuda saltitou até a porta, feliz, e percorreu o hall anterior à sala, na qual habitualmente Geórgia a aguardava, assistindo a algum documentário animal.

    – Vozinha, cheguei!

    Cláudia se aproximou do sofá devagar, evitando fazer muito barulho, pois a avó parecia estar dormindo.

    – Mas já? – indagou ela, procurando o relógio na parece acima da televisão – E justo hoje que cheguei mais cedo, às 11?

    A televisão chiava vozes, baixinho, como se estivesse se sentindo culpada por não avisar. Por não se mover. Por não poder impedir as cenas ora cruéis, dramáticas, estáticas ou insensíveis que sua tela refletia...

    Cláudia alcançou o sofá, a avó de costas para ela, e levou a mão ao seu ombro, encostando um dos dedos no pescoço.

    – Nossa! Como está gelada!

    Dando a volta no apoio de braço, procurou pela manta preferida de Geórgia, encontrando-a no chão.

    – Essa friagem vai te fazer mal! – Cláudia ergueu a manta para recobrir a avó, mas então se deparou com aqueles olhos...

Arregalados, fixos, as pálpebras esticadas em um terror indizível. Os lábios, outrora murchos, encontravam-se endurecidos em uma oval imperfeita, a língua quase escapando da boca... Cláudia sufocou um grito, desesperando-se com o semblante tetricamente desfigurado.

– Não, não. É impossível. A vovó não está. Não. Vovó! Vovó! VÓÓÓÓÓ!

– Há quanto tempo a senhora disse que encontrou o corpo? "Corpo". Cláudia tremia.

– É Geórgia – corrigiu, em tom quase inaudível.

– Senhora?

– Ah. Hum. Eu cheguei faz menos de uma hora.

O paramédico tomava notas em uma caderneta. O corpo de Geórgia, coberto por uma grossa capa plástica, repousava sobre o tapete da sala. Difícil chegar em casa e ser recebida com a morte de um ente querido. Mais difícil para Cláudia, porém, foi ver como os paramédicos trataram sua amada vozinha, a coluna endurecida estalando com a força que os dois homens fizeram para deitar o corpo, que havia petrificado na posição sentada.

– Sinto muito, senhora.

Ela parecia não ouvir.

– SENHORA?

– Ah, sim. Obrigada.

O homem aproximou o rosto de Cláudia.

– Senhora, está me ouvindo? Desculpe, mas não podemos levar o corpo!

– O quê? – Cláudia ficou ainda mais chocada.

– Nós prestamos atendimento de socorro, de urgência, senhora. Agora já é um pouco tarde!

Cláudia absorveu as palavras, muda, lágrimas grossas pendendo nos olhos sem conseguirem rolar.

O paramédico, com um gesto de impaciência, entregou um protocolo, orientando-a a procurar um médico e um serviço funerário.

Em seguida, os homens se afastaram na ambulância, a sirene invadindo a letargia que Cláudia tentava manter para fugir da realidade.

Ela fechou a porta e subiu as escadas para os aposentos, procurando não olhar para o relevo estirado do corpo encoberto de sua avó.

Passou em frente à porta do banheiro, ao lado de seu quarto. Geórgia dormia na suíte, porém nunca usava o banheiro dela. Preferia dividir o de solteiros com a neta. Não gostava de relembrar que já fora casada, cogitou Cláudia, procurando desculpas para o comportamento anormal daquela que a havia criado como mãe.

Ela empurrou a porta. As paredes estavam ainda frescas, vaporizadas pelo último banho. Enfurnando-se sob a pia do banheiro, sentiu o perfume impregnado de Geórgia desprender-se no ar... As lajotas floridas, que recobriam as paredes até a metade, fizeram parecer que daqueles miolos desbotados é que evolava o cheiro da alfazema.

Como se Geórgia houvesse virado uma flor de porcelana... Sempre tão cheirosa, asseada! Provavelmente tomou banho pouco antes de falecer – Cláudia confirmou o pensamento ao buscar o piso atrás do box, ainda úmido.

Gotas pequenas escorrendo pelo azulejo... Fugindo, escoando pelo ralo e levando consigo as últimas moléculas de pele, esfregada com a esponja marinha, a gordura ensaboada carregando os resquícios da sudorese, do amor, da preocupação, da vitalidade...

E então ela chora.
Chora.
Ainda Chora.
Mais.
E chorou, por fim...

Seda negra, rendas e recortes irregulares em um chapéu de luto, rosas falsas, pétalas escuras, botões de azeviche. Olheiras profundas, combinando com o visual anoitecido do vestido sem adornos, e um lenço branco contrastando com toda a produção.

O caixão é abraçado pela terra. Cláudia agarra virtualmente aquele último segundo, depois não aguenta mais – dá as costas ao funeral, sem se despedir das vizinhas fofoqueiras nem das que se importavam – ou pareciam se importar. Curiosamente, há um homem

– o único – trajando um terno simples, mas bem cortado – de sincera perda no olhar, como se aquela despedida fosse a de um amor platônico. Teria amado? Geórgia o conhecera? Encontraram-se? Troca de olhares no banco da igreja? Não interessa. Não importa. Ela segue, para longe, quer afundar-se no cemitério. Talvez encontrasse uma cova aberta. Atirar-se-ia nela. Comeria a terra. Tornar-se-ia um verme... Melhor, muito melhor. Não precisaria mais sentir aquela desolação!

O caminho cimentado indica o trajeto, mas ela prefere desviar pela grama. Pisoteia sem dó, quer matar cada folhinha – que injustiça crescerem absorvendo o que um dia ela tanto amou! Sem se dar conta, ela chega ao mausoléu da família Blaise. Geórgia foi enterrada em outro setor. Depois de sofrer em vida, na morte ela prefeririria a paz do distanciamento à união com o que só lhe proporcionara sofrimento, a neta tinha essa certeza.

O engraçado é que... Não, ela nunca havia feito uma visita ao cemitério, a avó também nunca a trouxera. Achava que a ausência dos pais já era suficiente para deixar a pequena traumatizada. Por que ficar lembrando-a do fato com a presença fúnebre dos enterrados?

Ela dá um passo adiante, abre a portinhola de ferro. Rangido enguiçado, o templo não é visitado nem recebe cuidados há anos. Uma espiada lá dentro – na penumbra não é possível divisar as gavetas com as inscrições dos parentes. Cláudia reclina o corpo levemente, segurando-se nas grades do portãozinho... Abaixa a cabeça para ler o nome, Alfredo... Alfredo... Não consegue ler a continuação, inclina-se um pouco mais, desequilibra-se – volta o corpo para conseguir segurar-se com as duas mãos, o coração aos solavancos no peito.

Suspira, apoiando o pé no degrau para sair do interior da tumba, mas um braço a agarra repentinamente pela cintura. Ela grita, horrorizada e perplexa ao mesmo tempo – quem estaria dormindo lá dentro? Seu corpo é girado, e ela então obtém a resposta: um rosto macilento coberto de sânie gotejante, ossos descarnados nas têmporas e maxilas, e olhos impossivelmente vívidos e azuis atravessando sua alma...

Amanheceu. Cláudia se apoiou na pia para levantar do piso gelado. O espelho refletiu grossas bolsas escuras sob seus olhos, além das vincas do rejunte que marcaram todo o lado direito de seu rosto. Outro pesadelo. Mas estavam ficando cada vez mais reais e impressionantes! Ela sentiu o estômago revirar com o cheiro que seu cérebro inventara para a podridão do morto-vivo, no sonho. Aquela face despedaçada, impressa em suas íris, obrigou Cláudia a sair do banheiro para ver se, com a mudança de ambiente, apagava a imagem horrenda da mente.

Ela desceu os primeiros degraus da escada. Sentiu um aroma de café... A avó estaria na cozinha neste exato momento, preparando o desjejum. Cláudia criou coragem e olhou para baixo, procurando o corpo... Mas não o encontrou! Ela avançou os degraus até chegar ao térreo, o coração aos pulos.

– Ah... Ali.

Na sua memória, achou que o corpo da avó havia ficado mais para o centro da sala; enganara-se. A lona plástica continuava a cobri-lo, recostada no sofá que ocultava parcialmente sua localização, dependendo do ângulo. Ela desviou do sofá e, na mesinha de canto, retirou o fone do gancho e apertou a tecla de discagem rápida, gravada com o número do médico da família.

O doutor analisava o organismo que antes só observara em funcionamento.

– Dona Geórgia estava tomando as pílulas que receitei?

Cláudia empilhou as sobrancelhas, surpresa.

– Pílulas? Mas que tipo de pílulas?

– Sua avó não contou? – admirou-se o médico, retirando um formulário de uma pasta.

– Não, não me disse. Pra que eram?

– Visitou-me há umas duas semanas, reclamando de angina. Recomendei que tomasse a medicação diariamente, e que, se viesse a sentir alguma piora, que me ligasse ou fosse levada ao pronto-socorro imediatamente!

Cláudia recebeu a informação como uma lapada. Não acreditava que a avó escondeu dela essa dor no peito! Aquela era mesmo uma alma teimosa. Geórgia nunca admitia fraqueza à neta, resistia calada a todas as intempéries para comprovar sua invencibilidade...

– Mas o doutor acha que ela deixou de tomar o remédio?

O doutor balançava a cabeça, terminando de registrar suas notas, mas não era em afirmação nem sinal negativo.

– Morte natural – atestou –, infarto. Não há muito que contestar agora, a senhora entende? Dona Geórgia viveu bastante! E prefiro não responder à sua pergunta, pois nada do que eu disser vai alterar o passado e trazê-la de volta... Está bem?

Cláudia concordou à força, resignada pela sua impotência diante da situação, e tentou evitar as lágrimas indignadas que forçaram passagem pelos olhos. Agradeceu ao doutor, que recusou os honorários, e, em posse do atestado de óbito, contatou a funerária para a remoção do corpo.

Havia cinco horas que o serviço funerário viera, recolhera o corpo e acertara os detalhes e as cifras do velório. Sentindo-se esgotada, Cláudia foi se deitar, desta vez em sua cama, e dormiu até ouvir o telefone tocar. Acordou, indisposta a atender. Depois olharia no identificador de chamadas se se tratava de uma ligação importante, ou não.

O estômago roncava, vazio desde que consumira o último lanche que fizera ontem, na faculdade. Mas aquele vácuo era tão pequeno, se comparado ao do coração, que não incomodava. Não beliscava. Não doía. Acho que essa é a pior parte – pensou ela – Não dói! – Cláudia queria estar sentindo uma dor horrível, guinchar de dor, contorcer-se no chão. Mas não sentia o alívio da dor física. Apenas o maldito vazio, como se mergulhada nas profundezas do universo, esse vazio estranho... O fogão vazio, a mesa vazia, o sofá vazio, as lembranças vazias.

Sentindo que o ambiente quieto a oprimia, Cláudia trocou de roupa e se dirigiu à picape, guiando até o Centro. Depois de errar por algumas lojas, encontrou um bonito vaso de motivos orientais. Talvez pela má impressão causada por aquele pesadelo no cemitério, preferiu que a avó fosse cremada após o velório, e assim suas cinzas estariam preservadas para sempre, em um vasinho tão florido quanto a sua essência, que em nada combinava com aquela lama fétida, amálgama de mortes, lágrimas e solidão.

Ao retornar para casa, largou-se no sofá. O corpo foi retirado, mas a incômoda percepção de sua presença permanecia. Cláudia pensou em ligar a tevê, forçou o tronco a levantar da poltrona, mas desistiu. Retirou o vaso recém-comprado da sacola, imaginando a melhor localização para ele – a estante ao lado da janela, espectadora constante dos raios solares, pareceu sorrir de volta.

– É, que lugar melhor para você, vovó, que uma sala regada a sol, para florescer como uma fênix, de suas próprias cinzas?

Ao acomodar o vaso na estante, para conferir o efeito visual, Cláudia voltou-se para o centro da sala, notando um clarão que destoava do tapete verde, junto ao pé do sofá.

– O que é isso? – ela se abaixou, recolhendo uma folha.

Era a metade de uma correspondência que fora rasgada ao meio. Cláudia tentou ler o remetente e o destinatário: "Banco C...", "Cláudi...". Óbvio que a carta era para ela, e vinha de um banco, possivelmente o Banco Central.

Leu a mensagem do outro lado, também diminuída de sua metade:

"Prezada Cliente,
"É com prazer que informam...
data, está liberado o aces...
conjunta de número 900...
agência central 7836-X...
É necessária verificaç...
agência citada, send...
realização desta op...
corridos, estando...
bloqueio."

Cláudia instintivamente se abaixou e procurou, debaixo do sofá, pela outra parte da correspondência, mas não a encontrou. Varreu o tapete e o perímetro da sala com os olhos, andando em volta da tapeçaria, e nada. Um arrepio subiu pela sua nuca quando ela viu o próprio reflexo na tevê desligada, ao feitio de um fantasma sem rumo.

Que significa isso? Até minha correspondência a vovó andava controlando? Mas esta parece ser importante, raciocinava Cláudia, não faz sentido que ela tenha rasgado uma carta com dados pessoais!

A enxaqueca, desaparecida por meses, veio a latejar com força, como se quisesse escapar daquela prisão craniana.

– Isso não faz sentido algum! A vovó não me contava as coisas! Que raio de conta é essa?

Cláudia vislumbrou o telefone, um aparelho moderno que dispunha de agenda eletrônica e identificador de chamadas. Quem havia ligado poucas horas atrás? Ela dedilhou pelos botões, descobrindo o número não atendido. Discou de volta. Tu... Tu... Tu...

– Alô?

Cláudia desligou. Aquela voz... Não gostava dela, e talvez mesmo por isso a reconheceu de imediato. Klaus... Maldito! Por que não a deixava em paz nem quando estava de luto? Aliás...

Um pensamento ardiloso foi se desenroscando de sua mente, tomando aos poucos uma forma cruel. E se o vizinho fosse louco, ou estivesse ficando? Ele havia entrado na casa uma vez, não é? Por que não tentaria uma segunda? Cláudia aperta a tecla de rediscagem.

– Alô?!
– O que você quer? – Cláudia está à beira de um ataque de nervos.
– Quem está falan... Espera... Cláudia?

Suspiro irritado deste lado da linha.

– Oh, sim, você deve ter bina, está me ligando de volta, é isso?
– O-que-vo-cê-quer??!

Klaus demora alguns segundos para responder.

– Eu... Desculpe, eu vi uma ambulância saindo da sua casa, depois... Depois o carro da funerária e...

Cláudia aguarda.

– Só queria dizer... Sinto muito...

Ela bate o telefone.

– Merda! Nem sei por que achei que esse infeliz iria resolver alguma dúvida agora! – e olhando para a carta rasgada sobre o sofá – Mais uma charada para ferrar com o meu dia, com tudo!

Sentindo a erupção do choro retornar aos olhos, ela afundou o rosto em uma almofada, esticando o corpo e tentando sumir do mundo por entre os fios de algodão e a espuma sintética. Na sua lógica conturbada, apenas uma convicção se destacava entre as dúvidas: quando a urna fosse lacrada, ela viajaria para bem longe da civilização...

Além daquelas pessoas, que pareciam mais mortas que a morta, alguém mais acompanha o velório, também de luto, vestida de plumas negras. Vê quando o corpo é levado para ser cremado e envasado, mas não entende nada daquilo. E, antes de Cláudia retornar para casa, já voa alto, longe, alimentada pelo senso magnético que a impele ao norte. Alcança o seu destino rápido – avista a pequena cidade de interior, com sua praça central e vielas esparsas, a paisagem cada vez mais rústica e verde perdendo-se por uma estrada esguia que contorna a base de uma montanha, subindo, acompanhando seus quilos de circunferência arborizada, e divisando uma clareira no topo. Arqueia as asas, abaixa o bico e, percebendo que aquele ninho gigantesco não possui nada para confortá-la além das paredes de rocha e vidro, a gralha contorna a mansão e vai-se embora, desanimada...

stalagem

As malas, outrora mofadas sobre o guarda-roupa, aguardavam bem recheadas pelo novo destino. Cláudia não iria amargar o luto na casa. Precisava esquecer, ou melhor, colocar as ideias no lugar, e certamente o sobrado em que vivera por quase duas décadas com a avó não era o mais recomendado para isso. A casa foi impecavelmente limpa e arrumada, do jeito que a avó gostava, e, na sala, as cinzas de Geórgia reinavam em seu vaso de hibiscos azuis.

Tudo azul, tudo azul, pensava Cláudia, enquanto olhava para a decoração dos móveis. Penteadeira azul, cama azul, cortinas azuis... A suíte da avó era um reflexo do céu em seus dias mais límpidos. Ela abriu o módulo de um grande armário e buscou, na prateleira de cima, os documentos que a avó guardava, em pastas... Adivinhem? Azuis.

Precisaria colocar uma série de coisas em dia – o nome do titular das contas de água, luz e telefone, além de separar os bens que a avó legou para ela. E, fora isso, procurava por algum indício daquela conta no Banco Central, ou pela outra metade da carta rasgada.

Folheando maços de papéis amarelados, Cláudia encontrou um documento curioso... Na verdade, era uma carta, e datava de 1994, ou seja...

– Mesmo ano em que eu nasci!

Ela leu o conteúdo:

"Georgina,
Não espero que me compreenda ou que me perdoe, mas não voltarei para casa. Não precisa, no entanto, se preocupar – o seu sustento e o da menina estarão garantidos.
Descobri muita coisa nesses dias em que estive fora, e agora preciso de um retiro. Não vou aguentar encarar essa criança, sou capaz de fazer uma besteira... Mas eu já estou falando bobagens, vamos ao que interessa.
Quando esta menina que está aí contigo atingir a maioridade, herdará um terreno e uma casa que pertenciam ao pai. Não se oponha, pois é melhor que ela volte para o berço dela. O testamento já está pronto e uma cópia das chaves ficará sob os cuidados do senhor Pereira, o caseiro que mora na região.
Cordialmente,
Alfredo"

Indignada, Cláudia esticou e quase rasgou o papel, por causa da força que imprimiu nos dedos. A avó mentira descaradamente para ela. Como pôde?! Mas uma voz consciente veio alertá-la de que era apenas cuidado... Afinal, da forma como o avô se referiu a ela na carta, dava a impressão de que era a própria culpada pela morte do pai. "Mas por quê? O que eu fiz de mal para ser assim odiada?" – indagou-se, apenas uma entre muitas perguntas que eclodiam em supernovas na sua cabeça. Ao menos, uma delas fora acidentalmente respondida: esse tal Pereira devia ser a pessoa de confiança do seu avô, quem ficou cuidando das chaves e do testamento enquanto ela não completava 18 anos. Mas por que ele não a entregara pessoalmente? E quem teria feito Klaus trazer a encomenda? – ela teria tempo para descobrir.

Terminou de vasculhar os arquivos restantes, não encontrando coisa que aludisse àquela carta do banco. Cansada de tantas perguntas e poucas respostas, armou-se com sua melhor redoma protetora e trancou a porta da frente, arrastando as malas até a caçamba. Viu, na casa vizinha, uma figura pálida que a espiava pela cortina. Contou até três, respirou fundo. Cobriu as malas com a lona de proteção e dirigiu-se ao cercado amarelo da casa de Klaus. Mas foi em vão.

Por mais que batesse à porta e chamasse, o vizinho recusava-se a atender.

– Maluco! Passa a vida toda atrás de mim e, quando eu venho aqui, fica com medo de me receber?!

Ela tentou mais uma vez, sem resposta, e, virando-se para voltar ao carro, deu com o nariz pontudo de Klaus, que vinha chegando atrás dela.

Uma onda gelada escorregou pelo dorso de Cláudia. Se o vizinho não estava na casa, quem estivera espiando pela janela, agora há pouco?

– B-bom dia, Klaus...

O homem, pela primeira vez, a encarou desconfiado.

– O que está fazendo aqui?

Afastando-se da porta, com certo receio, Cláudia perguntou se havia alguém mais na casa.

– A senhorita sabe que eu moro sozinho há anos, desde que a minha esposa...

Ela concordou com a cabeça, sentindo-se vexada, e escapou da conversa sem nem perguntar o que realmente queria – sobre a fonte da caixa, arrancando a picape para fora do jardim e deixando o vizinho, ainda mais atônito que ela, para trás.

Quanto mais se afastava, mais a tensão muscular parecia amainar. Aquela vizinhança já estava lhe causando assombrações! Teria sido uma ilusão, ou Klaus não queria contar que estava levando mais garotinhas de 16 anos para dentro de casa?

Bem, no final das contas, isso era problema dele. Cedo ou tarde descobriria quem era o remetente da caixa, mas, antes disso, faria uma última visita à faculdade – trancaria o curso escolar até que o curso da vida voltasse ao normal, ou quão normal poderia voltar a ser depois de tantas reviravoltas...

Tanque cheio, mapa no colo, um pacote de bolachas e uma garrafa de água para fazer companhia. A viagem não foi tão longa até o vilarejo, o ponto civilizado mais próximo da mansão. Como toda cidadezinha de interior que se preze, a tal Vila era munida de uma pracinha central, em frente à Paróquia do Sagrado Coração, e rodeada por diversos comércios e botequins. Cláudia estacionou em frente a um deles, a bexiga cobrando-lhe sossego depois de duas horas de aperto. Apesar de simples, era aparentemente limpo e organizado. Ela empurrou a portinhola e se aprumou no balcão, ao que logo uma mocinha jeitosa a cumprimentou:

– Boa noite!

– Boa noite! Você tem aí um cardápio?

A loira entregou o menu a Cláudia, seus cabelos médios e lisos contornando o rosto divertido e por demais sensual para uma garçonete, achou ela.

– Gostaria de um hambúrguer e uma coca, por favor.

A garçonete confirmou o pedido com a cabeça e se curvou para pegar de volta o cardápio, exibindo um generoso decote. Cláudia reparou na plaquinha sobre o peito com seu nome: Sarita Van Koch. Engraçado, pensou. Parece parente distante de Van Gogh, mas com acesso de tosse...

E rindo da própria piada, enquanto aguardava pelo lanche, Cláudia perguntou a localização do banheiro, seguindo pelo balcão e observando as mesas ao redor. O bar estava praticamente vazio, exceto por uma morena de ar acuado que se espremia em uma cadeira aos fundos. Ela não se virou nem quando Cláudia passou por ela e abriu a porta do banheiro.

Aliviada, Cláudia passou pela mesma mesa em que vira a moça, mas agora ela não estava mais lá. Deu de ombros. No balcão, o hambúrguer e o refrigerante já haviam sido acomodados. Agradeceu e, entre uma mordida e outra, perguntou se a loira conhecia a Baixa Montanha. Sarita pareceu resfolegar.

– V-você está indo para lá?

Cláudia estranhou aquela atitude.

– Sim, estou! Por quê?

Esfregando a palma de uma das mãos no pescoço e mirando o balcão, Sarita respondeu que a neblina densa atrapalhava muito o caminho quando à noite, e que seria melhor ir durante o dia. Cláudia agradeceu a informação, e, antes de pagar a conta, a loira ainda avisou que, uns 15 minutos adiante na estrada, ela encontraria uma boa pousada para descansar.

Realmente, o nevoeiro parecia nascer junto à estradinha para o Vale dos Segredos, como era chamada a região em que fica a Baixa Montanha. Cláudia estudara a geografia local apenas pelo mapa, achando o título bastante curioso para denominar a cadeia rochosa de três montanhas que, unidas em círculo, isolavam um lago ao centro da formação.

Levou quase 25 minutos no percurso, dez a mais do que previra a garçonete, já que precisara reduzir bastante a velocidade e não conhecia a estrada.

Cercada pelo negrume esverdeado das árvores, porém, não demorou a divisar uma faixa luminosa à frente. Acelerou para alcançar a luz, estacionando em uma reentrância à esquerda. Aproximando-se da hospedaria, pôde notar melhor seus contornos: uma modesta estalagem de madeira, seu tom marrom-quente destoando do clima invernal, e uma entrada perpendicular, que exibia chalezinhos rústicos e parte de um orgulhoso moinho velho, expondo sua arquitetura sobressalente mais atrás, como se desejasse conquistar importância junto à construção frontal.

Esta última é, como todo o resto que Cláudia pôde observar, de madeira, com quatro grandes janelas de vidro revelando o interior de uma lanchonete. Sobre o telhado, uma chaminé tossia fumaça de vez em vez, produzindo círculos que subiam alto, perdendo-se pelo firmamento anuviado.

Seguindo os pedregulhos que demarcavam o caminho até a entrada da hospedagem, ela alcançou um capacho convidativo e, ao empurrar a porta vaivém, um sininho anunciou sua chegada.

Um homem velho e grisalho, de covas fincadas e óculos armados com correntinhas, rabiscava em um caderninho, apoiado no balcão de uma pequena sala de recepção, e não saiu da mesma posição até que Cláudia se apoiasse no tampo avermelhado.

– Eu gostaria de um quarto...

Ele então depositou o lápis e mirou definitivamente a garota, seus olhos azuis-claros eletrizantes.

– Um quarto para a senhorita Cláudia Blaise? – sugeriu sua voz rouca, passando ligeiramente uma chave numerada.

Cláudia ficou admirada.

– Como o senhor sabe o meu nome, senhor...?

– José Pereira, menina. Eu era amigo do seu falecido avô... Já faz 18 anos, não é? Eu esperava por uma visita sua e, acredite-me, por aqui não tenho tido muitos hóspedes!

Sem saber o que responder diante de uma pessoa que parecia estar ali apenas aguardando a sua vinda, Cláudia bateu levemente a chave sobre a mesa, agradecendo, e perguntou onde ficava o quarto.

– Subindo as escadas – e ele apontou para a esquerda, sugerindo a escadaria também de madeira que seguia junto à parede, não permitindo ver o segundo andar.

– Tudo bem, eu só vou pegar as minhas malas no carro e...

Ao ouvi-la, o velho contornou o balcão e aproximou-se rapidamente.

– Nã-nã, não precisa se incomodar, senhorita. O Maurício vai levar a bagagem ao seu quarto!

Um tanto desconfortável, Cláudia aceitou a imposição, subindo as escadinhas enquanto o senhor a observava, o sorriso demasiadamente cortês em seu rosto. Ela tinha dificuldade para confiar nas pessoas, ainda mais quando sabiam de coisas de que ela própria não fazia ideia. E José Pereira figurava nesse quadro.

Os degraus rangeram temerosamente. Cláudia pisava levemente, com medo de quebrar as tábuas envelhecidas, mas era apenas impressão. Um corredor estreito e mal iluminado curvou-se aos seus pés, atraindo a garota para a terceira alcova. Antes de adentrá-la, porém, ela perscrutou as paredes até o final, descobrindo que a estalagem dispunha de apenas dez quartos.

É, não deve mesmo vir muita gente aqui, concluiu ao abrir a porta. Apertou o interruptor. Apesar de pequeno, o cômodo de decoração rococó encantou seu olhar. Havia uma poltrona enfeitada na base com babados floridos, na janela um acortinado de mesma estampa e, na cama tamanho casal, uma colcha com traços de violetas dançantes, além da cabeceira, cujo formato lembrava uma coroa embutida de veludo anil. Apenas o elevado teor de poeira que invadiu suas narinas surtiu efeito negativo – mas, afinal, não havia mesmo muitos hóspedes por ali!

O banheiro era equipado por uma forte luz esbranquiçada, e com isso Cláudia ficou agradecida, já que se espavoria de imaginar insetos em cantinhos escuros de um lavabo, e aquele parecia rigorosamente limpo, fosse pelo hábito dos donos, fosse pela falta de movimentação no local.

Afastou as cortinas. O exterior desestrelado e gélido não incentivava visitas. Procurou a picape e, dando por falta dela, voltou-se e já ia saindo para reclamar, quando bateram à porta.

Um homem loiro e alto, cabelos na testa e porte atlético, trouxe as malas de Cláudia e pediu licença para colocá-las no quarto. Ela ficou boquiaberta, quase pasma, e emitiu um sorriso tímido, ao que o jovem tornou suas íris azuis como as do velho, mas escuras, para ela, fazendo-a sentir uma pontada fria atravessar a nuca.

E antes que ele desse as costas:
– Desculpe, é... Maurício?
Ele aguardou.
– Você sabe para onde levaram o meu carro?
Como se não fosse novidade, ele respondeu que ela havia esquecido a chave no balcão, e que então o senhor Pereira solicitou que ele guardasse o carro na garagem.

– E a minha chave?
– Ficou na recepção. Mas, se desejar, posso trazê-la para você...
– Não, tudo bem, eu só queria saber...
E antes que ela fechasse a porta, ele disse:
– Aliás, você deveria colocar um chaveiro nela. Daquele jeito fica muito fácil de perder por aí...

Cláudia agradeceu a sugestão, ainda procurando no rapaz sinais de idoneidade, e a porta foi finalmente fechada, a ferrolho. Que moço bonito! Foi a conclusão final.

Sem televisão, o jeito era tomar banho, ler um livrinho de bolso que trouxera e desforrar a cama... Cláudia separou uma camisola, sabonete, escova de dente e uma toalha. Sempre preferia usar as próprias, em vez das que eram disponibilizadas nas hospedarias.

O chuveiro funcionou melhor que o esperado. Cláudia acompanhou o primeiro jato d'água, que escoou pelo ralo, lembrando-se automaticamente do último banho de sua avó. Jogou-se sob o jorro efervescente, procurando fugir desesperadamente daquela tristeza infernal que soçobrava nos escombros de sua alma.

Já deitada, folheou um livro de ficção científica, seu gênero favorito, até ser embalada pelas gotas graduais de chuva, que logo apedrejaram com força o teto e as vidraças – composição mais que generosa para um sono profundo. E as pálpebras já haviam pendido, quando um trovejar repentino fez com que sobressaltassem. Ajeitando-se sob as colchas, Cláudia marcou a página em que havia parado e depositou o livro sobre o criado-mudo, reparando então que a gaveta estava entreaberta.

Por um impulso, abriu a gavetinha, encontrando ali um pedaço de papel dobrado.

Querida Maria,
Sei que não tenho tido tempo de ir te visitar. Houve uns problemas, você sabe como é. Minha mãe...
Bem, mas cheguei, e logo vou te ver, pra matar nossa saudade!
Beijos do seu amor...

Eduardo Queirós "

Ela redobrou a carta e a devolveu à gaveta. Deveria estar ali havia muito tempo, já que não vem gente aqui, deduziu, quando um novo trovão, seguido de um grito lancinante, a impeliu em um movimento brusco contra o colchão. Apurou os ouvidos – a voz feminina aos poucos teve o desespero substituído por um choro baixinho. Cláudia incomodou-se com aquilo; porém, como ninguém mais se manifestou, achou que aquela ocorrência fosse normal. Uma senhora doente, imaginou ela, cobrindo a cabeça com o travesseiro e lamentando a falta de sorte.

A casa está fria, escura, vazia. Para onde vagar? Sobe ao terceiro andar. A cama é inerte, o armário não serve, as escadas circulam. Segue um corredor. Entra na biblioteca. Livros e livros, nenhum interessa. Sacadas, terraços, ventania de abraços – não conforta ou aquece. Gemidos, sussurros, desce para a cozinha, tão limpa, tilinta, panelas de aço, sem trato, é comprida a mesa, bancos cor de cereja, um banheiro, outro espaço, uma porta, outros quadros. Grande é o salão de festas, invade, rodopia, parede de vidro, vê copas sombrias, gramado, o céu, lua negra e de véu, volta-se para o lado, dá mais outros passos, percorre o passado, já está na entrada, a porta é pesada, a maçaneta girada, não vira, ela espera, ela aguarda, há um sorriso nos lábios – quem dera! Pudera, está presa, condenada à escolta, não foge, revolta! Continua à porta. Aguarda, vidente, logo aí vem gente, e um riso amargo, rosto desfigurado, ela os aguardará...

A casa da baixa montanha

Um homem atravessa um beco, o casaco bege cobrindo-lhe as pernas. O semblante está assustado ou preocupado? A rua não tem saída. Ele bate as mãos no muro (agora parece que tem medo), e então se vira para a saída, os cabelos espetados, o rosto contorcido em um espasmo de terror, a garganta prestes a emitir o...

Cu-cu-ru-cuuuuuuuuuu!

O cacarejo saltou da garganta para a realidade, acordando Cláudia. Demorou um tempo para se lembrar de onde estava. Era cedo e o quarto já adquiriu seu tom modorrento de manhã confinada, as entradas de luz, ainda bloqueadas pela inatividade, falhando ao deixarem escapar raios luminosos por furinhos desalinhados.

Um bocejo. Acostumada aos sonhos estranhos, não deu bola a mais um deles. Se o houvesse feito, porém, teria reparado que o homem do sonho era igual àquele do pesadelo que tinha com a gralha, e que desta vez, ao invés de parecer ameaçador, ele era o ameaçado.

Dirigiu-se ao banheiro, lavou o rosto, escovou os dentes... Brrr, está frio! Sua sensação foi intensificada pela água enregelante. Batendo o queixo, escolheu um conjunto de moletom grosso para vestir por cima de uma blusa de malha e meia-calça de veludo, devolvendo aos ossos sua temperatura habitual.

Os cabelos, lisos e espessos, mal precisavam ser escovados para caírem abaixo dos ombros, maleáveis e arrumados, bastando ajeitar a risca com a ponta dos dedos.

Quando abriu a porta, lembrou-se do grito que escutara na noite passada e vasculhou o corredor deserto. Mas o som não parecia ter vindo do mesmo andar... Será que havia mais quartos no térreo?

Desceu as escadas. A recepção estava vazia. Havia uma porta camuflada ao lado da recepção, por ser feita da mesma madeira que as paredes. Entrou por ela, dando em uma salinha de estar com sofás e lareira, separada por um largo batente da lanchonete – a mesma que podia ser divisada pelo lado de fora.

Cláudia se aproximou de uma mesa central, abalroada de frutas, pães, bolos, geleias e bebidas quentes, convite instigante que o olfato percebia ainda melhor durante o inverno. Logo veio uma mulher rechonchuda, saída de uma porta nos fundos – provavelmente a cozinha, de bochechas coradas e uma divertida expressão no rosto. Enxugando as mãos no avental, notou a presença estranha rapidamente.

– Bom dia? – a interrogativa também perguntava quem era aquela novata. Cláudia sorriu de volta:

– Bom dia, eu sou Cláudia, me hospedei ontem à noite!

–Ah, sim! Pois não, senhorita Blaise, fique à vontade!

Senhorita Blaise? Além de saber meu nome, sabe que eu sou solteira? – aquela atmosfera acolhedora também começava a incomodá-la. Seria possível que todos estivessem aguardando por ela? Mas, talvez, as notícias realmente voassem em vilarejos como este acalmou-se Cláudia, agradecendo à mulher, e depois coletou itens variados da mesa em um pratinho, acomodando-se em uma das mesas junto às janelas.

Mal havia abocanhado seu pão, reparou em um homem que adentrou o espaço, sentando-se em uma mesa afastada e ocultando-se com um jornal, as folhas dando a impressão de estarem sozinhas e em pé sobre a toalha. Ótimo, ao menos não sou a única hóspede, felicitou-se, bebericando o leite morno.

Terminou o café, planejando como seguiria até a mansão, e então duas pessoas surgiram no seu campo visual: sentada de frente para a entrada, Cláudia viu quando o senhor José Pereira entrou em foco, gesticulando com as mãos e apontando para a lareira da sala de estar. Foi aí que ela reparou na porta que havia ao lado do borralho. Mas sua atenção foi desviada quando, em seguida, Maurício aproximou-se do locutor, atentando ao que este lhe dizia.

– Olha, a lareira soltou muita fuligem...

Seu José retirou a pá de um encosto, ao que esta caiu desavergonhadamente sobre seu pé.

– Ô carambolas! – irritou-se, pegando novamente o pesado instrumento.

Contendo o riso, Maurício segurou os braços do velho, tomando a pá quadrada de suas mãos.

– Deixa comigo, velho Pereira. Cuide do balcão que logo mais o Matheus acorda!

– Já acordou. Está tomando o café...

– É mesmo? Que milagre ter acordado essa hora...

Cláudia virou a cabeça, olhando para trás, e viu o homem que lia o jornal subir as páginas rapidamente para ocultar o rosto. Ah, então este deve ser o Matheus, um hóspede de longa data, pensou ela, levando um susto quando, ao voltar a olhar para a frente, uma figura esquelética bloqueou sua visão.

– Interessada?

Não entendendo a pergunta – Cláudia franziu o cenho.

– No jornalista, está interessada nele?

E, sem pedir permissão, a mulher puxou uma cadeira e sentou-se à mesa.

– Nós o chamamos pelo sobrenome, Nottemin. Ele está aqui há quase um mês, já. E está solteiro...

Cláudia abafou um som de escárnio, desacreditando os despautérios proferidos por aquela mulher.

– Me desculpe, mas quem é a senh...

– Olhe pela janela! Ali, veja, perto daquela árvore – um dedo ossudo apontou sob o nariz de Cláudia, desconfortavelmente.

Uma menina loira, cabelos lisos e longos repartidos ao meio e presos por uma fita de cada lado esgueirava-se até a estalagem, com andar leve e olhar distante, como se pairasse n'outra realidade. Um vestido vermelho e branco acompanhava suas pernas finas, dançando com os passos da princesa do campo.

– Maria, minha filha, noiva de Maurício... Aquele loiro bonitão, você já deve ter reparado! – e, dizendo isso, ela curvou-se para deixar o corpo forte de Maurício à mostra, que agora empunhava um limpa-chaminés para desobstruir a lareira.

Fechando o semblante, Cláudia tornou a perguntar o nome da enervante mulher.

– Ah, mas onde estão meus modos? Devo estar ficando caduca! Sou Anete, querida, Anete Fricote, é um prazer!

A mão ficou estendida no ar, sendo recolhida ao perceber a recusa de Cláudia.

– Eu acho que não preciso me apresentar à senhora, estou certa?

E preenchendo as linhas de expressão já aparentes dos olhos com empáfia e o maior desprezo que conseguiu reunir no nariz empinado, Anete respondeu:

– Por certo que não, Cláudia Blaise. Você dispensa apresentações!

Arranhando o chão com a cadeira, a mulher se afastou em um giro rápido, dando as costas à novata.

– Mulherzinha indecente! – disse Cláudia em tom audível, mas ainda educado, ao que Anete apertou o passo e foi-se embora pela sala de estar.

Logo em seguida Cláudia pôde ouvir:

– Oi, mamãe!

E a voz esganiçada de Anete, propositalmente elevada:

– Está ma-ra-vi-lho-sa hoje... Vai desconcertar seu *noivo*!

Passos agudos se afastaram, enquanto outros tímidos se aproximaram, até que a loira surgiu ao lado de Maurício.

– Você viu o Eduardo? – perguntou Maria. Mas ele não respondeu. – É que ele tinha um recado pra me dar!

Cláudia recordou-se do bilhete que encontrou na gaveta do criado-mudo. Maria, Eduardo... Sim, os mesmos nomes. Porém, não iria se intrometer. Aquela gente de interior parecia muito interessada em sua vida, então era melhor não criar intimidades.

Sentindo-se um tanto enjoada, saiu da lanchonete, ignorando o olhar curioso de Maria, e encontrou o velho Pereira na recepção.

– Ah, senhor Pereira, bom dia, eu...

– Pode me chamar de José, garota. Pereira é muito formal! – cortou ele.

Cláudia meneou a cabeça, concordando.

– Tudo bem, ah, seu José, eu apenas gostaria de avisar que vou ficar fora o dia todo.

As sobrancelhas do velho tremeram levemente.

– Vai visitar a mansão? O caminho é perigoso, eu já pedi ao Maurício que a acompanhe até lá!

— Mas não há necessidade! — recusou Cláudia. — Eu trouxe um mapa, posso me virar bem, e, além disso, os senhores estão ocupados... — ela apontou para a sala de estar.

Como na noite anterior, seu Pereira já estava fora do balcão, empurrando Cláudia gentilmente e pedindo que ela separasse as coisas dela, pois Maurício, como caseiro, iria acomodá-la da melhor forma no casarão.

Mesmo a contragosto, Cláudia subiu para terminar de se arrumar e buscar as malas, trazendo-as com algum esforço para baixo. Ao fazê-lo, Maurício já estava na porta, os faróis de sua picape a encarando com um sorriso quase humano.

A estrada tortuosa e as pedras castigavam os pneus novos, mas a tração quatro por quatro dava conta do recado. Cláudia comia a poeira da caminhonete de Maurício, que a guiava montanha acima. Não era um caminho tão longo, porém a precariedade da estrada o tornava cansativo e perigoso. Em dez minutos alcançaram um enorme portão de ferro — que um dia deve ter sido negro, observou Cláudia. Maurício abriu o portão e então ambos seguiram, entrando em um gramado extenso que culminava na visão de uma casa que Cláudia jamais sonharia igual.

Após contornar o jardim gramado, Maurício estacionou na lateral direita da mansão. Cláudia o imitou, desenvolvendo curiosidade crescente pelo detalhado acabamento das paredes e dos entalhes nas colunas e beirais.

A casa fora construída com tijolos de pedra — granito azul, especulou ela — e recebia iluminação em seus três andares através das várias paredes vítreas e convexas que se alternavam pelo suposto granito, dando a impressão de imensos olhos a observarem daqui e dali.

Sonhadora, Cláudia espiou um saguão por uma fresta entre as cortinas, só reparando que Maurício se distanciara ao ouvi-lo espirrar pela terceira vez. Ela caminhou por todo o beiral da casa, buscando todos os detalhes enquanto não alcançava Maurício. Ele parou na parte de trás da casa, soerguendo o tampo de um alçapão, e Cláudia inclinou o corpo para ver o que havia no subsolo, emoldurado por um batente quadrangular rente à parede dos fundos. Era como um daqueles porões em que as pessoas se protegem contra tornados e outros perigos, mas ela achou improvável que houvesse qualquer vento mais forte que um redemoinho por ali.

Vendo que Maurício já descia os degraus, Cláudia o seguiu, testando a madeira pênsil, que rangeu sob seus pés. A luz diurna adentrava o espaço, permitindo que ela identificasse um conjunto maquinário, algumas estantes e tambores enferrujados hibernando imperturbavelmente. Com uma lanterna de bolso à mão, Maurício aproximou-se das máquinas e deu ajustes aqui e acolá. Virou um interruptor e... Com um estrondo, as máquinas deram à luz.

– Esta é a sua fonte de energia – explicou ele a Cláudia. – Porém, esses geradores consomem bastante combustível. Diesel. E as reservas atuais não vão durar, portanto você deverá ir até a Vila ou à Cidade para recarregar esses tambores. Enquanto isso...

Cláudia interpelou bruscamente:
– Já sei, devo ser econômica.

Maurício consentiu com o mesmo olhar frio e subiu as escadinhas, sem mais palavra. Ela correu para alcançá-lo, buscando na bolsa o seu molho de chaves, mas Maurício já havia tirado as dele do bolso, o que intimidou a garota. Não achou confiável que mais de uma pessoa tivesse fácil acesso à casa. Mas, pensando melhor, ele era o caseiro e vinha tomando conta do local por alguns anos...

O térreo era acima do nível do terreno. Pela janelinha quase encostada no solo, Cláudia adivinhou a existência de um porão. Subiu as escadas para um avarandado, ladeado por uma janela à esquerda e colunas à direita. Deus, o umbral da entrada já é grande o suficiente para dar uma pequena festa! – admirou-se ela, que não desgrudava os olhos da grande porta dupla de carvalho que Maurício abria ao final da varanda.

O rangido das dobradiças ecoou pela atmosfera do casarão, avisando aos cômodos adormecidos que os níveis de entropia estavam por aumentar. As cortinas cerradas deixavam o saguão de entrada semi-iluminado, recebendo os visitantes com suavidade.

O pé direito de Cláudia batucou o assoalho de madeira ruiva, que acalentava o ambiente ricamente ornado do chão ao teto: na parede da frente, vitrais ocupavam grande parte da decoração. Já à direita, ela ficou impressionada com a parede vítrea em formato de abside horizontal, ou seja, côncava no lado interno, o piso acompanhando a semicircunferência, e as cortinas translúcidas ocultando aquela meia-rotunda sem qualquer timidez. Havia uma parede igual de vidro côncavo a seguir, as duas formando um seio farto que finalizava o saguão. Ao centro, uma mesa comprida tomava conta do lugar, suas mais de 20 cadeiras enfileiradas pelos dois lados.

Sem qualquer animação no rosto, Maurício havia recostado o corpo em um dos pilares que faziam parte do acabamento do saguão, aguardando que a fome curiosa de Cláudia fosse sanada. Vendo que ela já não mais rodopiava pelo ambiente, ele se desencostou e, com uma rápida troca de olhares, transpôs o portal de gesso para o próximo cômodo, um hall ocupado por uma escadaria magnífica, que se dobrava pelo andar superior à esquerda e à direita, formando um observatório acima da cabeça dos dois.

– É maravilhoso! – inconteve-se ela.

– De fato é – concordou ele, secamente. – Agora irei explicar resumidamente os três andares para que depois você possa conhecê--los mais à vontade.

Cláudia calou-se, consentindo.

– Esta porta que você vê, azulada – e ela olhou para a porta, na parede final do hall –, é a de um escritório. Pode também ser usado como quarto, se preferir, pois tem um banheiro.

"O corredor ao lado da porta te levará ao bar-restaurante, que tem um toalete, e é seguido pela cozinha. Antes do final desse corredor, há uma entrada para um segundo, que dará em mais dois cômodos e, ao final, num grande salão de festas.

"Subindo as escadas para o segundo andar, você pode seguir à esquerda, onde haverá três quartos e uma escada para o terceiro andar, ou à direita, encontrando o banheiro e uma porta dupla como essa da entrada, que é a da biblioteca.

Ela estava quase surtando com a descrição. Parecia ter entrado em uma cidade que funcionaria só para ela, um paraíso perdido!

"... ao final do corredor da direita, você segue à esquerda, encontrando um espaço com uma escada, que dá na grande suíte do terceiro andar, o quarto principal, com uma pequena piscina no banheiro. Pra chegar aos outros cômodos do terceiro andar, você precisa usar a primeira escada de que te falei, subindo esta escadaria e indo até o final do corredor à esquerda, e aí poderá chegar à piscina coberta, a uma sala de dois ambientes e à varanda, que tem uma escada para a laje.

"Eu vou acompanhá-la até a suíte e deixarei suas malas para você. Depois voltarei para a estalagem, e aconselho que, se desistir de passar a noite aqui, pegue a estrada antes de anoitecer.

Atenta às explicações, Cláudia amedrontou-se brevemente. Era uma casa realmente grande para ficar sozinha, mas já avisara ao senhor Pereira que, se a casa estivesse em condições, passaria a noite por lá mesmo, acertando a conta do pernoite com Maurício. Os olhos já fatigados de José pareceram minguar e perder o ofuscamento azul quando Cláudia disse isso, mas ela o associou ao fato de que o cotidiano da estalagem era pouco movimentado, o que deveria entristecer o velho.

– Gostaria de fazer mais alguma pergunta?

Cláudia emergiu de suas reminiscências, agradecendo a Maurício e confirmando que ele já podia buscar as malas, pois ela entendera bem onde fica a suíte.

Enquanto ele saía, ela subiu a grande escadaria do hall, ainda absorvida pelos adornos do corrimão e dos degraus de mármore, mirou o corredor à esquerda, discernindo portas, quadros e vasos, e depois seguiu à direita, sendo recepcionada por uma cópia da Vênus de Milo, em estátua, e pelas portas opalinas da biblioteca, mais adiante. O final do corredor fazia curva à esquerda, iluminado por um teto de vidro, permitindo que os pássaros observassem Cláudia de lá do céu. Esta parede deve ser a dos fundos da mansão, localizou-se ela, impressionada com a possibilidade de vislumbrar o céu pelo lado de dentro da casa. Ela abriu uma porta ao fundo do corredor, à esquerda, encontrando a escada para a suíte, e, em vez de parede, uma grade separando o cubículo de uma varanda imensa.

Cláudia apoiou-se com a barriga sobre a grade para ver melhor do outro lado: uma porta à esquerda, que daria no corredor longo de onde viera, e, à direita, a varanda continuava em uma sacada, abrindo-se para a floresta que cerca o terreno.

– Que vista!

Sentindo-se cada vez mais sortuda por haver herdado a propriedade, Cláudia seguiu para a suíte, um degrau de cada vez, a pressão abaixando, baixando, até que, no último degrau, ela foi ao chão.

○

Luz solar...

Cláudia nunca imaginou que veria o sol em plena noite! Ela ergueu o corpo sobre a cama, assustada, e ao mesmo tempo admirada com o imenso vitral redondo de raios espetados, imitando um sol pela metade, que recobria toda a extensão de uma parte da parede da suíte, próxima à escada. Cláudia apalpou a cabeça, dolorida. O que aconteceu? Ela fechou os olhos, tentando se lembrar de como chegara ali... Veio com Maurício até a mansão, depois subiu as escadas da suíte e aí... Sim, aí sua visão turvou, ela mal teve tempo de enxergar o quarto, tombando em seguida. Ele então deve ter voltado para trazer as malas e me colocou sobre a cama, pensou ela, reabrindo os olhos e observando o quarto ao seu redor.

Uma janela em forma de triângulo esparramava a radiação lunar sobre a cama de casal em que estava deitada. Mais além da janela-mimese de sol, ao lado da escada, um *closet* a aguardava, ansioso por ser usado, e, na área em que fica a cama, o quarto se abria em uma reentrância pelo lado direito, dando lugar a uma construção psicodélica de vitrais com uma porta também de vidro ao centro, suas formas poligonais azuis, amarelas, verdes e vermelhas perfazendo um mosaico, e, em uma parede curta, uma segunda porta, dando vazão a uma sacada conjunta à janela solar.

– Que criatividade! – surtou Cláudia, tentando entender aquele monte de vidro, portas, sacadas e a falta de uma entrada na suíte – sim, a entrada se dava pela escada, sem qualquer separação, apenas o "buraco" sem contornos para o andar de baixo.

Ela se levantou e buscou um interruptor, acendendo a luz. Que horas seriam? Suas malas haviam sido alocadas bem em frente ao armário embutido, junto à sua bolsa de mão. Ela buscou o celular – sem bateria. Ficou encarando a tela desligada por alguns segundos, aturdida pelo fuso horário do organismo, que julgava ser ainda dia.

O estômago roncou. Pensou em ir até a Vila, mas veio a voz de Maurício lhe atazanar as lembranças: "se desistir de passar a noite aqui, pegue a estrada antes de anoitecer". Cláudia dirigiu-se ao mosaico de vitrais e puxou o trinco da porta, saindo para uma sacada semicircular. Olhando para o lado, viu o pequeno terraço que seguia também em frente à janela solar, depois deixou a cabeça pender para trás, procurando nas estrelas um ponteiro de relógio. Caminhou até o peitoril, chutando que seria por volta de oito da noite. A vista sombreada das árvores, bicando o céu negro com pontas pinheirais, deslumbrou a proprietária. Ela seguiu o contorno da cadeia montanhosa, que fazia curva à esquerda, para trás da lateral escondida do casarão, ao que gotas salpicaram seu rosto como pequenas agulhas.

– Vai chover!

Antes de voltar para a suíte, contudo, lembrou-se do terraço que enxergara quando foi ao alçapão com Maurício, localizado abaixo dela, e apoiou-se na grade, conseguindo ver, por causa da altura que separa um andar do outro, o piso escuro da sacada inferior e um dos lados do que deveria ser a biblioteca, formada por uma parede totalmente de vidro, as cortinas fechadas pelo lado de dentro e...

O vento molhou a sua nuca com a chuva, trazendo consigo um relâmpejo.

– *Ai!* – Cláudia voltou para trás com força, batendo as nádegas.

Seu coração deu solavancos – a mente tentara lhe pregar uma peça! Quando relampejou, fisgou rapidamente a imagem de uma mulher, observando-a por trás da vidraça da biblioteca, cabelos longos na silhueta negra... Porém a escuridão a impediu de ver nitidamente.

A figura ofuscara o cenário instantaneamente com o relâmpago, para então se dispersar...

Cláudia voltou para o quarto, certificando-se de fechar bem a porta-vitral. Sua cabeça foi direcionada automaticamente para o corrimão da escada, mentalizando que o corredor para chegar à suíte dava de frente às portas da biblioteca... Um grave torpor a invadiu; estava faminta, amedrontada e, aprisionada pelo escuro chuvoso, a única esperança era a de que um fio de bondade se instalasse em Maurício, e ele retornasse para ver se ela precisava de ajuda.

Querendo desviar a atenção daquela incômoda escada, que constituía uma entrada sem obstruções à suíte, Cláudia se viu paralela a uma porta de aspecto mofado – o banheiro!

Segurou a maçaneta redonda e a girou. Ela não se preocupou em ficar encantada mais uma vez – o banheiro era estonteante! Mas o que mais chamou a sua atenção foi a enorme banheira, centralizada na parede à direita, que continuava além dos limites do banheiro, uma minipiscina recoberta na área externa por um teto de vidro que recebia iluminação estrelar – noite e dia.

Ideia fantástica – Cláudia concluiu, já entrando no cubo de azulejos. Na região interna da banheira, ou seja, a que ficava dentro dos limites do banheiro, Cláudia conseguia ficar em pé. Indo mais além, na parte externa, não era possível ficar totalmente ereta, mas ela conseguiu apoiar a testa no vidro para enxergar do outro lado: uma varanda como a do andar de baixo, aberta para o esverdeado das coníferas. Interessante, ela continuou pensando, "varanda sobre varanda, terraço sobre terraço... Fazendo-a lembrar do pseudofantasma da biblioteca, entretanto, a palavra "terraço" a desanimou.

Retornou à suíte, avistando um painel ao lado da cama que até então não havia reparado. Ficava sobre a cômoda esquerda, de frente ao banheiro, inúmeros interruptores e códigos saltando de seu tampo metálico. Ela se aproximou e leu as inscrições sobre os diversos botões – 1A, 1B, 1C... as letras do alfabeto acompanhavam o número "um" na primeira fileira, depois, na segunda, vinha 2A, 2B, 2C... e, na terceira fileira, 3A, 3B, e assim por diante. Acima de cada código havia um *led* e um pequeno botão em forma de alavanca. No topo, uma chave estava encaixada, e havia uma segunda entrada ao lado, mas estava vazia. Cláudia virou a chave. Um apito... Uma luz verde acendeu ao lado da entrada das chaves, indicando que o painel foi ligado, e apenas um *led* vermelho se acendeu: o sobre o título 3A.

Cláudia moveu o interruptor do 3A para cima, ao que o *led* se apagou, juntamente com a luz da suíte.

– Interessantíssimo!

Ela voltou a alavanquinha para baixo, e o quarto voltou a ficar iluminado. O painel, então, permitia controlar todas as luzes acesas da casa, possibilitando desligá-las sem precisar se locomover – ajudava bastante a economizar energia, considerou Cláudia, desejando que todas as construções fossem munidas de um painel-geral de força como aquele.

Havia, ainda, um largo indicador com a legenda *general*, que deveria desligar ou ligar todas as luzes ao mesmo tempo, e um *led* separado dos demais, sem inscrições, destacado por uma borda quadrangular.

– Deve ser de um cômodo especial, mas... Qual seria?

O mais estranho era que esse *led* não possuía chave de liga/desliga. Ainda tentando adivinhar a correspondência daquela seção especial, as pupilas fisgaram quando um *led* se acendeu na primeira fileira: 1B, no primeiro andar.

Cláudia estremeceu. Não havia encostado no interruptor do 1B... Será que o painel estava com defeito? Ela colocou a posição da chave para baixo, desligando o led 1B, mas em seguida foi a vez de a luz do 2A se acender. O coração ficou emudecido no peito, não querendo desviar a atenção de qualquer que fosse a coisa que estivesse acendendo luzes aleatórias pela casa. Se bem que, na verdade, deu-se conta ela, as luzes estão seguindo um caminho – do primeiro andar veio para o segundo, e agora...

Ouviu os passos cadenciados subindo a escada da suíte. Com a coluna gelada, Cláudia se virou, encontrando os cabelos loiros que apareciam gradualmente na abertura. Maurício!

Levando a mão ao peito, Cláudia se sentou na cama, aguardando que ele se aproximasse.

— Você me deu um grande susto!

Os lábios de Maurício permaneceram imóveis, mas Cláudia poderia jurar que ele estava rindo.

— Desculpe, mas você não voltou e, como não trouxe comida, o velho Pereira ficou preocupado. Pediu pra eu te trazer a janta.

Cláudia agradeceu, decepcionada. Achou que ele iria ter se preocupado em voltar para ver como ela estava — afinal, havia desmaiado!

— Hum, bem — começou ela —, vocês têm algum médico na cidade?

— Temos sim — confirmou Maurício, estranhando a pergunta. — Algum motivo especial?

Com uma expressão muda de incredulidade, Cláudia retrucou, cínica:

— Você não reparou que eu desmaiei? Ou achou que eu resolvi dormir no meio da escada?

Maurício apertou os olhos e curvou a cabeça, confuso.

— Do que você está falando?

Alterando-se, Cláudia aumentou o tom:

— Como assim, do que eu tô falando? Você subiu, trouxe as malas e...? Não viu que eu estava caída?

Ele contestou:

— Você... Eu subi com as malas, sim, mas você estava deitada na cama! Eu achei que deveria estar cansada, por isso me retirei, não imaginei que você havia...

Mas Cláudia não parecia estar ouvindo. Ela se concentrou para ativar a memória... Tinha certeza de que nem havia alcançado o último degrau quando perdeu os sentidos.

— Não é possível!

— O quê? — perguntou Maurício.

— É que eu não... Nada, deixa pra lá. Obrigada por trazer a janta! — Cláudia tomou o embrulho nas mãos.

Maurício ficou parado, encarando. Ela ergueu as íris de bronze, sentindo um ligeiro frio no ventre quando ele susteve o olhar dela com seus globos celestes.

– Você quer... Posso acompanhá-la até a cozinha, se quiser – ofereceu ele.

Apoiando-se para se levantar da cama, Cláudia foi barrada pela mão de Maurício, que cedeu gentilmente a palma para ajudá-la. Ela sentiu um segundo arrepio, mais longo, intenso, e, como sal sobre gelo, um sorriso forte se desenhou em ambos os lábios, derretendo a camada superficial que havia entre os dois.

Cláudia e Maurício, aparentemente protegidos pelas armações de concreto, não ficam sabendo da perseguição que se desenrola do lado de fora da mansão. Um corpo maior, quadrúpede, estala galhos ao mover-se nas trilhas que bifurcam a mata ao redor da mansão, visando sua presa logo à frente. A vítima, um corpo menor, também é, por sua vez, mais veloz, e assim o não tão divertido jogo perturba a paz daquele curto perímetro, cujo final poderia ser, qualquer que fosse o vencedor, mais infeliz do que fatal...

Não fique a sós...

O jantar foi rápido, sem maior comunicação que aquela troca de olhares diversos. Cláudia perscrutava; Maurício ocultava. Qualquer sensação que ultrapassasse tais limites era mera especulação. O fato é que a comida não lhe caiu bem – depois de acompanhar Maurício até a porta, Cláudia abandonou a chave no trinco, sentindo o corpo ficar molenga no momento em que subiu a escadaria do *hall*. Da suíte para a cama foi um tombo: um sono rápido e profundo que a levou às camadas mais internas do submundo, onde o sol teima, mas não reina, e a lua estribilha, faceira, suas árias sombrias.

Foi então que aquele aperto começou a esmagar seu peito, as veias encolheram e o coração ficou surrado – havia, naqueles túneis encardidos, uma maldade tão antiga e imaculada que sua alma vulgar não aguentou a pressão – arfou, escapando dos tentáculos galhados e compridos que a agarravam, empurrando-a para lá e para cá – um joguete antes de refestelarem-se com o banquete.

A alma tornou à superfície, despertando Cláudia, mas a impressão continuou em seu leito, expulsando-a sem qualquer cerimônia. Ela percorreu a casa até o saguão, perseguida por aquela sensação, e então se descobriu sem as chaves. A falta de eletricidade também não a ajudava, e a solução foi encontrar uma saída rápida: a janela de um banheiro. Ela saltou para o mundo exterior, achando que se livraria daquela energia opressora, porém alguma coisa lá fora também não estava certa. A picape pagou alto preço pelo desespero claudiano, detonando seu capô contra uma pobre nogueira – pouco ela pôde reagir!

E a madrugada voou pelas horas, prendendo Cláudia naquele abismo de monstros e ilusões. Só no dia seguinte foi que o sol, liberado de seu asilo, correu a espetar as pálpebras para trazer a garota de volta ao seu mundo.

Ah, o frescor da manhã... Limpava até mesmo os mais escuros becos com seus ventos ultravioletas. Cláudia acordou com os primeiros indícios de sol em seu rosto. Abrindo os olhos, um borrão esbranquiçado tomou conta de sua visão. Afastou-se com cuidado, sentindo dores esparsas pelo corpo, e descobriu o balão do air-bag inflado sob seu tronco. Erguendo a cabeça para o painel, sentiu uma contração dolorosa no peito: sua picape novinha fôra brutalmente danificada!

Algumas lágrimas insurgiram contra o ocorrido. Cláudia franziu os lábios e abriu a porta do motorista, colocando a perna esquerda para fora. Pisou e sentiu o pé escorregar – ao olhar para baixo, distinguiu a carcaça de um rato morto, alguns de seus restos agora grudados na sola do tênis.

Mas que merda!!! – Cláudia arrastou o pé na grama, com força, para expurgar os pedacinhos carnosos, e depois, cuidadosamente, saiu definitivamente do carro, evitando o cheiro, a visão e o contato com o bicho. Quando o fez, entretanto, não teve mais como segurar o que o seu corpo retivera a tanto custo: vomitou o conteúdo mal digerido da janta, sentindo grande indisposição.

Mancando alguns metros para longe do carro, do rato e do vômito, apoiou-se sobre os joelhos, refazendo as forças. Teria atropelado aquele roedor enorme durante a batida? Provavelmente, pensou, lamentando o estado de seu automóvel.

As imagens da noite anterior voltaram em quadros à sua mente. Ela então se virou para a casa, amaldiçoando a porta trancada. Teria que buscar as chaves-reserva com Maurício, além de verificar o motivo da abrupta falta de luz. Mas o que ela mais queria – oh, sim, por favor! – era tomar um belo café e arrumar um guincho, para levar seu amado motorzinho ao hospital...

※

Depois de meia hora de caminhada o cenário verde foi mudando: um leve avermelhado de poeira pairava sobre as folhas à beira da estrada, indicando maior movimentação de veículos, e o solo, até então rochoso, foi se desfragmentando até dar lugar ao barro argiloso.

Três meninas brincavam em frente à estalagem – ou melhor, brigavam.

– Me dá minha boneca, dá aqui! – uma delas empurrou outra no chão.

Cláudia interferiu, ajudando a pequena a se levantar.
– Parem, meninas! Isso não são modos de mocinhas!
Uma delas – a mais velha – mostrou a língua para Cláudia e saiu correndo, sendo seguida pela mais nova. Já a do meio, que ela havia ajudado a se erguer, ficou parada na sua frente, observando-a com curiosidade.
– Qual o seu nome, fofinha? – Cláudia perguntou a ela.
A resposta, entretanto, foi:
– Você pode prender o meu cabelo?
Cláudia ficou sem reação.
– O quê?
– Caiu o meu lacinho, você pode? – e a pequena estendeu o elástico, que Cláudia, sem muito jeito, tomou de seus dedos, aninhando os cabelos ralos e acastanhados no topo da cabecinha e passando o laço quatro vezes.
A menina fez uma careta ao sentir o quarto puxão, mas agradeceu.
– Meu nome é Cláudia – afirmou a pequena. – E o seu?
Cláudia riu.
– É Cláudia, também!
A menina pareceu duvidar. Cláudia apontou para o caminho ao lado da estalagem, por onde as outras duas saíram correndo.
– São as suas irmãs?
– Sim... A Clara e a Cleia. Elas tão sempre brigando!
Vendo que a menina foi a única a ficar sem boneca, Cláudia pensou em perguntar onde o brinquedo dela estava, mas uma voz chamou pela criança, que saiu correndo aos trancos e barrancos, sumindo para trás da hospedagem.
Cláudia foi até a recepção, mas não havia atendente. Atravessou a porta para a sala de estar, também vazia, e viu a lanchonete, com um único frequentador a tomar café: Matheus Nottemin.
A cozinheira apareceu em seguida, começando a retirar os pratos do Buffet.
– Desculpe – interveio Cláudia –, mas será que eu poderia me servir e pagar à parte?
A gorducha sorriu.

– Ah, olá, senhorita Blaise. Não precisa se preocupar, pode ficar à vontade!

Retribuindo a gentileza com um sorriso, Cláudia perguntou o nome da mulher.

– Gorete, querida, pode me chamar sempre que precisar!

– Obrigada mesmo, Gorete!

Com uma bandeja e o café da manhã nas mãos, Cláudia aproximou-se da mesa de Nottemin.

Ela pigarreou para chamar a atenção dele, mas o jornal continuou ocultando seu rosto.

– Com licença? – pediu ela.

Ele então finalmente baixou as páginas acinzentadas, encarando-a por trás dos óculos redondos.

– Será que eu posso... – e apontou para o espaço vago.

Com um gesto labial que indicava desconforto, ele se ajeitou e respondeu:

– Bom... Tudo bem. Sente-se.

Uma vez sentada, Cláudia quase se arrependeu do pedido. Aquele homem continuava a observá-la, entediado, como se não desejasse a sua presença.

– Desculpe invadir o seu espaço, senhor...

– Nottemin. Matheus Nottemin.

– Ah, sim, prazer, Matheus. Meu nome é Cláudia!

– Pois não, Cláudia. Diga, querida, que está achando deste lugar?

Diante da pergunta inesperada, que parecia quase proposital, Cláudia prosseguiu.

– Eu ainda estou conhecendo... Hoje é o meu terceiro dia aqui, então ainda estou meio deslocada – e antes que ele dissesse algo. – Você sabe se há algum médico decente nesta Vila?

– É... Bem – disse ele –, na verdade há apenas um, o Dr. Klèin. Mas parece-me bastante recomendado. Por que, posso perguntar?

– Claro, é que não estive passando muito bem esta manhã...

– Deve ter sido a comida.

Cláudia ergueu as sobrancelhas.

– O quê?

– A comida – ele frisou. – Também me sentia enjoado logo quando cheguei aqui. Deve ser algum tempero que eles usam, mas depois você se acostuma!

A marmita que Maurício havia trazido para ela, na noite anterior, floresceu em sua lembrança, trazendo consigo um ligeiro incômodo estomacal.

– É, você tem razão... Acho que foi a janta de ontem que me fez mal. De qualquer forma, talvez fosse melhor visitar um médico... Porque, por mais que te dê um desarranjo, a comida não deveria deixar você tão...

– Tão o quê? – perguntou Matheus.

"Assustado", pensou Cláudia em dizer, mas mudou de ideia.

- Sonado! – foi a primeira palavra que lhe veio à mente, ao que Matheus expandiu o semblante.

– Você também reparou?

– O quê?

– Que a comida daqui provoca sono! Eu pensei nessa possibilidade, a princípio, mas depois achei que era paranoia minha. – e cochichando: – Atribuí a alguma ocorrência atmosférica, mas no fundo eu tenho minhas desconfianças...

– Sério? – Cláudia arregalou os olhos. – Quais?

Gorete retornou da cozinha, colhendo o restante do que sobrara sobre a mesa.

– Ainda vão querer alguma coisa?

E ambos responderam, quase em uníssono:

– Não, obrigada!

A mulher estranhou aquele complô, mas limitou-se a retornar à cozinha, calada. Nisso Matheus já estava em pé.

– Perdão, agora tenho alguns afazeres. Podemos continuar nossa conversa depois!

– Já? – Cláudia também se pôs em pé, apertando a mão que o outro havia estendido. – Mas, desculpe a intromissão, o que o senhor faz?

– Sou jornalista.

– É mesmo? E você está procurando um *furo*? – brincou ela.

Ele riu, estufando o peito ao falar de sua profissão:

– Na verdade, não sou de qualquer espécie. Sou um jornalista geógrafo. Avalio a paisagem, o que inclui a fauna e a flora, e também os habitantes de recantos desconhecidos, para depois publicar minha matéria na renomada *Geográfica Mundi*!

Cláudia ficou realmente impressionada. Afinal, ser redator da *Geográfica Mundi* também poderia significar um lugar ao lado das *estrelas* – dos famosos cientistas e pesquisadores.
– Oh, redator da *Geográfica Mundi*, está falando sério?
– Não brinco.
Admirada, Cláudia despediu-se de Nottemin, voltando a atenção à sua até então intocada xícara de leite. Enquanto terminava o café, julgou que os editores da revista deveriam estar interessados na geografia do Vale dos Segredos, a qual parecia bastante peculiar. Aliás, percebeu ela, eu ainda preciso ir conhecer esse tão protegido lago!.
Abandonando a mesa, Cláudia foi até a sala de estar e se sentou na poltrona, aguardando que Maurício ou o senhor Pereira aparecesse. Precisaria de carona até a Vila, onde buscaria o guincho e faria visita ao médico.
Um assobio de chaleira voava da cozinha para a sala de estar. Cláudia apurou os ouvidos, escutando uma discussão que se desenvolvia nas paredes além da lareira. Fixando os olhos na porta, reconheceu a voz de José Pereira e a de uma senhora...
– *... você me promete a mesma coisa desde o dia em que perdi o meu amuleto...*
Essa voz chorosa... Espere, é o mesmo timbre daquela mulher que ouvi gritando! Reparou Cláudia.
– *Não tive culpa, mulher! Você devia trancar melhor as suas coisas.*
– *... agora eu tenho como me explicar pra Greta, tenho?*
– *Pare com essa ladainha! Faz 11 anos que eu ouço a mesma coisa!*
– *Então por que você não fala com a mocinha?*
– *Que mocinha?*
– *A que chegou... Você disse o nome dela...*
Um momento de silêncio. A voz retornou, mais sonora:
– *Cláudia! Cláudia...*
A própria segurou a respiração, exasperada para saber o que diriam dela.
– *Contar o quê?*
– *Que ela tem que partir! Agora! Antes que seja tarde demais... A casa vai... Ela não pode...*

– *Ah, já está delirando de novo. Toma, mulher, aqui, seu remédio... Isso, beba um pouco de água!*

Cláudia sentiu o coração pulando. Ouviu um baque e, em seguida, a porta ao lado da lareira se abriu. Ela fingiu que examinava a bolsa, enquanto digeria aquela nova informação. O que estava pra acontecer na casa?

– Senhorita Cláudia?

Ela fingiu que não havia notado a presença do velho, erguendo-se brevemente da poltrona.

– Oh, senhor Pereira, digo, seu José, eu precisava falar com o senhor!

Cláudia explicou ao velho o que havia acontecido, ocultando apenas o terror que a havia acometido durante a madrugada. Parecendo adivinhar a história toda, porém, seu Pereira ficou intrigado, demonstrando preocupação e convidando Cláudia a retornar à estalagem.

Diante da insistência dele, ela garantiu que pensaria na possibilidade depois de providenciar suas necessidades na Vila. E foi assim que ela conheceu o senhor Olindo Dias, pai das meninas Clara, Cleia e Claudinha.

Uns traços de nuvem negra riscando por trás das montanhas anunciavam uma possível queda d'água. Em frente à estalagem, Cláudia apertou os olhos para ver melhor. Um homem barbudo e de cabelos ralos se aproximava em cima de algo que ela não sabia se poderia (ou não) chamar de carro.

– Bom dia, Olindo!

– *Bão* nada, seu José. Foi *mar ajeitá* a *paia* no *sor* que o céu já *indicô* chuva!

O homem apertou nos lábios frouxos uma cigarrilha caseira improvisada com palha, e colocou os olhos miúdos em Cláudia.

José Pereira a apresentou:

– Essa moça precisa ir até a Vila, Olindo.

O homem franziu a testa e exibiu os dentes amarelos, em um meio-sorriso.

– *Craro*. Eu já ia pra lá, *memo*.

Silêncio. Por um tempo Cláudia começou a achar realmente perturbante vislumbrar a estrada desalinhada que se aproximava em curvas perdidas pelo verde fresco e apetitosamente úmido... Nossa! Que sensação estranha essa... Agora entendia por que razão as vacas adoram tanto sua graminha fresca.

Repentinamente, uma areia mais fina recobrindo o chão e um aroma de comida recém-preparada despertaram Cláudia para o que se chamava de centro da Vila. Não muitos pareciam notar o barulho produzido pela engenhoca de Olindo, exceto pelos curiosos que voltavam um interesse especial à nossa menina.

O treco motorizado foi estacionado com pequenos solavancos em uma subidinha de concreto, ainda na continuação da estrada – que agora se tornara apenas uma rua.

– *Bão*, agora o posto é esse daqui. A senhorita pode *descê i fazê* o que precisa *qui* eu tenho de haver uns *negócio* mais por lá, e num some que logo mais eu *vorto*, senão *ocê* vai *memo* é *dormi* aqui *debaxo* hoje!

Cláudia entendeu que ele deveria estar tentando ser simpático. Sorriu bondosamente e acenou, esperando o figurão cambalear até o outro lado da esquina.

Pelas aberturas de um barraco dentro do posto, Cláudia procurou pelo frentista para solicitar diesel – como informara Maurício, as reservas de combustível estavam baixas, e por essa razão os geradores deviam ter parado de alimentar a casa na noite passada, deixando-a no escuro. Um garoto recostado à sombra de uma espécie de vendinha, integrada ao barraco, esperou (imóvel) que ela viesse ao seu encontro.

– É você que cuida aqui do posto, moço?

– *Uah*... – o menino respondeu com o que mais pareceu um bocejo – Eu, sim...

– Então, eu precisava...

Ela se deu conta de que não sabia de quanto um gerador precisaria para funcionar... E nem por quanto tempo. Aliás, será que ela teria dinheiro suficiente? O menino-preguiça franziu a testa e espichou o pescoço quando viu Cláudia vasculhando a bolsa.

– Na verdade, é que eu... Você saberia me dizer... Quanto está o diesel?

— *Dieeeeeesel...* — Ele procurou uma placa mais à frente dos dois — Cinco por litro.
— Sério? Meio salgadinho, não? E... Você não saberia dizer, mais ou menos, quanto que um gerador usa de combustível?

Agora uma vitalidade outrora desconhecida transpassou os olhos do garoto, que se transformou em outra pessoa.

— *Hummm...* Usa gerador é?
— É... É sim! De energia sabe...
— Claro que sei! Sou o especialista nisso aqui, Dona!
— Ah, certo...
— E qual é a potência do gerador?
— Olha, na verdade eu não sei...
— Qual é o tamanho da casa, então?
— Ah, é bem grande, fica naquela montanha do...

O preguiça a cortou no final da frase.

— O casarão, é? Chique, *hein*, dona?

Irritando-se com a impertinência do garoto, Cláudia perguntou se ele tinha a resposta ou não.

— Faz assim — respondeu ele —, leva logo uns cem litros... Pra grande quantidade tem desconto especial. Daí a dona num fica no escuro por essa semana!

— Você tem certeza, garoto? Tudo isso? — Cláudia não confiava no julgamento do jovem. — Me veja então... Vocês não vendem umas velas? — brincou ela.

Mas o menino não gostou muito da piada. Fechou a cara e retomou a pergunta, balançando asperamente a cabeça.

— Vai levar o diesel ou não?
— Só um instante, preciso refazer as contas...

Uma mão peluda tocou o ombro de Cláudia, ao que ela tirou brevemente os pés do chão.

— Já tá enganando a moça, *Getúio*?

Era Olindo. Cláudia nunca pensou que ficaria tão feliz em revê-lo.

— Que é isso, Olindo! O senhor sabe que sou um homem de negócios!

— *Hómi, Getúio*... Ah, *mai tá é memo* um *rapaizinho* muito *pretenciouso*! E *quar tá* sendo o *probema*... É *Frávia*, né?

— Cláudia...

— Pois sim, *Clárdia*... Pois sim... Veio *comprá combustíver*, *mai* foi pra quê?

— Pro gerador da mansão...

— Ah, *Clárdia*... E a senhorita tem certeza que num tem reserva de *combustíver* por lá não? *Óia* que vai bastante, ia precisa *memo* é de *ih* até a Cidade pra busca uns *tambor pruns quinhento* litro...

— Bem... Seria apenas para ligar uma luz ou outra...

— *Ê* moça, e o banho vai *sê* frio, é? — ele pigarreou com uma risadinha fraca. — Então faz *ansim*...

Depois de uma breve explicação, Cláudia levou cinco galões de diesel junto a si no Olindo-móvel. À custa de uma nota promissória e um grande favor prestado pela lábia do caboclo. Iria precisar de muita economia, o que seria estranho, pois nunca havia se dado conta do luxo da energia elétrica, que sempre fora tão abundante em seu antigo lar.

— Nossa, seu Olindo, eu realmente não sei como agradecer!

— Quê, moça... Num tem essas *coisa co véio* Olindo aqui, não! Uma vez que esse faro aqui *confiô*, ó — ele deformou o nariz —, então tá confiado!

Como Olindo já estava de regresso e Cláudia sentia-se melhor de saúde, postergou a visita ao médico, e, não encontrando quem prestasse serviço de guincheiro, ficou matutando durante o caminho sobre como trazer seu carro à Vila. Depois de agradecer novamente e se despedir com dentes largos de Olindo, percorreu o local tanto quanto seus olhos puderam alcançar: procurava Maurício. Nesse instante presenciou uma bela cena: um adolescente, correndo desengonçado na direção da recepção, escorregou e se espatifou na terra vermelha.

— Você tá bem? — prontificou-se ela.

— Lógico! — Ele saltou ligeiramente, limpando a roupa.

— Já fez amizade com a moça, Juca? — Maurício chegou repentinamente, provocando aquele odioso susto em Cláudia, que logo se reverteu em um prazer contorcido.

— Eu tenho que ajudar o pai, agora — disse o menino, que saiu correndo de novo.

– Este é o Juca, meu irmão caçula.

Cláudia fez ar de dúvida. Irmão? Juca? Então José Pereira era...

– Você... Você é filho do seu José?

Mas Maurício não pareceu ouvir a pergunta, pois o que disse foi:

– Vai chover daqui a pouco... Se nos apressarmos, religamos o gerador sem *se* molhar...

– Então o seu José já avisou que eu...

– Sim, ele me disse. Vamos na minha caminhonete. Depois vou guinchar o seu carro e trazê-lo até a Vila.

Contentíssima, Cláudia agradeceu a ele.

– Há... Que é isso! Afinal, pra que eu sou pago, né?

– Hum... – Cláudia sentiu a resposta como uma fisgada no intestino.

– Só aguarde um minuto, preciso devolver isto ao dono...

Foi então que ele reparou na boneca imunda que ele segurava em uma das mãos.

– Ei, esta não é a boneca da...

Mas ele já estava longe, sumindo por detrás da estalagem. Será que era isso o que estava atrapalhando a chaminé? – divagou Cláudia, pensando em como o corpinho roliço da boneca de pano estava carbonizado. Maurício retornou poucos minutos depois, dirigindo a caminhonete, e Cláudia embarcou.

Sem maiores comentários até chegarem ao casarão, ela ansiou por que aquela situação se resolvesse logo – a presença dele não a deixava muito à vontade. Ao passarem pelo portão, a picape os encarou com seus faróis amassados e tristonhos. Maurício emitiu um ruído de comoção.

Estacionaram ao lado do alçapão e o vento veio lhes recepcionar, indicando que a chuva não tardaria. Cláudia respirou fundo... Uma brisa com uma baforada de carniça, trazida do alto, contorceu seu rosto. Ela olhou para cima, enxergando uma espécie de sacada do segundo andar que flutuava sobre eles. Será que o cheiro vinha dali?

Voltando a atenção para o alçapão, Cláudia ajudou Maurício a descer com os galões. Ele reabasteceu os geradores e já terminava de fechar a porta do alçapão, quando ela pisou em um objeto que produziu um barulho característico. Baixou os olhos e viu, para sua surpresa, que eram as suas chaves! Ficou segurando o molho, atônita, ao que Maurício a interrogou.

— O que foi?

— Estranho... Estas chaves... — e ela as exibiu. — Eu me lembro de ter deixado elas na porta quando me despedi de você, ontem à noite...

— Isso tem a ver com a picape?

Foi a primeira vez que Maurício se interessou por algo relacionado à Cláudia. Ainda que não demonstrasse, ela sorriu por dentro — mantinha inegável atração pelo rapaz. Ela então narrou suas dificuldades durante a madrugada, reparando as transformações que o rosto dele sofria a cada relato.

— E agora você encontrou as chaves, que deveriam estar do lado de dentro da porta, aqui atrás?

Cláudia confirmou, balançando a cabeça.

— Você tem certeza de que não é sonâmbula?

Ela não esperava tal comentário.

— Até onde eu saiba, não!

O odor continuava recendendo acima do alçapão. Como Maurício era o caseiro, Cláudia imaginou que ele deveria se responsabilizar por coisas como... Retirar bichos mortos do terreno.

— Desculpe, ela chamou, fazendo com que Maurício cessasse os passos, mas você não está sentindo um cheiro estranho?

Maurício, ainda de costas, não respondeu por ora.

— *Hein*! Você não sente o cheiro?

Aparentemente irritado, como quem odeia ser interrompido na metade de uma tarefa que quer cumprir rapidamente, ele se virou para responder.

— Cheiro de quê?

— Eu não sei... Um animal morto, talvez...

— Não sinto cheiro algum, Maria.

— Como?

Ele deu uma sacudidela, como se houvesse levado um susto.

— Ah, me desculpe, Cláudia! Ando com a cabeça cheia.

— Certo... Parece que eu vou ter que cuidar dos meus problemas sozinha — indignou-se ela, voltando a mirar a sacada acima deles.

Mas ficaria mais bem designada como terraço: era imensa! Um tremor quase infantil ressoou pela sua nuca, e, ao abaixar os olhos, viu Maurício já na extremidade frontal da mansão. Quando alcançaram a picape, ele notou o rato morto ao lado da porta.

– O que é isso?!

– Já estava aqui quando acordei, de manhã. Eu devo ter atropelado durante a batida...

– Não... – Maurício abaixou-se, conferindo a carcaça. – Este rato foi morto a mordidas.

Em um flash, a imagem de um vulto atravessando a frente da picape, segundos antes do acidente, fez Cláudia estremecer.

– Como disse? Mordidas?

– Não é seguro permanecer aqui esta noite, Cláudia.

Ela se impacientou.

– Mas como assim? O que está acontecendo? Seu José também fica agindo como se houvesse um grande perigo aqui, mas do que vocês estão falando?

– É quase noite – ele não respondeu à pergunta dela. – Vamos levar a picape logo, aí trago você de volta antes de escurecer.

O protesto ficou preso na garganta de Cláudia, que se resignou na tarefa de ajudar Maurício a empurrar a picape para longe da nogueira, depois a enganchando ao sistema de cabo com o qual a traseira da caminhonete era provida.

Cláudia guiou a picape por todo o percurso, arrastada pela caminhonete, alimentando as diversas teorias que espocavam em sua mente. Haveria algum animal selvagem nos arredores da mansão? Ou será que o imaginário desse povo do interior estava por demais exaltado?

Depois de deixar, com grande pesar, sua picape em um mecânico da Vila, Cláudia retornou com Maurício à mansão. Ela quis pagar a viagem, oferecendo-lhe notas cruas, mas ele pareceu revoltar-se com aquilo.

– Quem me paga é o velho Pereira.

E, em uma arrancada brusca, partiu com sua caminhonete, deixando Cláudia novamente a sós com a mansão. Arrependendo-se da atitude, ela não teve como lhe gritar um pedido de desculpa – uma chuva densa e gélida já a atava pelas costas. Ela correu para chegar à porta de carvalho. As nuvens enegrecidas haviam reduzido a pouca claridade do dia que restava.

Cláudia usou o molho de chaves recuperado e girou o trinco demoradamente, como se à espera de que nada funcionasse... Mas a porta deslizou suavemente ao toque de suas mãos, chiando um pouco. O ambiente interno permanecera o mesmo – os vitrais, a grande mesa central, a tapeçaria... Ela vacilou até o *hall* e saltitou pela escadaria principal, onde por pouco não se machucara ao cair na noite passada, afundando uma crescente sensação de pavor que lhe voltava no esôfago. Ainda estava bem vivo o medo estranho que a sufocara, sem razão de ser...

Ao saltar o último degrau, tomou a direção esquerda, querendo conhecer um pouco mais da mansão que lhe pertencia. Passou por uma porta trancada, alguns quadros e, ao final do corredor, três portas, uma à frente e duas de cada lado, a confrontaram. Uma estava trancada; a da frente era um espaço com escada para o terceiro andar e, à direita, a porta estava aberta, exibindo um dormitório com armário embutido.

De alguma forma, aquelas formas retangulares atraíram sua atenção. Ela adentrou o aposento que, estando com as janelas fechadas, acolhia a penumbra. Clicou o interruptor, felicitando-se por ter sua luz de volta, e aproximou-se do armário, puxando um dos trincos. Um aroma adocicado invadiu suas narinas. Muitos vestidos, sobretudos e outras peças estavam alinhados e dependurados no módulo. Ela tateou os tecidos, seus lábios retorcidos em uma áspera contração de asco – o cheiro de perfume velho não lhe agradava.

O outro módulo que abriu continha pertences pessoais, joias, e, o último deles, algumas roupas menores e também um gaveteiro com meias, lenços, cachecóis e calcinhas gigantescas. Rindo do achado, Cláudia parou para analisar, pela primeira vez, quem haviam sido os antigos moradores daquela mansão. Fechou as portas que estavam abertas e parou, por alguns segundos, escutando os pingos que rebatiam na janela escura. Se Alfredo Blaise morava ali, ele certamente mantinha uma amante... Abaixo da janela, uma escrivaninha barrou seus pensamentos. Ela abriu a gaveta única, encontrando um diário trancado a cadeado.

Que apropriado! – debochou ela, tentando forçar o pequeno trinco do caderno. Mas não cedia. Um trovão afastou a mente de Cláudia daquele livreto. Levando-o consigo, seguiu à suíte, resolvida a tomar banho e esquecer os maus momentos passados na noite anterior. O temporal mergulhava o corredor em negrume, o qual, desprovido de janelas, já era naturalmente sombreado. Cláudia reparou em alguns quadros que não havia parado para analisar antes: animais sinistros, alguns lembrando as gárgulas de uma catedral gótica. Que decoração era aquela?

Susto!

Uma pálida mulher fez o coração de Cláudia acelerar – Vênus de Milo, sua danada! – ela alisou suavemente o corpo da estátua ao passar por ela, repreendendo-se por ter ficado tão medrosa desde que Geórgia... Ela não completou o pensamento.

Chegando à suíte, separou um conjunto de roupas confortáveis, andou até o lado da cama e abandonou o diário sobre uma das cômodas. Na outra, viu que o painel continuava ligado, apenas a luz do 3A destacando-se.

O medo de ontem deve ter sido uma peça pregada pela minha mente. Acho que ainda não superei o trauma recente por que passei e... – ela entrou no banheiro (ligou a luz antes), barrando a continuidade das ideias, e pendurou as roupas em um gancho. Um grande espelho, uma pia larga, vaso sanitário, bidê e um box acompanhavam a banheira. Um dia ainda irei testá-la! – planejou, ladeando a minipiscina. Mas agora preciso de um banho rápido.

Abriu o chuveiro. Respingos frios de cor ferruginosa fizeram-na dar um impulso para trás. Mas instantes depois ela aprovou, animadamente, a água límpida, abundante e vaporosa que jorrou pelo chão.

Ensaboou-se com uma barrinha de erva-doce que trouxera, espalhando suas bolhas perfumadas pelo corpo. Enquanto isso, lembrou-se da hipótese levantada por Matheus: a comida daqui provocava sono? Teria mesmo ficado sonâmbula e deixado as chaves atrás da mansão? Não, isso ainda não fazia sentido...

Já se sentindo mais leve e faminta, ela se enxugou, enfiando o blusão de moletom e a calça de algodão que havia separado. Deixou a toalha estendida em um apoio da parede e jogou-se na cama, observando o diário. Repentinamente a imagem de uma chave presa à corrente, que ela recebera na caixinha de herança, flutuou em sua mente.

Cláudia correu a buscá-la na mala, tentando encaixá-la no cadeado – mas em vão, não correspondiam. Foi então que ela analisou melhor o formato singular daquela chave – haste curta e grossa, com a ponta em forma de cruz... O painel voltou a chamar a sua atenção. Ela levou a chave ao encaixe vazio do painel, rejubilando-se quando sentiu o clique receptivo. Girou a chave e... Aquele *led* isolado, sem qualquer inscrição, acendeu-se magicamente aos seus olhos.

– Uau! Mais esse mistério, agora! Será que Maurício sabe o que significa esta luzinha à parte? – falando nele, Cláudia se lembrou de que o rapaz avisara que retornaria com algo para a janta. Ainda iria demorar?

Como que em resposta, ela ouviu um ronco baixo de caminhonete sobrepondo-se, com dificuldade, à tempestade.

– Droga, ele vai se molhar todo! – Cláudia vasculhou uma das malas, localizando uma sombrinha. – É pequena, mas vai ajudar.

Desceu as escadas para o segundo andar e percorreu o corredor, que já estava bem mais escuro. Preciso aprender logo a localização dos interruptores, queixou-se ela, esquecendo-se de que já poderia ter iluminado o seu caminho por meio do painel de força geral.

Quando passou pela porta-dupla da biblioteca, sentiu os pelos sob a nuca eriçarem. Indagou a si mesma se essa má impressão ainda a incomodaria por muito tempo, e se teria algum fundamento, nem que intuitivo... Concentrou-se na linha reta até a escadaria do *hall*, imaginando viseiras em cada lado do rosto, para não captar vultos naqueles quadros de formas retorcidas, e suspirou, caminhando vagarosamente. Suas pupilas dilataram, adaptando-se para identificar qualquer formato ou movimentação diferente entre as sombras.

O interruptor, onde estará?

Procurou à frente e aos lados, para só então se virar e ver que já passara por ele. Ai, droga, reclamou para si mesma, erguendo o dedo até o botão incandescente que entrevira. Mas...

Bang! A grande porta de carvalho bateu antes que a ação se completasse, e um lampejo vindo do teto de vidro, na continuação do corredor à esquerda, anunciou um trovão torturante que a fez quase molhar as calças.

Cláudia largou o guarda-chuva e correu, agitando os braços teatralmente, de encontro à escadaria do *hall*, onde refletiu antes de descer desastrosamente, como fizera da outra vez. Observando a cena, complacente, Maurício hesitou antes de rir. Cláudia aprumou o corpo da forma mais decente que pôde e continuou a descida, explicando-se.

– É que eu levei um baita susto!

– Eu percebi! – e em um sorriso largo, quase sádico: – Esta casa realmente assusta!

– É... – ela chegara à terra firme. – Você se molhou muito?

– Um pouco, mas não se preocupe com isso. Já quer jantar?

Cláudia aquiesceu, sendo guiada por Maurício ao minicorredor que havia depois da escadaria, ao lado do escritório que ela utilizara como saída de emergência ainda ontem. Alcançaram o bar – um ambiente diferente, mas bonito. Havia um balcão central divisando banquinhos giratórios de encosto vermelho, do lado de cá, e armários brancos suspensos contornando a entrada da cozinha, do lado de lá.

Destoando da decoração, uma porta verde-esmeralda, à esquerda, indicava a sigla "w.c.", continuada por uma vidraça que permitia ver o fundo do terreno e uma pequena varanda do lado de fora – a lateral esquerda da mansão.

– Você costumava vir pra cá?

Maurício procurava entender a intenção da pergunta.

– Antes de ser caseiro, você diz?

– Sim...?

Ele espirrou, ao que prosseguiu:

– O antigo dono dava algumas festas. Mas eu nunca, por assim se dizer, fui convidado. Veja – e ele apontou o balcão com abertura central. Cláudia localizou a porta também centralizada logo após – ali é a entrada da cozinha. Aqui costumava ficar um garçom ou algo do tipo, apenas atendendo. Um restaurante, mesmo. E há ainda o salão de dança de que te falei, você já viu?

– Ainda não. Eu só vi a sala da entrada, o escritório que a gente passou, um quarto e a suíte...

– É, ainda falta conhecer bastante coisa. Mas eu falando aqui e você com fome!

Ele desembrulhou as duas marmitas. Iria jantar com ela – o que era bom, ela pensava, pois havia muito a conversar, muitas perguntas que queria fazer, e aquela seria a oportunidade ideal. Cláudia destampou o seu pote e começou a comer, já puxando assunto.

– Aquela boneca que você achou... É da menininha, da Cláudia, não é?

Já com a boca cheia, ele demorou um pouco a responder:

– Sim, estava na chaminé, você acredita? Essas meninas aprontam que é uma beleza!

Cláudia riu.

– Mas, voltando ao assunto, então você não era muito chegado do antigo dono?

Ele tornou um olhar provocante:

– Qual deles?

Ela se admirou.

– Houve mais de um?

"Mas é claro! – Concluiu, sem falar. Que ingenuidade a minha, achar que meu avô foi o primeiro a ocupar este casarão!

– Na verdade... Esta mansão foi sendo passada adiante e, assim como você a recebeu de herança, ela já havia sido herdada por outras pessoas antes. Mas o dono, quem a construiu, este já morreu faz tempo, eu nem era nascido.

– Hum... – Cláudia escutava, entre uma garfada e outra. – Quer dizer então... Que meu avô recebeu esta casa de herança, antes de... – ela sentiu dificuldade para completar a frase. – Antes de ele morrer?

Maurício largou o talher. Estava pensando em como responder àquela questão. Mas talvez ele não saiba a resposta, imaginou ela, ao que sentiu as pálpebras pesarem, penderem, fechando...

Maurício acomodou o corpo de Cláudia sobre a cama. Ele nem teve dificuldade de trazê-la para cima – ela pesava pouco. Ficou um tempo admirando aquele rosto bem-feito, entre a dúvida de levá-la de volta à estalagem ou passar a noite ali.

Mas não queria ficar naquela casa. Ela lhe trazia lembranças demais...

Vendo como Cláudia respirava calmamente, o tórax subindo e descendo suave sob a colcha, um sentimento antigo emergiu em seu peito – aquela mesma sensação que há muito fugira de seus membros, desde que sentira as primeiras fagulhas da paixão perfurando sua racionalidade...

É um dia ensolarado e morno. Mauricinho afasta um punhado de feno e esconde um objeto muito curioso no meio da palha.

Passos, alguém se aproxima.

Maurício se esconde atrás do monte de feno – está no soerguido de um celeiro.

José Pereira entra com a esposa Mariel, sempre falante:

Te disse, meu homem, não posso perder aquilo... A Greta... Ah, sabe Deus o que ela faz comigo se eu perder esse espelho!

Pereira, moço e muito apresentável, traz terno olhar para a esposa.

Calma, meu bem, vamos encontrar!

Vasculham por cima e, sem localizar o objeto de interesse, saem do celeiro, continuando a procurá-lo, Mariel ainda reclamando: *Lembra, meu bem? Eu te falei o que o espelho faz...*

Maurício abandona o esconderijo e enfia as mãos no feno, buscando aquilo que ocultara. *Um espelho?* – pergunta-se. *Então ela não poderia estar procurando aquele pedaço de pedra!*

Sucumbira a um desafio de Maria (que ele chamava de Marieta), quando esta lhe expôs um tentador prêmio, caso ele roubasse o tesouro de uma caixinha guardada no armário de Mariel: um beijo.

Mauricinho, o travesso, como era chamado, entrou no quarto da infeliz madrasta e abriu o bauzinho de madeira – não estava trancado

— encontrando, surpreso, aquele pedaço oval de pedra cinzenta entalhada com pedrinhas coloridas nas orlas.

Bem, se a Marieta quer...

Saiu às pressas com o tesouro, resolvendo logo escondê-lo, para assegurar o prêmio que ela oferecia. Já pressentindo o beijo, Maurício escondeu o objeto novamente e desceu a escada pênsil de madeira do celeiro à procura de Maria.

Aqui a lembrança de Maurício sofre uma interrupção, mas ele pôde adivinhar a cena, baseado em acontecimentos posteriores:

Abaixo do soerguido do celeiro, de bochechas vermelhas e uma decidas por lágrimas, outro morador do Vale, Eduardo, arregala os olhos. Observara as ações de Mauricinho desde o início, ali embaixo da marquise, onde estava de castigo desde o almoço, após levar uma sova por quebrar seis ovos de uma só vez.

Mas eu tropecei, mamãe!

Não faz mal! Então apanha para deixar de ser desengonçado.

Assim que Maurício sumiu de vista, Eduardo subiu as escadinhas e remexeu a palha, que estava frouxa em um canto, descobrindo o tesouro que o outro escondia.

— *Que lindo!* — pensou. — *Vou dar para a Maria!*

Uma lágrima quis escorrer, mas Maurício a impediu, negando-se a continuar com tais reminiscências. É que aquela casa... Era muito fácil se tornar emotivo naquele lugar. Por mais alguns quartos de hora, ele continuou velando o sono de Cláudia, partindo para a estalagem a seguir.

À exceção de Cláudia, talvez todos já soubessem daquela movimentação cada vez mais frequente em meio às árvores que cercam a mansão, ou daquelas presenças que atravessam, incólumes, as paredes do casarão. Contudo, preferem ignorá-las. Assim é mais fácil levar a vida adiante, ou enlouqueceriam como Mariel, a pobre Mariel... Esta, em seu cômodo almofadado no térreo da estalagem, estava mais agitada do que de costume, uivando para a lua, ainda cheia, um mantra de lamentações tão tristes que fariam até o mais duro coração se compadecer...

Mistérios macabros

O i, Maria...
— Eduardo! Como me encontrou aqui?
— Eu... Eu sempre sei onde você vai estar!
A menina loirinha e pálida balançava em uma tábua, segurando-se nos ramos floridos que enfeitavam a corda do balanço, estando a corda suspensa a mais de dois metros por uma árvore troncuda e retorcida.
O chão, recoberto por folhagem viva e morta, afofava os passos de Mauricinho, que vinha no encalço de Eduardo sem ser percebido.
— Olha, tenho um presente pra você! — rebenta Eduardo.
— Para mim?
Maria pula para a frente com um saltinho, ajeitando o vestido axadrezado nas pernas e afastando alguns fios dourados das suas bochechas mosquetas.
Eduardo, tímido porém galante, ergue do bolso o estranho espelho que não reflete, fazendo o rostinho angelical contorcer-se em uma exasperação repentina. Maria fica de beiços abertos em um oh muito comovente. Ela agita os bracinhos alvos para cima do objeto, agarrando-o com um gesto brusco que assusta Eduardo.
— Oh, é lindo, *lin-do!*
Eduardo enrubesce, satisfeito.
— Vai receber um prêmio!
— Qual?
— Fecha o olho!
Maurício espeta um galho na palma da mão, apertando-o até sentir um líquido quente vazar sobre a pele. Um estalido seco de beijo ecoa em seus ouvidos... Ele jura intimamente que terá a melhor oportunidade de se vingar!
Os mais novos enamorados passeiam pelo jardim secreto de mãos dadas, e pouco depois já estão longe. Maurício continua no mesmo canto até o anoitecer, sentindo o vento gélido quebrar as águas do lago circular acolá da trilha.
Quando coloca os pés em casa, sua madrasta, pronta para dar-lhe uma bronca, recua sob o seu olhar feroz, admirada: seu enteado não era mais um *Mauricinho...*

Outro susto! Cláudia levantou em um sobressalto, a cabeça dolorosamente pesada. Estava em sua cama, coberta com o forro. Alguns raios de sol penetravam a densidão do quarto.

– Quê, mas como... Que aconteceu? – inconformava-se ela.

Vestida da mesma forma como se encontrava na noite anterior, ela se levantou, sentindo as pernas trocadas, e desceu da suíte para o corredor, um leve zumbido soando nos ouvidos. Foi até o balcão do bar, massageando o abdome contraído.

Os potes não estavam mais lá, mas restos de comida confirmavam que ela não estava inventando acontecimentos. Vestígios de Maurício? Apenas um leve aroma que ela pôde identificar como dele pairava no local.

Começava a odiar essa loucura! Seria possível... Maurício houvera colocado soníferos na comida? O que ele planejava, por quê? Mas as divagações foram interrompidas por uma tontura e um ronco... Fome matinal! Será que ficaria abandonada ali, sozinha, por muito tempo? Um enjoo sacana estragou a lembrança do bufê sortido da hospedagem.

Melhor esperar o apetite abrir de vez. A barriga estava grunhindo estranhamente, como se as vísceras estivessem descolando. Desanimada, Cláudia dirigiu-se novamente ao *hall*, e então ouviu o som da caminhonete se aproximando. Atravessou o saguão de entrada e aguardou, na soleira da grande porta de carvalho, pela aparição de Maurício.

Sem saber se deveria recebê-lo com um sorriso ou com um soco, Cláudia preferiu continuar muda.

– Bom dia, dona!

Mas ela não respondeu, por ora.

Maurício se aproximou, apreensivo.

– Você está bem?

Ela tinha cara de quem não estava.

– Você desmaiou ontem, depois de começar a comer... Deixei-a na cama, mas você estava respirando tão calmamente que pensei estar apenas muito cansada!

Diante de tamanha insensatez, ela se alterou:

— Eu não sei o que houve, mas... — a voz de Cláudia ressoou esbaforida. — V-você colocou alguma coisa naquela comida!

— O quê? — ele hesitou, bastante indignado. — Está ficando LOUCA? Ela esperou.

— Te faço um favor e a senhora ainda é capaz de me fazer uma acusação dessas?

Os olhos de Cláudia marejaram.

— Pra começar, é senhorita, e...

Maurício bufou. Sabia que aquele momento chegaria, mas preferia postergá-lo. Todos preferiam.

— Cláudia — começou ele, tentando colocar o máximo efeito calmante em sua voz —, sente-se, por favor. Precisamos conversar.

Totalmente desarmada por aquele ato inesperado, Cláudia desabou sobre uma das 20 cadeiras da comprida mesa, sem mover as pupilas que havia fixado no rapaz.

Ele baixou a cabeça, o rubor esvaindo-se pelas bochechas.

— Coisas... Coisas estranhas acontecem por aqui.

Ela quase não respirava, escutando avidamente.

— Eu não sei qual a sua religião, nem em quê você acredita, mas este Vale é repleto de forças que... Bem, sobrenaturais ou não, elas simplesmente fogem à compreensão de todos nós, habitantes da Vila. E você certamente ouviu... Não tem como não ouvir, você ouviu uma mulher gritando na estalagem...

— Sim, confirmou Cláudia, aguardando por mais.

— Mariel é o nome dela. Quase uma mãe para, mim, esposa do velho Pereira. Ela me criou e, em troca, eu preferi abandonar a universidade e retornar para cá, pois meu pai não suportaria o fardo de cuidar de Mariel sozinho, ainda mais que ultimamente ela está mais... agitada do que o normal. Então me ofereci para ajudar com a manutenção da estalagem e da mansão, mas a verdade é que quase não nos aproximamos desta casa, pois... — ele fez uma pausa.

— Por quê? — apressou Cláudia. — O que há com a casa?

— Pessoas morreram aqui, Cláudia. Pessoas queridas! E em parte o velho Pereira atribuiu isso ao fato de ele não ter dado atenção, de ter se importado mais com a construção da estalagem. Sempre foi o sonho dele, sabe? Essa hospedaria. Havia até planos de construir um *resort*, mas a doença de Mariel aos poucos foi minando seus sonhos, e ele se viu consumido pelo amor que nutre pela minha madrasta.

– Mas eu ainda não entendi – reclamou Cláudia – o que isso tem a ver com a comida e...

– Calma! – tesourou Maurício. – Eu estou chegando lá! Bem – retomou ele –, acontece que nem sempre Mariel esteve doente. Ela era saudável até demais, nunca a vi pegar um resfriado sequer. E ela tem uma amiga, a Greta, à qual era muito chegada. Elas se conhecem desde o colégio, e compartilhavam tudo.

"Mariel contou à Greta sobre as coisas estranhas que estavam acontecendo. Éramos acometidos por pesadelos, portas se abriam, janelas batiam, e outras coisas que não convém comentar neste momento. Então essa amiga, a Greta, receitou a Mariel um preparo à base de ervas que deveria nos proteger contra influências maléficas ou espirituais. A gente não quis aceitar, a princípio, mas depois passamos a ingerir o preparado junto às refeições, e nos sentimos menos vulneráveis. Logo os sonhos ruins nos abandonaram, bem como aquela constante sensação de medo e a movimentação estranha nas casas.

"Na estalagem, tudo o que comemos recebe as tais ervas, manipuladas pela minha irmã, Marta, a quem Greta confiou tal tarefa depois de adoecer. Marta separa os ingredientes e depois leva a Gorete, que os utiliza de tempero na comida. Assim, todos ficamos protegidos, inclusive você. O único problema é que, até seu organismo se acostumar, existem alguns efeitos colaterais, como enjoo e sonolência, mas esses sintomas tendem a diminuir conforme o hábito...

Cláudia estava de queixo caído.

– Vocês estão nos drogando na cara dura?

Maurício não gostou da insinuação.

– É para o seu próprio bem, Cláudia. Mas, se preferir, deixe de comer a comida da estalagem. Faça um teste, vá até a Vila, coma por lá e depois volte para passar a noite aqui. Só não venha depois pedir ajuda quando...

– Quando o quê? – explodiu Cláudia. – Quando eu bater o meu carro porque VOCÊS estavam ministrando substâncias tóxicas sem o meu consentimento?!

– Eu lamento pela sua picape, nós...

– Ah, você *lamenta*? Por favor, vá embora. Eu quero ficar sozinha!

– Mas Cláudia, há algo que eu preciso...

– VÁ EMBORA!

Aquela geleira que Cláudia tanto insistiu por quebrar, inicialmente, voltou a calejar a face de Maurício, que, virando-se de costas, foi até a porta, ainda completando:

– Eu imaginei que acordaria com fome. Trouxe o café. Vou deixar a cesta na porta, e, como irei para outra província, receio voltar apenas amanhã. Se você tiver algum problema, vá para a estalagem antes das cinco. Você deve levar meia hora se for a pé.

Cláudia recebeu as últimas palavras como um corte em seus ouvidos. Ficaria a sós novamente? Sentindo remorso, viu Maurício desaparecer, retornar com uma cesta nos braços e, sem olhar na sua direção, abandoná-la na varanda da entrada, sumindo a seguir.

Cláudia recolheu o cesto e foi até a cozinha. O cheiro do café fresco era instigante, mas, resistindo à tentação de comer imediatamente, ela esvaziou o conteúdo da garrafa na pia e esmigalhou o pão dentro de um balde de lixo – não iria sucumbir às crendices daquele povo. Eles querem ficar dopados com ervas? Ótimo! Mas eu prefiro estar totalmente consciente das minhas decisões! – ditou para si mesma.

Só então reparou em que maravilha se encontrava: era o sonho de qualquer cozinheiro! Com um balcão branco ao centro, um painel com panelas e utensílios pendurados, todos de aço, um fogão de seis bocas, fornos, a porta de um freezer imenso e uma série de armários suspensos. A cozinha era completa! Havia, ainda, uma porta ao final da parede, com saída para o lado esquerdo da mansão – fundos do terreno.

Cláudia abriu a porta, descobrindo a varanda e um lado que ela ainda não conhecia da casa – pelo lado de fora, viu o imenso salão de festas, com parede de vidro convexo, igual as do saguão de entrada, só que com o dobro do tamanho. O que mais chamou sua atenção, porém, foi o portão de ferro que separava o gramado, perto da floresta.

Ela alcançou o portão – não havia qualquer cadeado ou corrente, só um pouco de ferrugem e musgo. Cláudia empurrou a grade, ao que suas juntas informaram que estavam vivas com um guincho estridente. Três tambores velhos, provavelmente para depósito de combustível, esparramavam-se por uma clareira em extinção, angustiada por causa do mato alto que já ameaçava cobri-la por inteira.

Cláudia cuidou para que o matagal não a ferisse nas pernas e braços, seguindo até uma trilha que, parcialmente ocultada pelas folhagens, aguardava sua visita. Ao alcançá-la, sentiu um ligeiro alívio, já que naquela brecha os galhos e as folhas davam uma folga para a passagem. A mata que envolvia a trilha era densamente fechada, tornando a luz quase impenetrável pelo caminho, que ficava mais escuro a cada passo.

Mas a curiosidade afastava o medo, e ela se entregou à aventura. *Folhinha, folhão, com o seu cabidão...* Cláudia cantarolava, amassando o tapete morto de folhagens com os tênis.

O aumento da claridade indicou o final da trilha. A passagem se abriu entre as árvores, revelando um volume ainda maior de folhas secas recobrindo o chão. Todo o percurso era em declive.

Cláudia desceu, chocando-se de árvore em árvore para não rolar de vez. A descida foi ficando menos oblíqua, as árvores espaçando-se, e, conforme avançou, ela vislumbrou a paisagem radiante: bem à sua frente, um imenso – repito, *imenso* – lago circular despojava a terra e dava vazão a uma água límpida e esverdeada.

Em torno das orlas, a floresta continuava harmoniosamente, formando um equilíbrio circular perfeito (até demais) para um ambiente natural. É quase um quadro, pensou Cláudia, que estava abobada com a visão.

Ela se achegou à beira mais próxima do lago, observando a terra se aprofundar na água, até sumir nas profundezas de um abismo quase marinho. Minúsculos peixes dançavam na placidez do vácuo, alguns crustáceos também pequenos brotando aqui e ali para admirar a predação rítmica dos peixinhos.

A mata dessa região depois do lago... Talvez seja até virgem! Deve haver muitos bichos por aqui, quem sabe até animais selvagens! Cláudia continuou a caminhada junto às águas, divagando. E talvez esses sejam os animais temidos que rondam a mansão, e que os deixam amedrontados! Percebendo um balancinho velho adiante, ela freou os pensamentos, indo conferi-lo. Quem será que costumava brincar por aqui, se meu vô não tinha netos até então? Talvez as crianças da Vila...

Cláudia teve um *insight*.

Mas... Crianças, naquele tempo... Só podiam ser Maurício, Maria e alguém mais que morasse na estalagem! E como... Bem, simplesmente *como*, se meu avô, teoricamente, ainda não morava aqui?

Ela então deu um tapa na cabeça, como que para acordar. Não, não foi meu avô quem construiu a mansão, pelo que o Maurício disse... É, realmente nada sei sobre os antigos moradores. Quem seriam, e o que aconteceu?

Você saberá.

Cláudia escutou nitidamente a força de seu pensamento ecoando pela mente. Mas seria mesmo a voz do seu... pensamento? Ela procurou a mata além do lago, a água turvando levemente com a brisa... Essas ervas que eles me deram estão atrapalhando meu raciocínio! Continuou caminhando e logo avistou, agora mais perto de si, uma pequena ponte em arco. Esta cruzava a orla até um casebre de madeira, adentrando o lago alguns metros – mas ainda ficando distante do centro das águas.

Cláudia foi até a ponte e avançou pelas tábuas, cautelosa, observando se a madeira úmida estava em boas condições. Abaixou-se para entrar – era uma casinha de crianças, com coraçõezinhos recortados nas janelas.

Sentando-se no pequeno cômodo vazio, ela observou o lago, emoldurado pelo batente da entrada. Que gostoso! – vagueou. Se tivesse dez anos novamente, com certeza viveria a brincar ali.

Flash!

Cláudia abaixou a cabeça ao ouvir o ruído, espiando pela janelinha da casa na direção da saída da trilha. Havia alguém... Matheus? Ela saiu da casinha e voltou pela ponte, sem que o rapaz a notasse – ele estava visivelmente interessado em fotografar algo que fugia dos limites de sua visão. Aproximou-se dele e, quando prestes a tocar em seu ombro, ele se virou, batendo o *flash* em seu rosto.

– Não! – Cláudia cobriu o rosto com a mão, porém tarde demais: a foto já estava sendo cuspida pela polaroide.

– Olha só... – Matheus sacodiu a foto e esperou a coloração aflorar no papel brilhante. – Até que a senhorita é fotogênica!

Ela riu do gracejo.

– Na verdade, odeio fotos! – e procurando com os olhos o que poderia ter sido motivo das fotografias, mais além. – O que você está fazendo?

Ele ergueu a máquina, como se fosse óbvio.

– Recolhendo fotos para a minha reportagem!

E vendo que ele procurava fotografar algo mais:

– Qual é o tema da sua reportagem?

Matheus virou-se repentinamente, como se aguardasse desde o dia em que chegou por aquela pergunta.

– Foi bom você ter perguntado, porque a matéria já está quase pronta!

– É mesmo? – Cláudia forçou a simpatia.

– Sim, eu... Só preciso de mais uma foto, num dia de chuva, e então poderei ir embora!

Cláudia olhou para o céu, depois para ele.

– Um dia de chuva, mas... Choveu bastante desde que cheguei. Por que você ainda vai esperar outro dia?

Matheus parecia muito satisfeito com as perguntas, estufando o peito, como parecia ser característico dele, para responder:

– Eu aguardo, é claro, por um efeito natural... Diga-se de passagem, um efeito raro, que já foi relatado nesta região!

– É mesmo? E... Por que o senhor acha que seria bem aqui, perto do lago?

– Porque é um efeito *lacustre*...

– Ah, sim, certo... – Cláudia sentiu-se um tanto ignorante. – Mas... que efeito poderia ser esse?

Matheus estalou os lábios, como se esse fosse o "X" da questão.

– É o que tanto espero descobrir!

Com mais esta nota enigmática, Cláudia observou Nottemin dar-lhe as costas, voltando pela trilha. Ela partiu atrás dele, imaginando se poderia aproveitar uma carona, e se teria a chance de assistir ao tal espetáculo misterioso do lago...

— *Acordi, perguiçosos!*

Deitados nas camas de um beliche, um menino e uma menina esfregam os olhos e bocejam.

A menina, de íris azuis e longos cabelos negros, salta para fora da cama primeiro.

— *Vamo,* Zequinha! — grita para o menino. — *Dia, mamãe!*

A mulher, de braços cruzados na porta, recebe sem muita vontade um abraço da filha, que some por outro cômodo. Em seguida, a mãe vai até a cama de cima do beliche e puxa as cobertas.

— *Vô tê que chamá de novo, José?*

O menino arranca-se do travesseiro, sonâmbulo, tomba do beliche e dirige-se à cozinha, auxiliado por um áspero empurrão materno.

Um senhor aguarda pelo menino e pela esposa em uma mesinha para quatro lugares, onde já se encontra a menina.

— *Tomi* o café *rapidim.* O papai *têim* uma *supresa pa ocêis!* — ordena a voz nada materna.

As crianças se enchem de pão sovado e leite, saído quente dos úberes da Mimosa, a vaca que os estima mais que a própria nutriz. Depois correm para o quarto e deslizam seus corpinhos para dentro de trapos, cerzidos por suas mãozinhas com sacas de farinha.

O pai encabeça um chapéu de palha e despede-se da mulher com um aceno. Os irmãos imitam o gesto e vão atrás do pai, em linha, como pintinhos atrás do galo.

Após uma longa caminhada em silêncio, atravessam uma área de árvores recém-derrubadas — um pátio de alvenaria em construção. Adentram um caminho pela mata, o que já era costumeiro, tanto para o pai quanto para os filhos, e descem um barranco, alçando o terreno ciliar do lago.

A novidade chama a atenção dos garotos tão logo se aproximam: Zequinha corre para o balanço e frisa o que a irmã já detectara:

— Anita, *óia* a casinha!

A menina corre pela ponte e enlaça a casinha, com os braços abertos. Depois de alguns segundos, os dois voltam-se ao pai e inclinam a cabeça, agradecidos. O pai dá tapinhas amorosos no cocuruto dos filhos e vai-se embora, deixando-os à vontade para brincar.

— Mas não se *atrasi po* almoço! À tarde *ocêis percisa* de me *ajudá* na *moage!*

É a regra final.

Com uma bonequinha de pano entre as maxilas, um gato negro sobe no telhado da estalagem. Pula sobre a borda da chaminé e joga a boneca lá dentro novamente. Era seu esporte favorito – esconder os brinquedos das meninas. Não que ele tivesse essa consciência, é claro. Um dia ele apenas resolveu experimentar a façanha, gostou e repetiu, sem saber que seus pequenos tesouros eram descobertos e removidos pela parte de baixo. Desde então, muitos objetos têm sido retirados da chaminé pelo velho Pereira ou pelo Maurício. E, não se sabe exatamente o porquê, com aquela bonequinha de pano o gato ficava especialmente eufórico. Mal a viu retornar ao quarto das meninas, a abocanhou e saiu de fininho, disfarçando a traquinagem, e a depositou novamente na chaminé. Satisfeito com a missão bem-sucedida, o gato salta para a relva e prepara-se para perseguir pintinhos. Distraído, não percebe o saco de pano que se fecha ao seu redor. Ele mia, desesperado, na tentativa de libertar-se daquela estranha prisão, mas é em vão...

A descoberta

Ventania. Um vento passou por aí? É a brisa adocicada e laguna que encharca pela manhã. É o frio sólido que rola das montanhas feito neve, enroscando-se nas pás do moinho velho.

E ele gira...

Lento, carcomido, grunhindo, moendo... A madeira lascada soltando farpas pelo chão até alçar velocidade, enlevada pelo abraço do vento, que gira com o moinho, frenético, desfiando ar pelas beiradas, arrastando-se até as casas, e atingindo o rosto de Eduardo em cheio.

Eduardo sentira saudade daquele inverno, e viera preparado. Um sobretudo caramelo o cobria das canelas ao pescoço. Seus olhar esverdeado o guiava pelo caminho atrás da estalagem, porém ele visa algo além: uma casa escondida pelo moinho, robusta, resistente à neve, ao gelo e à chuva, mas frágil ao calor...

Calor que fosse humano, recheado de amor. E Eduardo transbordava uma quentura que nem o frio amornava, perdido em sonhos labirínticos, eternamente preso a um minotauro travestido de ninfeta, com órbitas sedutoras e lábios ciganos, mas carrancudo e ardiloso por dentro.

Sua fábula, prestes a desmanchar, aguardava-o na janela, vibrante. Ele segura delicadamente os dedos pálidos de Maria, que sorri, em um misto de espanto e alegria.

— Edu...

Ele a cala com um gesto. Trouxe um presente. Maria quer gritar, mas não pode, ou serão descobertos. Sufoca gritinhos de felicidade no ouvido de Eduardo. Ele pula para dentro da concha da sereia.

A casa estremece desapercebidamente. Uma aura circunda a janela, cerrada apenas por uma seda fina e rósea.

Quem sabe um observador arguto pudesse admirar as bolhas disformes que fugiam do quarto de Maria para o céu... Cada uma emitindo um som agudo, espiralado; outras, mais graves, acabavam chocando-se no telhado ou nas pás violentas do moinho, que cortava todas as bolhas que podia, enciumado, dissolvendo-as em breu...

E dilacerando, também, a voz estridente de Anete.

Maria está perdida! De amor ou vergonha, não se sabe. A mãe a agita em lapadas crescentes, a face corando-se em vermelho vivo.

Eduardo?

Este não teve muito tempo para assistir à cena. Saíra calado como chegara, pelo peitoril... Desabrochou sua flor e nela instalou sua semente, esperando um dia voltar para ver o grão amadurecido, crescendo ainda sob a janela, trepando pelas arestas do beiral até ser tocado pelo sol.

Mas nunca chegaria a vê-lo.

Tão pouco se despediram, Anete adentrou o quarto de Maria, que não teve tempo de disfarçar a mancha no lençol. Anete não entendeu, a princípio. Depois calculou os olhos desconexos, a fala etérea, e decidiu-se pelo melhor castigo.

Notemin, que viera até os arredores da mansão em seu automóvel, concedeu de bom grado uma carona à Cláudia, que tentava arrancar maiores detalhes sobre os fenômenos que acometiam o lago. Quando passaram pela estalagem, ela disse que preferia seguir com ele até a Vila. Logo ele estacionou e os dois entraram no estabelecimento de Sarita.

– Olá, Sarita! – ela cumprimentou a garçonete, que também era a dona do bar.

– Ah, olá, Cláudia! E... Ôpa!

Nesse *ôpa*, a Sarita serelepe foi puxada rente ao balcão por Matheus. Cláudia, surpreendida por aquela união inimaginável, teve uma impressão diferente a respeito dele – seus olhos escuros, delimitados pelos óculos pequeninos e ovais, agora lhe conferiam um ar astuto. E não digo um astuto feito águia, mas um astuto de raposa, de órbitas gulosas e dentinhos pontiagudos.

Cláudia achou que formavam um par estranho; ela, a Sarita, uma cachinhos-dourados, toda animada e sem expressão inteligente na cara, e ele, um... Bem, um lobo-mau.

O rapaz dava mordidinhas no lóbulo esquerdo da loira, que estava de costas para ele, apoiada na borda do balcão, ao que percebeu o olhar repressor de Cláudia. Desvencilhando-se do aperto rapidamente, o raposinho se portou de forma mais educada.

— Ah, desculpe, Cláudia, esqueci de lhe avisar! Esta é a minha *pombinha*. Não é uma graça? — e apertou a bochecha de Sarita.

— Ai, pare com isso! — repeliu Sarita. E se recompondo: — Esses homens são mesmo estranhos, não acha? Agora... Quando você chegou, no sábado, você me pediu... *Hum*... Não, não diga ainda — Cláudia havia feito um beicinho — preciso treinar esta coisa de memória regressiva... *Hum*, sim, pediu fritas, *hot dog* e soda!

— Menos as fritas e o *hot dog*. Mas você passou perto da coca! — estimulou Cláudia.

— Ah, droga! Não foi dessa vez! — a garçonete riu. — Bom, e então, o que vai ser?

— Hoje vou querer apenas pão e um leite morno.

— Mas já é hora do almoço! — contestou Matheus, que ficara quietinho em seu banco. — Se quiser podemos dividir um prato...

A oferta era interessante, porém Cláudia estava com medo das refeições — e das ervas.

— Obrigada, mas estou meio que de regime... Só o pão e o leite, mesmo!

Depois de servida, Cláudia sorveu o líquido lácteo, deliciada. Sentiu o calor tocando os lábios e ficou escutando o barulhinho borbulhante aspergindo o céu da boca... Findou a meditação abocanhando sua metade de pão, depois brincou de repartir uma casquinha, que se soltara na mesa, pelo meio. Em seguida ao meio, novamente ao meio, e ao meio, até desintegrá-la em migalhas. A atmosfera desabrochou para ela; não sabia que encher o estômago faria com que se sentisse tão mais leve... E calminha, alegrinha...

Levantou, mastigando a outra metade do pão, e deixou uma notinha de cinco para Sarita, levantando as maçãs das bochechas, mas lembrando de manter a boca fechada. Quando topou com Matheus, perguntou por um supermercado.

— Pode seguir à esquerda, atravessando a rua encontrará um! — e quando ela alcançou a porta: — Depois venha com as sacolas para cá que te deixo na estalagem!

Sarita acompanhou seu andar sonhador, achando que estava também meio aérea hoje, e estranhando como as pessoas, como Cláudia e Matheus, mudavam do nada – mas felicitando-se pelo fato de deixarem o troco quando acontecia isso.

Atravessando a rua perpendicular ao bar, Cláudia adentrou um mercadinho. Dependurou-se em um carrinho e foi ladeando as prateleiras, com um jeito tão estranho que chamou a atenção do caixa.

– Ei, moça. Moça! Precisa de ajuda? – o senhor inclinou uma das sobrancelhas e franziu o bigode.

Cláudia virou o pescoço para trás, sorrisinho...

– Freciso nãaaooo... Brigadiiinhaa! – E sumiu pelo corredor.

De volta à entrada, colocou os dezessete itens para passar pela registradora. O senhor Bigodes continuava franzido. Perguntou se ela teria como pagar.

– *Oraa váá! Ààà viistaaa!*

Ele entregou-lhe dois pacotes pardos com tudo dentro, e ela passou uma nota de 50 por cima de seu bigode.

– Sinta o cheirinho da *vidaa*...

O "bigodôncio" tomou-lhe a nota asperamente, e fez sinal com o polegar para que saísse logo.

– Sem troco? *Ah!*

Cláudia riu e saiu pela porta com os dois pacotes. Alcançou Matheus, que já saía do bar, e o acompanhou até o carro. Quando ele deu a partida, foi como se o seu cérebro também sofresse ignição. Que droga! Tenho que me controlar! Estou meio abobada ultimamente... Credo! – repulsou a estranheza que a exorcizara, tentando entender o que a havia provocado.

– Matheus...

– Sim? – ele assobiava, parecia apaixonado.

– Você... Quando você come no bar, também fica meio... sonado?

– Na verdade... Bem, faz um tempinho que não sinto mais essa sonolência, foi mais quando eu cheguei aqui na Vila, sabe? Como depois passou, eu não dei muita bola, até você tocar no assunto... Por quê?

– Não, nada – Cláudia preferiu calar-se, e eles logo alcançaram a estalagem.
– Obrigada pela carona!
– Não há de quê!
A recepção estava vazia, como de usual. Cláudia deixou seus dois pacotes com provisões em um canto atrás do balcão, depois foi à sala de estar, procurando pelo senhor Pereira. Não sabia ao certo se deveria tocar no assunto da comida adulterada... Mas não faria mal confirmar o que Maurício lhe havia contado, ou faria?

Quando ia abrir a porta, porém, um choro agudo chamou sua atenção. Ela voltou-se para a entrada da estalagem, vendo as três irmãs, a mais nova aos prantos, caminhando ao lado da mãe.

Cláudia se apoiou no batente e ficou observando a cena. Estavam arrumadas para um passeio.

– Para, menina fresca! – A mãe das irmãs, que Cláudia não conhecia, desprendeu um beliscão no braço da chorona, que fez a pobrezinha calar-se, arroxeando de raiva.

Olindo chegou no seu carro adaptado em seguida, mas a menina, que continuava a chorar, foi repreendida novamente:

– E *tá* de castigo até *nóis vortá*!

Cláudia, penalizada, aproximou-se para oferecer ajuda.

– Boa noite, seu Olindo, e, senhora...

– Oi, dona *Clárdia*! Essa é a *mia famia*! Odete Gronch, minha *muié*, e as *fiinhas*!

– São lindas! – elogiou Cláudia, atenta ao olhar sério que a senhora Gronch, na face rústica emoldurada pelos cabelos fartos, lhe lançava.

A criança veio esfregando os olhos até o encontro de Cláudia.

– Oi, você é a... ou é a Clara ou é a Cleia, não é?

A menina respirou com força para chorar mais alto.

– O, o que foi? – Cláudia lançava olhares furtivos à mãe, temendo angariar uma nova repressão.

– O gato dela sumiu – respondeu a senhora Gronch no lugar da filha.

Cláudia sentiu vigor e sinceridade no rosto enrugado da mulher, embora seus olhos miúdos denotassem uma brutal ignorância.

– Não sumiu, não. Mataram ele!

A mãe repuxou o braço da filha.

– Já mandei parar com essa história!

Cláudia deu um risinho sem graça. "Ele vai voltar, você vai ver", falou, afastando-se, enquanto Cleia fazia que *não, não e não* com a cabecinha.

– Bem, eu vou ficar aqui na estalagem. Posso ficar de olho nela, se vocês quiserem!

Olindo sorriu, matuto, mas, a um olhar decisivo da esposa, disse:

– *Nóis* num demora. Só *vamo* até a igrejinha *pa se benzê* um pôco!

– Então tudo bem. Até mais! – despediu-se Cláudia, admirando-se de como três rebentinhos delicados pudessem surgir em meio a tanta bruteza.

Em seguida, o automóvel se afastou, Clara mostrando a língua, Cleia ainda chorando e Cláudia criança dando tchauzinho para Cláudia adulta. Esta se recompôs e retornou à estalagem, lembrando-se do seu objetivo – falar com o senhor Pereira. Alcançou a sala de estar, examinando o refeitório, mas logo se arrependeu de tê-lo feito – foi surpreendida pelo olhar atroz de Maria, que esperneou, apontando para ela.

– Ali! A corruptora de vidas!

Cláudia se esquivou no momento certo – Maria correra em sua direção, pronta para atacar. Cláudia nunca vira estado de choque tamanho! Céus, estão ficando todos loucos? – alarmou-se.

– Maria! – Colocando-se entre as duas, Anete impediu o ataque, explicando que a filha não acordara de *bom-humor*.

Enquanto isso, Maria, com um longo arranhado na bochecha, retorcia a ponta dos cabelos desgrenhados e rangia os dentes para Cláudia, causando nesta um estranho horror. Anete piscou os olhos, perdendo a paciência, e ralhou com Maria, que saiu correndo para fora da estalagem.

Anete sacudiu a cabeça, bufando, e obrigou a língua a dizer:

– Bem, acho que devo uma explicação a você.

Cláudia ficou abalada com a declaração. Não esperava algum dia ter uma conversa franca com a arrogância em pessoa, partindo-se, ainda mais, da vontade dela.

– Vamos, o que está esperando?!

Sem saber como reagir, Cláudia seguiu a mulher, saindo pela porta de vidro da estalagem.

Elas contornaram a construção, entrando na estradinha enfeitada de chalés, e Cláudia pôde visualizar melhor a cadeia montanhosa que se estendia por trás do terreno. Viu, também, um celeiro não muito distante, um casebre de cor diferenciada dos demais, em uma curvinha à esquerda, e algumas galinhas ciscando ao lado de um galinheiro, mais à frente. O ambiente rural a agradava, as pás de um moinho girando nostalgicamente...

– Já acordou?

O deslumbre de Cláudia foi destruído pelo cacarejo de Anete.

– Bem, a senhora dizia...

– Que você não sabe nada do que se passa aqui, menina.

Cláudia fechou o semblante.

Anete riscou a terra com a ponta do sapato de couro e perdeu-se em uma longa recordação, demonstrando-se orgulhosa de poder esfregar na cara de Cláudia que sabia de tudo, enquanto que esta de nada entendia.

– Greta. Já deve ter ouvido este nome.

Cláudia faz menção de falar, mas foi cortada.

– Este nome pode resumir algumas desgraças que se abateram sobre este vilarejo. Eu nasci aqui. Tenho 36 anos – sim, sim, e não tenho medo de admitir, pois veja, sou muito bem conservada!

Cláudia forçou os músculos do rosto para que se mantivessem rígidos, tentando não rir, o que acabou em uma careta. Essa Anete nunca falava coisas condizentes... Não deveria bater muito bem! – pensou Cláudia, perdendo algumas das palavras que a outra cuspia sobre ela.

–... e nesse tempo que vivi aqui, acompanhei a trajetória de cada um. Dona Mariel. Vê o estado em que a pobre coitada se encontra! Veio da Capital, uma moça recatada, caprichosa. Seu Pereira a pediu em casamento assim que a viu: amor à primeira vista, é sim, como nos filmes...

De vez em vez, para dar ênfase aos fatos, Anete curvava a cabeça ou estendia os ossos, digo, os braços, em um teatro de boa postura e reverência, chegando mesmo a flexionar as varetas, ou pernas, enfim.

Cláudia a observava, calada.

– Como eu dizia, Greta acabou com a felicidade desse casal. Essa Greta é uma amiga de dona Mariel, também lá da Capital, e sempre que Mariel a visitava, voltava cheia de esquisitices, objetos, ideias e fantasias que botavam o seu Pereira louquinho!

Anete riu para dentro, prosseguindo.

– Ah, essa Greta... Tinha manias de bruxaria, macumbaria, ou sei lá quantas "ias" é que ela usava. E Mariel ia atrás, a coitada, queria aprender como é que se faz. Mas um dia o feitiço saiu pela culatra! O Maurício, que você já conhece – Anete deu a Cláudia uma olhada fulminante – e sabe que ele não está nem aí pra brincadeira, é um moço muito dedicado, sempre ajudou os pais na moagem, é forte, bonito... Um excelente partido para a Maria, como eu sempre digo. Eu incentivava os dois, é claro, mas um dia o tal Eduardo... Aquele tolinho veio com graça pra cima da minha filha. Eu nunca apoiei, é lógico, e bati palmas em pé quando Maurício delatou Eduardo. Um roubo, menina!

E Anete sacudiu Cláudia pelos ombros, que se desprendeu dela, incomodada.

– Maurício contou que o menino roubara alguma coisa no armário de Mariel para dar pra Maria. E olha só: era um artefato de bruxaria daquela Greta! Imagine como a coitada da Mariel ficou. Ah, sofreu muito aquela mulher, mas não por causa do roubo, e sim porque a Maria havia perdido o negócio... O que eu achei bem-feito, porque esses trecos não prestam, só podia ser má influencia para nós!

Anete, percebendo que Cláudia olhava uma gralha que voava longe, alçou o queixo da ouvinte com sua garra vermelha, virando seu rosto e encarando-a nos olhos, para continuar a falar:

– Mas a Maria, em vez de perceber a atitude bonita de Maurício, que fez aquilo com a melhor das intenções, acabou se afastando dele, e fez complô com o Eduardo... Ah, desgraçados! Nisso a Mariel foi ficando doida. Não parava de falar do treco um minuto, fez o Pereira revirar cada canto, até na Vila eles procuraram!

"Por fim, Mariel foi visitar de novo a Greta, voltando ainda pior. Parece que a tal Greta não aceitou que ela tivesse perdido o objeto e fez macumba das brabas pra ela, *haha*... Ah, filha, é cada coisa... Seja o que for, dona Mariel foi ficando gagá, e agora está de cama, mas não tem só a ver com isso. Acontece que, depois de toda essa história, num belo dia saiu da estalagem e ficou sumida. Seu Pereira foi procurar por ela quando anoiteceu, com o Olindo, e encontrou a mulher jogada no meio do mato, as pernas ensanguentadas... Até hoje ninguém sabe o que se passou, ela ficou maluquinha! Nem sempre, é verdade, tem hora que ela não fala coisa com coisa, mas logo depois já está delirando..."

Uma pausa. Até Cláudia parou para respirar. Anete engolia a menina, procurando descobrir se conseguira impressioná-la. Mas ela se manteve impassível, arriscando algumas palavras:

– Então... Existe mesmo algo perigoso por aqui!

– Perigoso? – Anete gargalhou. – Que bobagem! Em toda a minha vida o maior perigo que passamos foi quando o seu Pereira quase morreu afogado. Seu avô, aliás, foi quem salvou ele!

– É mesmo?

Agora ela conseguira: Cláudia estava perplexa. Anete deu um tapinha nas costas de Cláudia e foi se afastando.

– É isso que eu digo, menina. Você não conhece nada daqui!

Cláudia torceu os lábios, acompanhando o sacolejo das nádegas de esquilo se afastando. Sério...? Meu vô ajudou... o senhor Pereira?– estava surpresa. Retornando à hospedagem, Cláudia finalmente encontrou José. Quando lhe disse que precisava conversar com ele, o velho a guiou até a porta ao lado da lareira, chegando a um corredor que desembocava em novas portas.

– Venha, quero lhe apresentar alguém! – estimulou ele, acompanhando Cláudia até o final do corredor.

A porta foi aberta, revelando uma sala pomposa, no mesmo estilo decorativo dos quartos da hospedaria. Cláudia observava os móveis, quando José a chamou de uma abertura no canto da sala, que, ela percebeu depois, era apenas uma continuação do quarto, separada por uma única parede. Ela dirigiu-se até ele, descobrindo o dormitório do casal.

Protegida por um dossel, Mariel repousava calmamente, apesar do sulco entre as sobrancelhas, um sinal de constante preocupação. Seu Pereira sentou-se em uma poltrona, estrategicamente alocada junto à cama, e apoiou o queixo na mão.

– Não é bela? Mesmo estando quase sempre adormecida...

Cláudia concordou sinceramente. Era uma senhora alva de cabelos fortemente ruivos e que, a contar pela aparente idade do marido, não envelhecera tanto quanto ele.

– Esta é a razão de todo o meu viver, Cláudia – sofregou o velho. – E, por favor, peço que não se incomode com essa demonstração de intimidade, mas é que eu acompanhei sua vida, mesmo de longe, até que completasse suas 18 primaveras... Acabei desenvolvendo certa consideração por você!

Sentindo-se criança perto daquela fruta madura, Cláudia experimentou uma sensação nova: o aconchego da proximidade. Ter a vovó Geórgia como única e exclusiva família a tornara extremamente dependente da figura materna, e sentia falta da paterna. Agora que a avó se fora, estava deveras carente, embora tentasse esconder ao máximo as debilidades de seu âmago.

– Desculpe, seu José, eu estou meio confusa com todas essas novidades e... Bem, o senhor tocou no assunto, e fazia tempo que eu gostaria de lhe perguntar... Por quem o senhor enviou o testamento a mim?

Foi então que a expressão do velho enrijeceu. Seus braços tremeram levemente ou foi impressão de Cláudia?

– Eu vou ser franco com você, filha.

Ela amoleceu ao ser tratada pela mesma forma como a avó: "filha".

– Por favor, sente-se – e ele indicou um pufe, no qual ela se acomodou. – Eu não queria que você viesse para cá. Na verdade – ele escolheu as palavras –, eu não queria que você ficasse sujeita a certas... coisas...

– Como ser entorpecida com ervas?

O velho ergueu a cabeça e a encarou, com a face entre cólera e culpa.

— Eu te disse... Eu *não queria* que você passasse por certas coisas, Cláudia, e as nossas refeições são as menos problemáticas delas!

Ela refreou a argumentação ácida, deixando que José finalizasse o que tinha a dizer.

— Por isso eu guardei o testamento comigo. Sabia que um dia você viria procurá-lo, e não me opus a isso.

Ele então se levantou, foi até um armarinho e, retirando um arquivo de uma gaveta, mostrou rapidamente um papel que correspondia ao testamento original, guardando-o em seguida.

Agora foi a vez de Cláudia de tremelicar. Assombrada, ela reuniu forças em seus lábios para informar:

— Mas eu recebi o testamento! Ele, um molho de chaves, um mapa para vir até aqui, tudo numa caixinha!

O velho suspirou, erguendo o supercílio.

— Pode ter sido algo mais que o seu avô planejou... Ou sua mãe.

— Minha... Minha *mãe*? — ela sacudiu a cabeça. — Mas ela me abandonou desde meu nascimento e...

— Você é bastante parecida com ela, Cláudia. Com a Inocência... Pouco puxou do seu pai! — mudou ele de assunto.

O estado que paralisou a musculatura facial da garota era quase de choque. Quer dizer que seus pais vinham ao Vale antes mesmo de seu avô...? E, se Alfredo Blaise veio parar aqui justamente quando procurava pelo assassino de seu pai, só poderia significar que algo sinistro havia se passado na região!

— O... o senhor tem algo a me dizer sobre... Sobre a morte de meu pai?

Mariel começou a tossir. Seu Pereira se levantou para ajeitar a amada no travesseiro. Seu rosto estava mais cansado que no final de semana. Saindo de fininho para não perturbá-los, Cláudia resolveu procurar Matheus ou outra boa alma que lhe concedesse uma viagem rápida à mansão. Afinal, já estava escurecendo. Arrumaria uma hora melhor para tirar suas dúvidas com o senhor Pereira.

Na frente da estalagem, o inconfundível automóvel de Olindo passou, desviando para a estradinha ao lado. Cláudia o seguiu pelo solo terroso, acompanhando o jerico que Olindo estacionava, logo depois do galinheiro.

Seguindo o caminho, que parecia ter sido moldado pelas passadas na grama gasta, que sucumbiu à terra, Cláudia passou o galinheiro e viu um barraquinho de madeira. Árvores frondosas verdejavam acima do telhado de barro. A intenção era pedir carona, mas ela repensou tal ideia quando se aproximou do veículo. Será que aquele troço aguentaria as veredas curvilíneas da Baixa Montanha? Provavelmente, não. A família já havia entrado. Apenas Cleia, ainda com marcas expressivas do choro, sentara-se no degrau da entrada, chateada.

– Oi, Cleia! Tudo bem?

A menina ergueu a cabeça, sorrindo timidamente. Quando Cláudia chegou mais perto, ela perguntou:

– Você já viu a nossa bica?

– Bica? – Cláudia riu. – Ainda não! Onde é?

– Ali! – levantando-se, a menina estendeu a mão para Cláudia, puxando-a até contornar o barraco, à esquerda.

As duas alcançaram uma tina d'água feita de ripas entre folhagens, que escorria para um riachinho raso; cavalinhos e algumas vacas sorviam o seu fundo lodoso.

– N'é bonita?

– Muito! – constatou Cláudia. – Você bebe água aqui?

– Ã-hã! – a pequena confirmou com a cabecinha, continuando a puxar Cláudia pela mão, chegando aos fundos da sua humilde casa, que permitia a visão de um vasto campo, o qual ia bater no pé dos montes que separavam a estalagem da Vila.

Cleia contornou uma ferramenta de moer grãos e sentou-se no chão batido, exibindo duas janelinhas em um sorriso inocente, que pedia à Cláudia para se sentar também.

– Você quer me falar do seu gatinho agora? – tentou a adulta.

A menina olhou para os lados, visivelmente procurando pela mãe. E intimando Cláudia:

– Você gosta de jogar cinco-marias?

– Cinco...? Ah... Como é mesmo? – Cláudia se aproximou.

– Aqui...

Cleia foi até a mesa de apoio do moedor e procurou por uma trouxinha. Tirou dela cinco almofadinhas rosadas, trazendo-as até Cláudia.

— Assim: joga uma pra cima, pega a que tá no chão, joga outra, pega mais uma...

A menina rapidamente fazia as almofadinhas voarem, recolhia a mais próxima e aparava a queda da que jogara para o alto.

Cláudia sorriu.

— Ah, eu me lembro... — puxou as almofadinhas para si e começou a jogar também.

— O meu gato chamava Mingo.

— Mingau?

Cláudia olhava de Cleia para as almofadinhas, deixando uma ou outra cair no chão. Recomeçava.

— Não, Min-go!

— Ah, Mingo. Que bonito!

— Então. Nãão, segura a que tá caindo, não pode deixar cair! — Cleia segurou outra almofadinha prestes a colidir.

— Ah, tá bom. Vou tentar de novo!

Cleia exibiu a Cláudia um ar sabido, e continuou:

— O Mingo era meu amigo. Ele gostava quando eu brincava com as almofadinhas. Aí ontem eu fui dar comida pra ele e ele não respondeu. Eu chamei assim: Mingo, Mingo, aqui, ó!

A menina levantou a mão, resvalando o indicador e o polegar, como se o gato estivesse atrás de Cláudia.

— E ele não apareceu!

— Nossa! E aí?

— Bom... — Cleia estremeceu. — Aí eu comecei a procurar ele... E eu fui até o quarto das ferramentas... Mas a gente nem guarda mais ferramenta lá; agora só tem coisa velha... E quando eu entrei lá, o Mingo (uma lágrima havia brotado)... O Mingo estava... Ra-as-g-gad-o!

Cleia recomeçou o choro. Cláudia a abraçou, sem saber o que falar. Que maldade! Quem seria capaz de assassinar o gatinho? — horrificou-se, acariciando os cabelos tão ralos quanto os da outra irmã, sua xará, e ergueu o queixo da criança suavemente:

— Cleia, você gosta de sorvete?

— Gosto! — ela respondeu, limpando o rosto.

— Então eu vou na Vila, e quando voltar trago um bem grandão pra você, tá bom?

Cleia fez que sim, as janelinhas contentes agradecendo a Cláudia. E, depois de garantir que a menina havia entrado em casa, perambulou pelo caminho de volta à estalagem, recompondo tudo o que havia visto e ouvido, como num gigante quebra-cabeça...

O gato de Cleia foi morto. E a senhora Gronch não acreditava nisso, mas Cláudia achava que ela apenas não dava crédito à filha. E essa história da Greta, bruxaria... A carta de Eduardo para Maria, dizendo que voltaria para matarem a saudade, agora fazia sentido! Mas Maria não perguntou de Eduardo a Maurício logo na manhã de domingo? É, estranho... Maria está transtornada... Anete disse que iria dar explicações, mas não contou por que Maria estava tão nervosa... Seria por causa do Eduardo, algo aconteceu com ele? E ela tinha aquele suspeito arranhão na bochecha...

Maria, o gato, o mistério do lago, as pernas de dona Mariel, o artefato roubado, o envolvimento de seus pais com o Vale, o testamento que não foi enviado "por ninguém" e a incerteza sobre as atitudes de Maurício... Ah, quanta coisa! Vou ficar doida que nem eles! – Cláudia dava os últimos passos em direção à estalagem quando ouviu uma respiração arfante. Olhou para trás e apurou os ouvidos: vinha do casebre de cor mais clara.

Aproximou-se aos poucos, espantada, e viu de relance a imagem de Maurício, banhada em lágrimas. Ele encontrou o seu olhar e rapidamente assumiu uma postura ereta, fingindo esticar o rosto com as mãos para enxugar a umidade. Mas ele não deveria retornar só amanhã? – questionou Cláudia, em seus pensamentos.

– Maurício... Está tudo bem?

Porém, a preocupação foi confundida com bisbilhotice – ou ao menos foi o que pareceu, pois Maurício não fez cara de quem gostou da pergunta.

– O que foi, você precisa de carona? – perguntou ele, bruscamente.

– Não, eu posso...

– Eu te acompanho.

– Mas...

Maurício atropelou Cláudia no início da frase, empurrando-a com o corpo à sua caminhonete. Abriu a porta e a encurralou no banco do passageiro. Bem, ela realmente precisava da carona, mas não precisava ser daquele jeito.

O retorno foi muito rápido. Maurício afundava o pé no acelerador, e Cláudia atribuía todo esse nervosismo a uma atitude infantil. Homem não pode ser sensível... Quer dar uma de machão toda hora, saco! – reclamou a si mesma. Maurício derrapou em frente ao casarão, mal dando tempo de a caminhonete parar, e arrastou Cláudia do carro para dentro do saguão, segurando-a pelo braço.

– Vamos, quero voltar para casa antes de anoitecer!

Ao atravessar a porta de carvalho, Cláudia fez força com o pé, enrugando o tapete, a fim de estacionar o rapaz.

– Maurício... Calma! Assim... Você... Está... ME MACHUCANDO!

Maurício parou, atônito.

– Desculpe, eu... – ele se afastou. – Não sei onde estou com a cabeça...

Um pequeno silêncio foi logo quebrado por Cláudia, que aproveitou para passar por Maurício, jogando para ele um olhar de afronta.

– Vou fazer de conta que você ainda não se habituou ao efeito das ervas!

Maurício renovou o estresse.

– Qual é, Blaise? Já não me escorraçou o suficiente hoje de manhã?

Cláudia cedeu a guarda, desfazendo a rigidez do semblante.

– Desculpe. Eu exagerei.

Ele expeliu o ar dos pulmões com força superior à normal.

– Ainda bem que percebeu.

– Mas isso não lhe dá o direito de continuar a me enganar, Maurício!

Ele fez ar de surpresa.

– O quê? Como assim?

– Ah, por favor! Você disse que na Vila não se utilizavam de tais ervas e, mesmo tomando um simples leite e comendo um pão, eu fiquei alterada no começo da tarde!

Ele fez um muxoxo e remexeu os lábios, impedindo o riso que queria escapar.

– Sim, é verdade, não costumam usar na Vila. Mas a Sarita é conhecida nossa, e faz uso das ervas no bar...

Cláudia imitou uma carranca do tamanho do mundo.

– Ok, ok, eu confesso! Pedi a ela que colocasse uma dose extra, caso você passasse por lá... Mas, Cláudia, você não compreende!

– E como eu vou compreender? – a voz dela beirava o choro. – Vocês me explicam tudo pela metade e... Ai, droga!

– Que foi?

– Nada, eu só... Esqueci minhas compras na estalagem!

– Não se preocupe, ninguém vai mexer.

– Tudo bem. – Cláudia baixou os olhos, desanimada.

Nisso Maurício relaxou, aproveitando para sentar-se em uma cadeira da longa mesa.

– Cláudia, eu não podia arriscar... Sabia que você não iria tomar o café da manhã, e que certamente comeria algo no bar da Sarita, pois já havia feito uma parada por lá quando chegou. Ela costuma usar o preparo nas refeições, então, quando você pediu leite, ela deve ter improvisado...

Cláudia resolveu sentar-se também, sentindo-se mais calma para discutir a necessidade daquilo.

– Mas, Maurício, pra que isso, esse desespero todo? E se eu deixar de consumir esse preparado aí, o que é que tem?

– Cláudia... – ele suspirou. – Como eu te disse, não sabemos explicar tudo, mas existe uma fase do ano em que as coisas estranhas tendem a se manifestar mais. Até Mariel fica mais agitada, ela tem certa ligação com essas forças, pois...

– Eu sei, a Anete me contou o que aconteceu.

– Ah, ela contou, foi? E o que ela te disse?

Cláudia narrou sua conversa com Anete e José Pereira, o que logo se tornou um rodeio sobre como recebeu o testamento, e até sobre a morte de sua avó.

– Eu sinto muito saber da sua perda... – lamentou Maurício.

– Obrigada. Mas você entende, Maurício? Desde o começo esta minha viagem ao Vale parece uma conspiração! E há mais pessoas envolvidas na minha vida do que eu gostaria de admitir...

Nesse instante ele bordejou pela face de Cláudia com um olhar intimidador. Ela entendeu o que ele quis dizer com aquele gesto. Será que ele contava entre as pessoas com quem ela não queria envolvimento? Um silêncio desconfortável instaurou-se entre os dois.

Consigo mesma, Cláudia lutava para nocautear aquele sentimento inapropriado. Não, não poderia sucumbir a um jogo barato de conquista, ainda mais quando tantos problemas imploravam por solução. Não que Maurício não fosse cativante, apesar de severo, e que ela instintivamente não procurasse realçar suas qualidades quando em sua presença: havia aquele estranho desejo utópico em que, enfim, Maurício a enxergaria por completo, obrigando-se a descer de seu pedestal para abrir um espaço em seu peito, o qual ela oportunamente invadiria, acalentando-se com seu ardor... Mas Cláudia simplesmente se negava a mais do que frestas dessa imaginação indecorosa.

Não posso dizer se ela estava enganada quanto aos encantos que exercia sobre o rapaz; porém, alguma mudança de fato estava se passando com ele. Não andava mais sisudo como antes, arrefecera em suas palavras, e até cantarolou no chuveiro durante o banho, à tarde, antes de sentir a eclosão de sentimentos que o impeliram a chorar. E ele simplesmente não suportava que o vissem daquele modo, frágil, exposto... Pois não tinha confiança. A traição de Maria, quando jovem, ensinara o primeiro passo a Maurício – a vida é rija feito espada, e ainda por cima, corta!

Incomodado com aquele cemitério de palavras, Maurício as ressuscitou:

– Você... Quer conhecer mais um pouco da casa?

Meneando a cabeça, como que para afastar as ideias que espiralavam sua mente, Cláudia concordou.

Ele a levou até a parte da mansão que considerava mais digna de visita: o salão de festas. Apesar de emocionalmente abalada, Cláudia não pôde conter seu encantamento: o salão é mesmo "ão", enorme! Maurício indicou o piano de cauda, que ela martelou, deliciada, e depois o violoncelo, os tambores, uma harpa e alguns instrumentos de sopro que ela sequer conhecia pelo nome. Maurício puxou uma longa cortina que recobria todo o lado esquerdo do salão, indo do chão ao teto, descobrindo o vitral e o piso, espelho da lua cheia e do céu retalhado de estrelas, com o vulto negro das copas delimitando a paisagem.

É muitíssimo estranho, cogitou Cláudia. A cortina estava aberta, quem a teria cerrado? E ela tinha plena certeza disso, pois, ainda pela manhã, quando andou pelo fundo do terreno, viu o piso do salão iluminado pelo sol através do manto acetinado.

Não havia outra hipótese – ou ela estava louca, ou... Ou a loucura que o povo daqui inventa é mais real do que eu gostaria, admitiu Cláudia. Quando sentiu os olhos de Maurício sobre si, aguardando sua aprovação, ela resolveu deixar as estranhezas de lado.

– Maurício... Quem teve a ideia de construir isso? É mais que lindo... É... Fantástico!

Ele sorriu.

– E é seu...

Cláudia o observou, sentindo algo errado na frase. A voz dele soara desconfortável, como se fosse contra o princípio dele que uma só pessoa possuísse tanta beleza.

– Eu não pretendo ficar com a casa.

– O quê? – Maurício arregalou as órbitas.

– Não tenho como utilizar tanto espaço. É linda, magnífica mesmo, contudo... Meu lugar não é aqui, Maurício. Quando retornar para a Cidade, vou providenciar um anúncio de venda.

Ele preferiu não tocar no assunto, mas a ideia, apesar de sensata, o entristeceu, de forma que ele apenas continuou a guiá-la.

– Você vai adorar a biblioteca!

A *biblioteca*. Cláudia ficou estática. Uma biblioteca imensa, só para ela! Será que, depois de conhecer melhor a mansão, mudaria de planos? Que tipos de livro estariam contidos ali? Espécimes raros, antigos, clássicos... A proprietária vibrou!

Eles subiram a escadaria do *hall* e seguiram o corredor pelo lado direito até o final, onde o carpete muscíneo dobrava à esquerda. Pararam antes da curva, porém, diante das portas duplas, que provocaram imediato temor no pescoço de Cláudia. Era uma estranha sensação, ainda mais vinda de uma porta com o azul favorito da avó, feita de opala, lisa e brilhante, de maçanetas verticais em ouro. Ela sustou a respiração, quando Maurício foi abrindo a porta, devagar...

– Espera! – seu coração batia mais forte.
– Que foi?
Mirando o caminho do corredor que levava à suíte, o leve arrepio do pescoço se transformou em uma vertigem passageira.
– N-não sei se é boa ideia...
– Mas por quê? Não precisa ter medo, eu estou aqui, e ambos estamos sob o efeito das ervas, lembra? – brincou ele, empurrando a porta de vez e ligando a luz.

Reanimada pela descontração, Cláudia invadiu o novo cômodo, o nariz quase colado às costas de Maurício. O clima do interior estava a uma temperatura um pouco mais baixa, provavelmente por causa da brisa externa que eles sentiram assim que entraram. Talvez alguma janela aberta ou... Um cheiro estranho. *Aquele* cheiro! Nauseante, o mesmo que Cláudia sentira quando estavam sob o alçapão... Ela recebeu reflexos do lustre de cristal e não se conteve, abandonando a origem do fedor e libertando-se da cobertura de Maurício para desvendar a peça luminosa, ficando simplesmente... Extasiada!

Por que as maravilhas do mundo não incluíram esta biblioteca?! O teto abobadado era totalmente decorado por motivos angelicais, lembrando as pinturas renascentistas. Maurício espirrou duas vezes ao apoiar-se nas estantes de madeira clara envernizadas, um pouco empoeiradas, porém ainda reluzindo sob as lâmpadas. Candelabros fincados nas estantes portavam velas largas e azuis, multiplicados da quinta até a décima estante. Para facilitar o acesso às últimas colunas de livros, uma escada foi afixada do teto ao chão, em um sistema com roldanas, permitindo alcançar qualquer seção.

Cláudia não saberia dizer quantos livros estariam contidos ali. Dez, vinte, cem mil livros? A parede contígua à direita da porta de opala e a seguinte eram recobertas pelas estantes; já as duas paredes opostas estavam acortinadas do chão ao teto, não permitindo ver o outro lado. Maurício teve um novo ataque de espirros e resolveu abrir uma porta de vidro à esquerda. A magia local foi novamente interrompida pelo cheiro esquisito... Ela caminhou até a porta de vidro, terminando de abrir as cortinas, e reparou que a parede era inteiramente vítrea. Foi então que se lembrou, para seu desespero, de que estava parada no mesmo lugar em que vira o espectro de uma mulher, na primeira noite em que dormira na casa, apoiada na sacada da suíte, exatamente acima deles... Avançou para perto de Maurício, quase o esmagando contra o gradil da sacada.

– Desculpe, tropecei! – mentiu ela.

– Tudo bem! Pode continuar a ver os livros, se quiser. Minha rinite está me matando, preciso de um ar! – Maurício se debruçara, esfregando o nariz, como se aquele movimento o acalmasse.

– Maurício!

– Sim?

– Você não está sentindo este cheiro?

Ele fez uma careta e disse que "não" com a cabeça, ainda martirizado pelas narinas irritadiças. Uma ligeira ventania fria surpreendeu Cláudia, vinda do lado direito da mansão, e fez os pelos da sua nuca se eriçarem totalmente. Ela então notou que o terraço continuava na lateral... O cheiro provinha dali? A cortina escarlate, cerrada naquele lado da biblioteca, escondia a outra parede de vidro, impedindo-a de ver a paisagem mais além.

– Vamos entrar – irrompeu Maurício. – Está frio e o céu já escureceu mais do que eu planejava.

Cláudia acompanhou seus passos com os olhos, vislumbrando o belo tapete de frôndulas da biblioteca, com o mesmo aspecto outonal do corredor que levava ao salão de festas.

– Espera, eu só quero conferir uma coisa!

Maurício acenou com a mão, concordando, e a aguardou atrás das opalas. Cláudia passou pela porta de vidro, onde estivera há pouco com Maurício, e dessa vez direcionou-se para a direita, seguindo lentamente... Parou ao ouvir um minúsculo zumbido. Cláudia deu mais três passos e procurou o final do terraço, imerso em escuridão azulada, o odor forte da podridão sufocando seus alvéolos.

Ela avançou, cautelosa.

O zumbido se intensificou, vindo de uma mancha escura e volumosa. Seu miocárdio foi sentido, mas não a contrair-se rapidamente: como os pés dela, o coração parecia querer recuar, medroso, e batia vagarosamente, tentando não emitir som.

As pupilas, ao contrário, dilataram corajosamente para enviar o impulso nervoso: recostado à mureta, um corpo jazia inerte, já em começo de decomposição, exposto à luz enfraquecida da lua...

O cheiro ficou mais forte, mas o cérebro de Cláudia demorava a acreditar que a pessoa estava morta; fez suas pernas aproximarem-se ainda mais, os joelhos dobrando sozinhos, uma mão afastando as moscas...

– *MAURÍCIO!*

A garganta emitiu por Cláudia seu grito de pavor reprimido, que ecoou pelo terreno. Um olho ressequido da face lúrida reconheceu o de Cláudia, que sentia o sangue coagulado no chão cianótico como se esvaído de suas próprias veias... Maurício veio ao seu encontro, parando junto a ela e quase a empurrando sobre o corpo.

– Mas o quê...

Cláudia virara-se de costas, já aos soluços. Maurício torceu o semblante em uma gota de sofrimento, resistindo à tremenda repugnância que o invadia para profanar o morto. Arrancou de seus braços um caderno, ou algo parecido, e conduziu Cláudia suavemente de volta à biblioteca, mas ela correu.

Maurício foi atrás dela, que desceu as escadas, atravessou o *hall* e o saguão e alcançou primeiro a caminhonete, entrando pelo lado do motorista. Pingos de chuva começavam a cair. Desarticulado, Maurício abriu a porta do passageiro no mesmo instante em que Cláudia dava a partida, com a chave que ele deixara no painel, mas a violência afobada dos gestos dela fez o motor morrer. Nova, nova tentativa, de novo, pegou.

Ela deu a ré com tudo e atropelou um arbusto alto, dando um baita tranco. Manobrou para a direita e enfiou o pé na tábua, passando árvore, mato, bicho, chuva, gente, estalagem – brecou.

– O que a gente faz agora? – ela tremia.

Maurício, hipnotizado pelo caderno que segurava nas mãos, levantou a face que, apesar de aparentar calma, continha moléculas agitadíssimas pela adrenalina.

– Fique aqui, eu vou até a delegacia.

Cláudia não ousou desobedecê-lo, descendo da caminhonete.

– O que eu digo ao José?

– Fale a verdade! – gritou ele, pela janela do automóvel. – Diga que o Eduardo está... Que ele está morto!

Dito isso, ele patinou com a caminhonete sobre o barro e sumiu pela estradinha que levava à Vila. Cláudia venceu a chuva e entrou na estalagem, exasperada. Atravessou a sala de estar e, sem pedir licença, adentrou os aposentos de José Pereira. Deitado em um sofá-cama, prestes a dormir, o velho sobressaltou-se com a entrada brusca de Cláudia, arfando com a mão no peito.

– Menina! Mas o que aconteceu pra você entrar aqui desse jeito?

Sem mais, Cláudia lhe contou tudo. Atrás da porta aberta, Gorete, alarmada pela confusão, saiu de seu quarto, que era em frente ao do casal, e ouviu a notícia, atenta a todos os detalhes.

Não demorou muito, a vizinhança da estalagem já lamentava a morte de Eduardo, condenando a vida daquele que a teria provocado...

E enquanto a terra bebe as lágrimas dos parentes e amigos de Eduardo, no terraço ele se esbanja, lambendo o sangue ressequido do cadáver, umedecendo com a língua o fluido escurecido e arrebatando alguns pedaços de carne que se desprendiam do conjunto. A lua, complacente, delicia-se com a cena, e, se tivesse braços, com certeza ela o faria – estaria batendo palmas e pedindo, extasiada: "Por favor, não pare! Eu quero mais, muito mais..."

Dr. klein

Amarantos frescos. Maria colhe mais uma safra para a sua coleção, cantarolando um ritmo alegre.

Eis uma perigosa coleção de ervas aromáticas, soníferas, urticárias, analgésicas, alucinógenas e curadoras de vários males, cuidadosamente cultivadas atrás da casa de ferragens – seu pequeno "jardim secreto". Por dentro da casa, um único ambiente: *Quatro paredes de barro, telhado de zinco, assoalho no chão, só tu Eduardo, é quem tá faltando no meu coração...*

Maria contorna a casa de ferrolhos, ainda cantando em falsete, ladeando o canteiro esquerdo da construção. Desse lado, sopra uma brisa gasosa, vinda do riachinho, o qual fica mais raso a cada condensação d'água lodosa em gotículas d'ar.

Maria passa ao lado da única janela que há no pequeno depósito; seu interior, entretanto, está oculto por uma cortina de malha colorida, negando aos transeuntes xeretas o alívio da curiosidade.

A primeira coisa que os bisbilhoteiros veriam se não houvesse o pano – equipamentos enferrujados e empilhados – não é o que preocupa Maria, porém. Ela decorou as tábuas de madeira da janela com o manto a fim de que não vissem... outras coisas.

Agora, se entrar na casa, em vez da tina gorgolejante próxima ao pasto, você verá, emoldurando a janela, a imagem indiana do rei-elefante Ganesha, encarando um carrinho-demão quebrado em meio às ferramentas aposentadas.

Quanto às "outras coisas", a parafernália em desuso foi arrastada ao encosto das paredes justamente para deixar livre o centro do cômodo, em cujo chão foi desenhada, à risca de giz, uma forma poligonal. Dentro do polígono há uma estrela; em cada ponta, um castiçal, e, no meio da estrela, um círculo grande o bastante para acolher uma pessoa deitada com os braços abertos, ao feitio de um homem vitruviano.

Este geometricismo ritualístico é uma das coisas que Maria não quer que vejam; mas, além do desenho no soalho, inclui-se nas "outras coisas" uma estante fixada próxima à janela, na parede transversa, que exibe uma série de potes de vidro, um de forma e tamanho desigual do outro.

Nos invólucros translúcidos, flores e outras vegetações dão tonalidade e graça à madeira desbotada da tábua. Nos ademais, peças metálicas, pedras coloridas, algumas sementes de variados formatos e, nos potes opacos, parece estar contido algum tipo de pó. Interrompendo a descrição do cenário, a única porta do cômodo, em desalinho com as tábuas das paredes, se abre.

É Maria que vem entrando, um chumaço de folhas rubras e pequenos galhos a escoar pelo vão de seus dedos. Ela cerra a porta e pega, com a mão livre, uma viga de madeira que estava apoiada ao lado do batente, encaixando-a entre dois suportes de ferro, um de cada lado da abertura da porta gasta, para barrar horizontalmente a entrada.

Em seguida, Maria se dirige à parede oposta à imagem indiana, na qual estão encostados os aparatos em desuso. Próximo à carriola há um caixote de papelão com vários potinhos. Maria desarquiva um deles, de fundo ovalado e corpo de vidro, e insere as folhas e galhos de amarantos frescos. Aloca o recipiente, então, em meio aos tantos outros da estante próxima à janela, ofuscando as folhas murchas dos outros potes com os amarantos de viva cor.

Agora ela caminha até a parede paralela à da estante, passando pelo elefantinho shivanês. Este acena seus quatro braços – dois para ela e dois para o altar de oferendas abaixo da janela – como se a imagem ordenasse que um novo incenso fosse queimado, estando sua tromba dobrada em um claro sinal de reprovação. Reprovação (sabeselá-Shiva) se causada pelas cinzas espalhadas sobre os hibiscos, que há tempos foram esparramados em homenagem a outros deuses. Mas Maria não lhe dá a mínima atenção. Seus olhos oscilam sobre uma escrivaninha puída, recostada à parede ao lado da janela – um livro amarelado ansiava pelo seu retorno, aberto na mesma página em que foi abandonado.

Maria percorre uma lista de itens com o indicador... Derranca.

Reverte um suplício para o manto indiano, como se o elefante estivesse mandando-a fazer o que ela não quer. Mais à esquerda da escrivaninha, um fogão de uma única boca sopra chamas contínuas sob uma panela arredondada, ao feitio de um minicaldeirão. Flores alvas com formato de trombeta sofrem ebulição, desfazendo-se em um líquido viscoso.

Maria retira de dentro da blusa um saquinho, que está amarrado ao pescoço por um barbante, afrouxa o laço e despeja o seu conteúdo vermelho-torrado no chá fervente.

Com uma última indagação ao rei-elefante, ainda sisudo com suas seis patas, Maria sai do pequeno galpão. Retorna alguns minutos após, esbaforida, batendo a porta com grande estrondo. Vem arranhada na face, com um saco irrequieto nas mãos. De pupilas dilatadas, ela busca ao redor do caixote de potes junto às ferramentas um aparato afiado. Encontra uma lima, uma chave de fenda... Não!

Vai até o altar, evitando o olhar paquidérmico, e tateia a superfície lisa de ardósia, o saco socando contra o seu corpo em um agito cada vez mais pavoroso... Não encontra. Segue até a escrivaninha, o saco a debater-se mais, e retira, de debaixo desta, um volume preto. Maria levanta o trinco, manchando o veludo negro de branco por causa das cinzas de incenso que ficaram aderidas na palma de sua mão.

Ela abre o porta-joias. Porém não há brincos, anéis ou colares, apenas uma almofadinha e... Um cabo! Ela segura o cabo delgado firmemente, desenvolvendo um punhal de sua bainha — uma capa que havia sido afixada no acolchoado do guarda-joias.

Com a faca ornamental em riste, Maria larga o saco-sacolejante ao lado do fogaréu; apaga as chamas e colhe o caldeirão pelo cabo em arco, vertendo o seu conteúdo — agora um líquido viscoso de tom amarronzado — dentro de um recipiente apoiado sobre o fogão, com inscrições em alguma escrita antiga.

[Runas?]

Ela então recolhe o saco, o chá místico e o punhal. Pega também o pote de amarantos frescos e dirige-se ao centro do quarto. Ajoelhada no círculo dentro da estrela, Maria coloca o vasinho simbólico com o chá e o pote de flores ao seu lado, o punhal sobre o colo, e leva a mão para dentro do saco, atemorizada, puxando um gatinho negro pelo cangote. O gato tem uma expressão mortal, um traço negro afilado nas órbitas verdes destacando-se da fuça, as maxilas arreganhadas com dentes pontudos e uma língua áspera a retorcer dentro da boca.

Maria esgana o felino, com força, e este engasga, torcendo o ventre para tentar desvencilhar-se do predador. De barriga para cima, ele continua espernando até Maria fechar os olhos – uma facada só! Mas lenta e profunda, sulcando a derme arroxeada do gatinho até espirrar o sangue quente, vertendo-o por quase toda a extensão do círculo.

Maria abre o pote de amarantos e fica em pé, molhada de sangue, suor e lágrimas, espalhando as folhas e galhinhos em volta do corpo oferendado. Com um fósforo, acende as cinco velas lilases em cada ponta da estrela. Profere algumas palavras estranhas – talvez uma mistura de latim e grego – e atira a carcaça de Mingo para longe. Leva o recipiente inscrito até a altura do rosto, exalando profundamente a infusão.

O cheiro parece agradável.

Em seguida, entorna seu conteúdo na boca, tomando-o de um gole só, e deita-se no berço sanguíneo, murmurando sons bilabiais e indiscerníveis... Um tranco. Maria sente a atmosfera mais pesada, o chão parece elevar-se enquanto ela afunda. Um clarão redesenha o círculo de giz no teto, a visão de Maria começa a turvar. Suas pernas e braços formigando, uma leve pressão no estômago e...

Eduardo está de volta. Traz, ao contrário de sua última visita, um semblante abatido e preocupado – Maria não respondera suas últimas cartas! Ele entra na estalagem, sentando-se em uma banqueta. Pelas janelas da lanchonete é possível acompanhar o que se passa lá dentro.

Seu Pereira vem ter com ele.

Eduardo não ergue a cabeça, mantendo o rosto entre as mãos, seus cotovelos apoiados na bancada.

Uma discussão... Eduardo grita. Mas Maria não pode ouvir. Ela só vê. Eduardo sai da lanchonete e corre para trás da estalagem. Seu Pereira fica no balcão, estático. Parece abatido. Enquanto isso, Eduardo segue na direção do moinho e avista alguém... A pessoa também percebe a sua presença. Eduardo volta atrás. Anete o persegue.

Maria se assusta quando Anete alcança Eduardo, já em frente à estalagem. As cenas rolando em um filme mudo. Contrariando todas as previsões, Anete está sorrindo e o abraça. Como assim? Ela guia Eduardo até a estalagem e chama alguém... "Gorete!" Anete lhe dá ordens.

Eduardo aguarda em uma mesa, enquanto Anete sai do refeitório. Pouco depois ela está de volta, parecendo esconder algo. Ou não...

Senta-se à mesa com Eduardo. Eles jantam. Eduardo levanta-se da cadeira, bradando algo para Anete e apontando para o chão.

Ela faz um gesto para que ele se acalme, vai novamente até a cozinha. Volta com um copo... Suco, água? Eduardo toma o copo de sua mão bruscamente e bebe de uma vez. Ele não parece bem. Anete vira-se na direção do seu Pereira, que continuava no balcão. Ela faz um sinal, indicando como se Eduardo estivesse louco.

[Talvez bêbado?]

Eduardo sai da estalagem. Seu Pereira reclama algo. Anete faz um sinal para que ele se acalme e vai atrás de Eduardo, mas este já corre – está na estradinha que leva até o casarão. Ele trota até ficar exausto, parando na abertura da estrada onde o gramado da propriedade começa. Avista um carro parado ao lado da mansão, parece ficar ainda mais confuso. Aproxima-se da entrada, perscrutando o carro.

A porta de carvalho está aberta... Ele entra.

– Ahngh...

Maria desperta, exaurida. Sua face apresenta um tom esverdeado, a mucosa dos lábios incolor. Até o cabelo loiro parece mais pálido, seus olhos injetados em vermelho, como se "estivesse" drogada.

Ela se levanta, descontrolada, sai do depósito mágico e corre para sua casa, quase uma reta em relação à casa de ferragens, e aquém da direita do moinho.

Um grito escapa pelas telhas. É de Anete. Outra discussão. Maria consegue escapar de casa e corre até a estalagem, com Anete em seu encalço. Cláudia se recompõe e está passando pela sala de estar, quando avista Maria e sua mãe, Anete, no refeitório.

Cláudia surpreende o olhar atroz de Maria, que esperneia e aponta para ela:

– Ali! A corruptora de vidas! [...]

É cedo. Maurício abre os olhos, encarando o teto sem forro, que permite ver a estrutura de madeira e partes do telhado. Espreguiça-se gradualmente – dormiu pouco e está exausto, mas não haveria tempo para descansar. Ao menos, não enquanto o caso de Eduardo não fosse resolvido.

Senta-se no sofá, ao que se depara com uma cena inusitada: uma mulher em seu quarto – que também faz as vezes de sala e cozinha, a casa toda em um único cômodo, exceto o privilegiado banheiro, que recebeu sua merecida divisão. Cláudia, de pé sobre uma cadeira, tira pó de uma estante, acima de uma mesa em frente ao sofá.

– O que você...

Cláudia se agarra na estante, com o susto de ouvi-lo falar, quase caindo da cadeira.

– Bom dia, príncipe dorminhoco! Já está acordado?

– Eu... Não esperava te ver aqui...

– Ah... Que resmungão!

Cláudia já havia descido da cadeira e apoiava uma das mãos na cintura, encarando-o.

– Será que dá pra senhorita respond...

– *Shhhhhiu*!

Ela leva o indicador ao lábio dele, baixando languidamente os olhos. Em seguida, desprende-lhe um beijo, fazendo uma convulsão tomar posse das pernas de Maurício, subindo pelo tronco, formigando nas bochechas...

– NÃO!

Maurício acordou, envergonhado. Ao seu lado, Cláudia ainda roncava sobre o sofá-cama, coberta apenas por um lençol. Ainda encabulado, Maurício, que estava deitado sobre um colchão improvisado com uma coberta e algumas almofadas, sentou-se e ficou acima do nível do sofá, observando a garota. Ele nunca havia reparado assim os traços dela, sutis... Um nariz bem-feito, as maçãs coradas, fios lisos e castanhos embaralhando-se em seus olhos amendoados... Ela abriu um deles.

Com um movimento rápido, Cláudia se encolheu, enrolando-se no lençol e afastando-se de Maurício.

– Desculpa! – apressa-se ele. – Eu... Havia me esquecido de que você dormiu aqui!

Cláudia relaxou com um bocejo, esfregando os olhos.

– Ah... Eu... Eu também havia me esquecido!

Maurício se levantou e dirigiu-se ao banheiro, enquanto Cláudia ainda se recuperava da sonolência. Ela então foi rememorando a noite terrível de ontem...

A estalagem fervilhava. Cláudia nunca vira tanta gente ali. Estava ainda no quarto do velho Pereira, ajudando a acalmar Mariel, que ficou transtornada logo depois de Cláudia transmitir a notícia, quando a barulheira cruzou a sala de estar e o corredor, alarmando os dois. Gorete apareceu na porta.

– Seu José, acuda logo! Tá todo mundo aqui! Querem saber como o Edu foi assassinado!

José Pereira se irritou.

– Assassinado, Gorete? Mas quem inventou uma besteira dessas? A gente nem sabe como o garoto morreu!

Gorete engoliu sua culpa, como fazia a muitos dos seus bombons escondidos no criado-mudo. José a incumbiu de acalmar Mariel enquanto ele resolvia o caos que se instalara no refeitório. Cláudia foi atrás dele, mas arrependeu-se em seguida: sua presença foi a fórmula do silêncio instantâneo.

Maria foi quem quebrantou o feitiço:

– ASSASSINAAAAAAAA!

Correram unhas e dentes sobre Cláudia, que se esquivou. O rebuliço voltou a tomar conta geral da estalagem. Maria, atracada a Cláudia, acusou:

– Matou... seu próprio... *primo*!

Seu Pereira, veemente, desprendeu um baita tapa no rosto endemoniado de Maria.

– Anete, controle sua filha!

Anete agarrou Maria e a impeliu a um canto da estalagem, altiva, imprimindo em Cláudia um olhar terrificante. Esta não reagiu, ao que o seu Pereira, já com tremedeira, a puxou de canto.

– Sinto que você esteja passando por isso, filha! O... o caso é que estão todos abalados! Eduardo era um ente... muito querido, para nós!

– Tudo bem, seu José, eu... compreendo.

Cláudia apertou os olhos, captando as pessoas ao seu redor. A família de Olindo, Matheus, Juca, alguns rapazes da Vila e aquela mesma morena que Cláudia viu no dia em que chegou, em um canto do bar de Sarita – e até a própria – estavam lá. Seu Pereira começou um discurso analgésico em seguida:

– Vocês todos, me escutem. Ninguém sabe o que aconteceu com o Eduardo! A Cláudia e o Maurício o encontraram, perto da mansão, e ele já está na delegacia resolvendo o caso. Por favor, voltem às suas casas! Irei agora à Vila encontrar o Maurício e combinar o velório com o padre Adelino. Todos estão convidados a participar com seus pêsames. Agora deem licença, pois terei de me ausentar! – ele preferiu ocultar alguns detalhes e enfatizar outros, evitando que mais fofocas maldosas se espalhassem.

E virando-se para Cláudia:

– Aguarde no meu quarto. Assim que Maurício retornar, pedirei que ele improvise um colchão para você dormir no casebre dele. Acho que será mais seguro que deixá-la sozinha e, bem, vamos evitar mais confusão!

Cláudia concordou, emudecida, e esbarrou sem querer na moça de cabelos morenos. Seu Pereira as apresentou:

– Ah, Cláudia! Esta é minha filha mais velha! Ela está estudando longe, mas veio de férias passar uma semana com a gente. Chegou hoje mesmo, na hora da desgraça... Ah, bom Deus, e que desgraça!

A moça a cumprimentou com algum receio. Cláudia, com uma breve reverência, se retirou do refeitório. Depois disso, ela se lembra de que ficou com Gorete e Mariel, que já estava novamente adormecida, aguardando ansiosamente pelo retorno de José e Maurício. Cláudia também estranhou o que o velho havia dito: que sua filha havia retornado hoje... Afinal, elas já haviam se visto no bar de Sarita, certo?

E, certo, Gorete espalhou que Eduardo foi assassinado, e que eu encontrei o corpo, mas, ainda assim, por que Maria afirmou que *eu* sou a assassina, e, ainda por cima, que Eduardo é o meu... primo? – Cláudia sufocava só de se lembrar da acusação. O mais estranho, contudo, é que horas mais cedo ela ainda me chamou de... Como era mesmo? Corrupta... Corruptora de vidas! Deus, o que essa louca quis dizer com isso? – ainda haveria muito a contestar.

Mas se Maria estiver certa, sobre Eduardo ser o meu primo, então, ou meu pai ou minha mãe deveria ter um irmão. O que eu sempre ouvi é que minha mãe é filha única. Já meu pai... Só se ele tivesse um irmão por parte do vovô Alfredo, isso é, se o Alfredo Blaise gerasse um filho com alguma amante e depois, por conseguinte, seu filho se tornasse pai.... Mas, não, esta hipótese também não é viável, pois Eduardo já devia beirar os 20, ou seja, minha idade. Então, a não ser que a traição já fosse de longa data, ou que Alfredo mantivesse uma segunda família, longe dos olhos de Geórgia, isso não seria possível...

Uma pequena luz se acendeu no horizonte da mente de Cláudia. Mas é claro! As viagens constantes, vovó me contou sobre isso, que Alfredo vivia para lá e para cá, o salafrário! Só que em última instância, porém, isso pode significar que... – Cláudia engoliu em seco. – Que eu não sou a única herdeira da mansão! Maurício saiu do banheiro, trocado, a barba feita, e Cláudia desviou os olhos e os pensamentos, envergonhada.

– Eu preciso ir com o velho Pereira até a Paróquia acertar algumas coisas. Você quer me esperar aqui?

– Bem, eu... Acho que prefiro ir até a Vila com vocês, se não se importar! Preciso arejar um pouco as ideias...

– Tudo bem. – concordou ele. – Quando estiver pronta, me encontre na frente da estalagem!

― ✺ ―

– A senhorita está dizendo, então, que ficou abalada?

Dr. Klèin interrogava Sarita Van Koch, sua mais nova paciente. A menina trazia a pele azulada, suava, não parecia nada bem.

– Certo, senhorita. Vômito, um pouco de febre...

Após um breve exame, Dr. Klèin apalpou o esterno e a coluna de Sarita, desferindo soquinhos acústicos, depois retornou à sua secretária e prescreveu uma receita.

Sarita suspendeu a folha entre o dedo indicador e médio, lendo o bolo de rabiscos com sofreguidão.

– Um calmante, então? O senhor acha que sofro dos nervos?

Dr. Klèin sorriu quase que obscenamente para a moça.

– Apenas siga as minhas orientações. Vai passar.

Sarita arqueou tremulamente as sobrancelhas, levantando-se da cadeira de acolchoado vermelho, e, prestes a sair, insistiu na dúvida:

– Então não tem mesmo nada a ver com o que eu comi hoje de manhã?

O doutor girou em sua poltrona de rodinhas, respondendo de costas para ela.

– Trata-se do que falei. Um calmante resolverá.

Sarita repetiu o tique das sobrancelhas, virando-se para abrir a maçaneta. Mas foi interpelada pelo médico, que a assustou com um giro brusco, ficando de frente para ela novamente.

– Ligue-me, caso tenha dificuldade para encontrar o medicamento, querida – e ele acenou, o rasgo da boca tentando sorrir displicentemente.

Já passava da hora do almoço. Cláudia conheceu o padre Adelino, depois deixou Maurício e José na Paróquia, enquanto andava pelo Centro da Vila. Não achava, até então, que a morte de Eduardo lhe dizia respeito, e preferia manter certa distância, até mesmo para não parecer intrometida. Ao menos uma boa notícia: passou pelo mecânico, para visitar sua picape *blue*, e este lhe disse que até o final da tarde o auto receberia alta!

Sentindo o estômago roncar, ela dirigiu-se ao bar de Sarita Van Koch. A loira estava limpando o balcão com uma flanelinha. Estranhamente feliz por revê-la, como se todas as intrigas se mantivessem longe dali, Cláudia sentou-se, cumprimentando-a.

– Oi, Sarita! Que coisa o que houve ontem, não?

Só então Cláudia reparou o aspecto exânime do rosto dela. Sarita parecia estar...

– Sarita?

A garota acordou em tique-taques de sobrancelhas, focando Cláudia.

– Você tá legal?

Sarita fez um gesto de quem quer afugentar uma mosca, resmungando um "já vai passar". Cláudia ainda estava em dúvida sobre pedir algo para comer no bar – talvez fosse melhor ir ao mercado e comer apenas umas bolachas! Mas umas batatinhas fritas, quem sabe... Ela fez o pedido, receosa de que a loira desmaiasse só de passar o papel anotado para a copeira, por um vão comunicante. Diria até que a Sarita estava...

– Sonada!

– O quê? – Sarita não despertava da letargia.

– Nada, mas... Sarita, me diz uma coisa! – e baixando o tom da voz. – Você por acaso tem exagerado no consumo de... daquelas ervas?

Sarita estava cada vez mais zonza. Seus ouvidos buzinavam a conversa com Cláudia, que ela parecia não compreender. Levantando-se da cadeira, Cláudia chamou Sarita. Foi em sua direção e... *Plaft*! A garçonete caiu sobre a pia e se estrebuchou no chão, trazendo um prato consigo.

– Alguém! Por favor!

Seu Olindo, por coincidência, acabara de entrar no bar, ajudando Cláudia a socorrer a enferma.

– Temos que chamar uma ambulância!

– Aqui *num* tem isso, *minina*! Tem é *qui levá* no médico daqui *mêmo*!

Olindo carregou Sarita no colo e a levou até o consultório do Dr. Klèin, que ficava à vista do bar, virando a pracinha à esquerda. Este atendeu a porta com má vontade, observando Olindo entrar com a moça nos braços, sem oferecer ajuda. O médico viu Cláudia correr esbaforida para o consultório, a tempo de bater a porta na sua cara.

Cláudia se sentiu extremamente ofendida. Esse era o médico bem-recomendado de quem Matheus havia falado? – zombou ela. O consultório ficava em uma esquina, tendo como único vizinho o posto de gasolina. Dando a volta pela lateral direita, Cláudia posicionou-se na janela, tentando ver o "atendimento de emergência" prestado pelo doutor, por uma pequena fresta da cortina entreaberta.

Algumas gotas foram pingadas na boca de Sarita, que remexia-se sobre um divã. O médico resmungou algo sobre Sarita "não ter seguido à risca suas instruções" e solicitou que Olindo se retirasse.

Cláudia gravou a estante para a qual o Dr. Klèin devolveu um vidrilho castanho, e então se esgueirou para a rua, encontrando Olindo.

– O que houve, seu Olindo?

– Esse *dotô* aí *num* gosta que a gente se *intromete*. Mais ela logo vai *ficá boazinha*!

E vendo que ele se dirigia ao bar:

– O senhor vai jantar mais cedo hoje?

O homem esfrangalhou as pontas da barbicha com as unhas grossas.

– *Nããm*... Eu sempre como cedo, *mêmo*!

Cláudia e Olindo conversaram. Ele era novo na Vila, chegara há apenas quatro anos. Desde então vivia bem com a mulher e as filhas, e inclusive a caçula, Cleia, nasceu na Vila logo depois de se mudarem.

– Esse doutor aí foi quem fez o parto? – perguntou Cláudia.

Seu Olindo fez um som de desdém com a boca.

– *Pff*... Esse *tar dotor*, aí? Num confio nesse *hómi* não, *Clárdia*. Minha *muié* é parideira. Teve as *três* em casa, sem ajuda *niúma*, só minha!

Cláudia demonstrou surpresa e, depois que o caboclo se despediu, foi impelida por uma forte curiosidade – talvez intuição? – a bater à porta do consultório médico. Sou parente dela. Não, sou... Prima dela! Eu... – as desculpas que Cláudia inventava em sua mente foram interrompidas pela passagem de um carro. Ela olhou para trás – a filha do senhor Pereira estava no banco do passageiro. O automóvel era guiado por Maria.

– Ufa, ainda bem que a maluca não me viu! – aliviou-se ela, voltando a bater à porta e, como ninguém atendia, abaixou a maçaneta. A porta não estava trancada... Ela entrou. Mas Sarita não estava mais no divã!

Com pés-de-gato, Cláudia foi até a estante, atrás da secretária do médico, e apanhou o vidrilho para ler o rótulo. Depois que iniciara o curso de farmácia, desenvolveu interesse ainda maior pelos fármacos. Era uma espécie de laxante. O quê? – indignou-se Cláudia. O tal doutor nem viu direito o que a moça tinha e foi logo ministrando um laxativo?

Soou a campainha. Cláudia gelou! Apenas duas portas além da entrada permitiriam uma escapada: uma, ao lado da estante, tinha destino incerto. A outra, à frente, era a porta aberta de um banheiro. Cláudia serpenteou para trás da porta do lavabo a tempo de ouvir o clique da maçaneta da porta atrás da secretária, de onde emergiram pesadas pisadas. A porta de entrada foi aberta.

– Senhor Pereira! Queira entrar, por gentileza.

José entrou, sentando-se junto à mesa.

– Muito bem – suscitava a voz rouca do Dr. Klèin –, o laudo do senhor Eduardo já saiu, mas – Pereira abrira a boca para falar, ao que Dr. Klèin ergueu a mão, barrando-o, e continuou o solilóquio: –, Mas não há dúvida, senhor Pereira, de que foi uma dupla tentativa...

Antes que José perguntasse, o doutor prosseguiu com mais ânimo, atropelando as palavras:

–... de homicídio seguido por homicídio. Ou de suicídio por homicídio, ou vice-versa, o senhor é quem sabe...

Cláudia tentou captar o que o doutor dizia. Foi a vez de José soltar a língua.

– Mas então... (um pigarro). O doutor tem certeza de que vai deixar o laudo como suicídio?

Contra o azulejo frio em suas costas, Cláudia podia imaginar o furor que atravessava as órbitas do médico naquele exato momento.

– Eu sou o Dr. Klèin, senhor Pereira. E, caso duvide de minha capacidade, pode se retirar!

– Nã-não foi o que eu quis dizer homem! Só não quero ter complica...

– Eu sei, sei disso, seu José!

A sombra do braço de Klèin cortou o chão do banheiro, perto dos pés de Cláudia.

– Vai ficar como deve estar: um laudo de suicídio. O senhor fique sossegado.

– Bem, mas... Uma última coisa, doutor!

Uma câimbra incômoda pegara Cláudia desprevenidamente na panturrilha direita, fazendo-a contrair levemente a perna; o joelho deu uma pancadinha abafada na porta, mas os homens não a perceberam.

– Sobre o que o senhor disse... Que coisa é essa de *tentativa dupla*? Dupla por quê?

Uma gaveta raspando, folhas sendo jogadas sobre a mesa. Um mugido foi abafado pelo senhor Pereira.

– As fotos, veja. – Dr. Klèin parecia divertir-se com o pânico do velho. – Aqui talvez não fique claro, mas a pele está cianótica, ou azulada, perceba. A causa principal da morte foi uma parada cardiorrespiratória. Mas a musculatura enrijecida, uma paralisia geral, foi isso o que provocou a parada... Envenenamento, provavelmente uma planta silvestre.

Uma pausa... Cláudia desenhou em sua mente os dois homens se entreolhando. Planta silvestre? Será então que alguma daquelas ervas poderia ser realmente venenosa? Dr. Klèin continuava suas explicações avidamente, como se fosse um menininho mostrando ao amigo suas mais recentes descobertas eróticas:

– E o que é estranho, veja esta outra, das costas... Um sulco profundo, um corte... Daqui veio o sangue empoçado ao redor da vítima, pois o veneno não provoca sangramento. Vê bem que é um corte comprido, mas a pele está dilacerada, como se tivesse sido rasgada... Não é um corte uniforme, como seria o de uma lâmina afiada de faca ou estilete. Além disso, há áreas do corpo que foram devoradas por algum animal que apareceu na cena do crime. Aqui nesta foto... E nesta outra...

– Basta! – o seu Pereira levantou da cadeira. Era o bastante para os seus nervos, cogitou Cláudia, também impressionada.

– Já. V. Ou. Ind. O...

A boca se abria pausadamente, como se José temesse que uma erupção vulcânica fosse jateada por seu estômago a qualquer momento. A porta bateu. Dr. Klèin produziu um riso ríspido e sarcástico, certamente por ter provocado no velho o horror que o fez debandar tão rapidamente. Mas agora batia mais forte o coração de Cláudia: e se o tal doutor inventasse de usar o banheiro? Passadas... Parecia que era justamente o que o desgraçado ia fazer! Porém...

– Doutor?

A porta atrás da secretária se abriu, fazendo Cláudia grudar ainda mais na parede.

– Senhorita Sarita, já se sente melhor?
– *Ahn*, sim, na verdade eu...
Sem mais escusas, Sarita Van Koch correu para o banheiro, empurrando a porta, que fechou com um belo estalido, e desabou no vaso, percebendo Cláudia apenas após uma efusão... não muito confortável pra ambas... de ruídos e cheiros.
Cláudia não sabia onde enfiar o rosto (e o nariz). Sarita arregalou os olhos... Ia gritar... gritou. Cláudia fez sinal para que ela calasse a boca, ajoelhando-se.
– Que é isso? – Dr. Klèin bateu à porta.
Cláudia uniu as mãos e fez uma prece junto ao lavabo, suplicando a Sarita. Contrariada, ela respondeu ao doutor que não foi nada.
– Só uma lagartixa! – e sussurrando para Cláudia: – Mas o que você...?
Sarita fez menção de continuar, mas Cláudia tremeu com o indicador nos lábios, para que que a outra se mantivesse em silêncio. Ao lado da privada, havia um espaço até a janela. Cláudia passou por Sarita e a abriu. Mas a armação de ferro não era usada com muita frequência, por isso produziu um grande ruído.
– Que é isso? Que foi isso, agora? – Dr. Klèin se inquietava na sala.
Sarita inventou nova desculpa:
– Nada! É só que... Ficou um pouco abafado aqui!
Cláudia pulou para a lateral esquerda da casa. Agora estava a apenas dez passos da liberdade! Ela seguiu calmamente até a calçada, agradecendo intimamente que os arquitetos modernos não houvessem ainda trazido os banheiros sem janelas para aquela região.
Dr. Klèin a esperava do lado de fora, em frente à porta do consultório, flagrando-a no momento em que se desvencilhava do terreno para a calçada.
– Senhora?
Cláudia fez-se de desentendida.
– Pois não?
– O que fazia nos fundos da minha propriedade?

– Bem... – ela achou melhor bancar a cara de pau. – O doutor fechou a porta na minha cara e... Eu não podia deixar de constatar se a minha prima estava bem!

– Prima... De Sarita? Mas ela é filha única!

Antes que Cláudia respondesse, Dr. Klèin escutou a porta do banheiro abrindo e retornou ao consultório, olhando muito feio para Cláudia ao fechar a porta novamente na sua cara.

Atravessando a praça, Cláudia entrou no mercadinho e comprou um pacote de biscoitos, imaginando por que o tal doutor estaria amenizando a *causa mortis* de Eduardo. Quando terminou de comer, Cláudia avistou Sarita, que saiu do consultório e passou pelo bar, entrando em uma casinha de porta alaranjada ao lado. Ela então atravessou a rua e o portão baixinho, que estava aberto, subindo escadinhas ladeadas por roseiras até a porta de pintura desgastada. *Toc-toc-toc...* Abrem repentinamente. É Matheus!

– Mas... Que surpresa agradável. Não esperava a senhorita aqui!

Cláudia sorriu.

– Oi, Matheus! Eu estou atrapalhando?

– Não, claro que não. Entre!

Ela hesitou.

– Na verdade, só queria saber se a Sarita está melhor!

Matheus afastou-se, abrindo passagem para Cláudia. Sarita estava deitada no sofá de uma sala rústica. Apenas um tapete puído e uma televisão velha decoravam o ambiente. Sarita corou imediatamente ao reconhecer Cláudia.

– Bem, eu... Desculpe! – gaguejou Cláudia, sem jeito.

– Ah, tudo bem. – Sarita abanou as mãos, olhando para baixo.

– Eu... Só fiquei preocupada, Sarita... Achei que... Tinham envenenado você!

Sarita riu pela primeira vez no dia.

– Envenenada? Ah... *Haha*... Fui envenenada mesmo, mas não foi ninguém, não!

– O que quer dizer? – Cláudia se acocorou ao lado do sofá, concentrando-se no rosto (bem mais vivo) da menina.

– Ela tem inventado na culinária! – Matheus tomou o partido da resposta.

Cláudia virou o rosto para ele, que continuava falando, e se deu conta do corredor que se espalhava pelos outros cômodos, já bastante escuro por causa do entardecer. Matheus falava...

– [...] colheu umas mamonas do fundo do quintal, macerou até obter óleo de rícino e... resolveu fritar ovos no café da manhã!

– Achei que ia dar mais proteína! – protestou Sarita, em autodefesa.

Matheus varou o ar com a mão.

– Besteira! Tá querendo é economizar com o óleo de cozinha! Vai acabar se matando!

– Não é nada disso, não!

– É sim, você é muito mão de vaca...

Cláudia aproveitou a discussão para escapar de fininho. Se já estava tudo bem, então era melhor ir... Ela parou – podia jurar ter avistado um vulto passando de um cômodo para outro, cruzando o corredor. Mas Sarita... Ela não mora sozinha? Cláudia ergueu o dedo e apontou tolamente para o corredor, enquanto Sarita e Matheus praguejavam alto.

– Ah, deixa pra lá! – deu meia-volta e saiu da casa, sem ser notada.

Eduardo beija Maria longamente. Eles poderiam passar a eternidade ali, perdidos naquela casinha no meio do lago. Mas havia empecilhos àquela união. Anete nunca concordaria. Já não concordava! E Maria bem recorda a ofensiva da mãe, quando esta descobriu que sua filha havia se deitado com Eduardo.

– Eu sinto muito pela sua mãe, Edu!

Ele balança a cabeça.

– Não sinta, Maria. Ela estava sofrendo muito... Com certeza está melhor agora, em paz. E eu fiquei livre para cuidar da minha vida... De você!

Maria sorriu, recebendo um segundo beijo.

– O que você pretende fazer?

– Vou te levar para longe!

O sorriso da moça desvanece em uma ruga de preocupação.

– É algo lindo de se ouvir, Edu, mas eu falo sério... O que a gente vai fazer? Não dá pra continuar morando de favor com aquele velho rabugento que alugava um quarto pra vocês!

– Não se preocupe, amor. Você esquece de uma coisa...

Os olhos da garota brilham.

– O quê?

Eduardo então lhe mostra uma carta, que ele havia recebido naquela semana.

– Minha herança, Maria! Minha mãe não tinha acesso a esta conta, que está no meu nome. Só depois de atingir a maioridade é que eu poderia movimentá-la, por isso não estávamos vivendo nas melhores condições...

– Mas você ainda não fez 18!

Ele ri, confortando-a nos braços.

– Minha mãe assinou um documento de emancipação antes de piorar de vez. Ela sabia que eu teria essa dificuldade, então fez um último esforço por mim!

Maria se joga sobre Eduardo, fazendo-o quase perder a carta para o vento.

– Só tem um problema...

Foi então que Maria leu a palavra "conjunta" qualificando o tipo de conta. Ela solta um gemido de insatisfação.

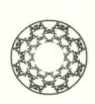

*M*aria não consegue superar a dor que aflige seu coração. Ela havia feito planos. Eles haviam feito planos. Eduardo jurara permanecer ao seu lado até a morte! Mas ela, Maria, ainda não havia morrido...

No quarto de ferragens, que ela tão habilmente transformara em seu antro mágico, Maria consulta avidamente um pesado livro, que estava envolvido em um saco de pano sob o altar. Ela folheia, blasfema, e, quando encontra o que deseja, fica decepcionada: o texto continua no segundo volume, mas ela só dispõe do primeiro. Já poderia, porém, separar os ingredientes, alguns de difícil acesso, e dar continuidade ao que havia planejado com Eduardo. Afinal, escutara rumores... Se a mãe de Cláudia havia conseguido, por que ela não?

Selecionando potes e vidros de sua estante, ela estranha que um deles esteja vazio. "O quê?" – ela enraivece – "Quem acabou com o meu estoque de acônito?" Ela se senta para não cair: seus lábios tremem quando ela percebe o engano, e o que ele havia ocasionado. As lágrimas escapam entre as falanges nervosas, arranhando a bochecha com um furor que faz romper os capilares sanguíneos da derme rosada...

Use a chave!

Era emocionante estar de volta ao volante. Depender de caronas, não mais! – Cláudia acelerava em direção à mansão. Precisava buscar suas malas e decidir, finalmente, o destino daquela imensa casa.

Maurício disse que viria ajudá-la mais tarde. Havia a documentação da casa, que precisava ser colocada em ordem, e outros assuntos que ele prometera elucidar à garota.

O sol estava indo embora rápido. Cláudia subiu os degraus do *hall* e dobrou o corredor à esquerda, resolvida a conhecer o restante da casa antes que anoitecesse. Uma porta paralela ao dormitório em que ela havia encontrado o diário estava aberta. Cláudia espiou a claridade que abatia a sala, por causa da imponente vidraça de forma côncava, que imitava a do saguão, bem à frente, e um vitral semilunar contrastando vidros azuis e amarelos, na parede frontal da casa, que desembocava em uma sacada. À sua extrema direita havia uma escada para o primeiro andar. Que curioso, pensou Cláudia, a arquitetura desta casa está sempre me surpreendendo!

Abriu a janela-vitral e caminhou até o gradil da sacada, admirando o pôr do sol. Constatou a presença de seu automóvel e a estradinha que desovava na estalagem. Os pinheirais seguiam sua cavalgada ao redor do terreno, circulando o gramado e separando fauna e flora do contato humano, e um cachorrinho... O quê? Cachorro?? – Cláudia dobrou o corpo ao máximo para tentar ver o animal que desaparecera pelos fundos do terreno. Apesar de tê-lo visto apenas de relance, estranhou como era grande, e instantaneamente o medo que detia no esôfago foi regurgitado.

Alarmada com aquela presença, ela caminhou até a ponta direita da sacada, tentando ver se o animal reaparecia, e, quando correu os olhos pelo terreno, encontrou... Maurício! – gritou.

Mas ele não respondeu – parecia chocado com algo além da direita da casa, onde Cláudia não conseguia enxergar. Sem mais escusas, ele correu para a porta de carvalho. Ela viu quando o enorme cão surgiu à espreita, os olhos faiscando, amarelos. O animal parou no mesmo segundo em que ela ouviu bater a porta de carvalho, os dentes à mostra, e mirou a mulher no alto da sacada, com um semblante tão expressivo que ficou humanoide.

Desnorteada, Cláudia foi ao encontro de Maurício. Ele ainda estava com as costas coladas à porta de carvalho, como um menino de cinco anos que acabou de ver um lobisomem.

– Ma... Maurício! Q...Que bicho era aquele?

Maurício arfou e finalmente despregou-se da porta, aproximando-se dela.

– Aquilo é... Bem, aquele... É um tipo de... De lobo, muitos deles habitam essa mata perto do lago... Mas eu nunca vi um deles se aproximar assim da mansão!

– E eu nunca vi um lobo daquele tamanho!

Maurício passou a mão por baixo do queixo, contraindo os lábios.

– Lobos são naturalmente grandes, Cláudia.

Ela se calou, sem ter muito que dizer a respeito. Uma preocupação transpareceu em seu rosto, porém, fazendo Maurício perguntar:

– O que foi?

– É que... – ela se recordou da conversa que ouviu entre José e o médico. Contaria? – Bem, Maurício, você disse que esses animais não costumam se aproximar da casa, certo?

Ele confirmou com a cabeça.

– Mas o Eduardo, ele... Bem, o cheiro do corpo dele, em decomposição, parece que atraiu esses animais para perto!

Maurício pareceu congelar novamente.

– O velho Pereira te contou alguma coisa?

– O quê? – Cláudia se fez de inocente.

– É que... Olha, não vá espalhar – Maurício fez ar de súplica. – O pessoal já está doido com a morte do Eduardo, então... Acontece que um animal chegou a... devorar algumas partes do corpo dele, depois que fomos embora!

Cláudia fingiu surpresa, embora o assunto pudesse renovar seu espanto com facilidade.

– Meu Deus! – ela levou uma mão à boca. – Você acha que pode ter sido um desses lobos?

Ele coçou a cabeça.

– Pensamos em aves, a princípio, mas ficou confirmado que os pedaços foram arrancados à mordida, como...

– Como aquele rato! – adivinhou Cláudia.

– Sim...

– Mas, Maurício, como ele pode ter entrado?

– Na correria, saímos e deixamos a porta aberta.

– Ah, é verdade. Mas estava trancada, quando cheguei!

Maurício explicou à Cláudia que a casa foi devidamente trancafiada após a remoção do corpo. Ela soltou uma exclamação de compreensão, sentindo redobrar o alívio pelo fato de o corpo não estar mais lá.

– Hum, bem... Eu estava terminando de explorar a casa! Alguma sugestão?

– Ah... – Maurício fez uma pausa. – Antes, disso, Cláudia, eu queria conversar a respeito do Eduardo.

Cláudia tentou afastar a imagem que queria lhe roubar a mente com insistência. Uma hesitação incômoda pairou entre os dois, até que a voz de Maurício veio à tona:

– O doutor Klèin disse que Eduardo se suicidou, mas vai ser difícil o pessoal engolir isso, ainda mais que...

– O quê? – Cláudia implorava por aquela informação.

– A mãe dele, Suzane, veio a falecer pouco mais de um mês atrás, e ele poderia estar chateado, mas não era motivo suficiente para tentar tirar a própria vida, ainda mais quando...

– Maurício, sem mais, por favor, pare com este suspense!

– Acho que você deveria ler isto – e ele retirou o caderno que mantivera dentro do casaco, entregando-o a Cláudia.

– Ele planejava fugir com a Maria. Com certeza não foi suicídio. Mas haveria muitas complicações, inclusive para você, Cláudia, se alguém falasse em assassinato. Porque Eduardo era...

Ela já esperava aquela confirmação. Só não sabia que viria tão rápido.

– Meu primo?

Maurício pareceu surpreso, mas não interrompeu a explicação:

– Sim, Cláudia, e o testamento deixava metade da mansão para cada um de vocês. Ele chegou na sexta passada, veio resolver essa questão. O velho Pereira pediu a ele que aguardasse, pois você provavelmente apareceria por aqui. E você realmente veio, chegando no sábado. Depois de sábado pela manhã, porém, ele não foi mais visto. Agora, lembra das chaves da mansão, atrás da casa?

Cláudia confirmou, mais uma série de dúvidas se colocando em fila de espera para serem atendidas.

– Chegamos à conclusão de que o que aconteceu foi o seguinte: domingo à noite, quando você já estava aqui na mansão, Eduardo esteve na estalagem. E ele já estava alterado, pois às vezes, quando ia falar, ele acabava babando, e as mãos tremiam um pouco. Ele estava nervoso, pois o velho Pereira disse que só iria discutir detalhes ou liberar documentos da mansão na presença de ambos, sua e dele.

"Anete estava por perto, e ela odeia Eduardo, isso é sabido por todos. Mas ela estava compadecida naquele dia, por causa da morte da Suzane, mãe dele. Ela conversou com Eduardo na lanchonete. No fundo, só queria lançar indiretas para saber os planos dele, e se ele continuava se encontrando às escondidas com Maria... Enfim, mas isso é da intimidade deles, só estou contando o necessário para que você entenda que a morte dele provavelmente foi acidental.

"Bem, Eduardo discutiu com Anete, disse que iria levar Maria embora a todo custo, e que era bom ela abrir a boca para falar onde estava certa chave que ela havia escondido da Maria. Anete disse não para as duas coisas, e então ele começou a ter ânsia. Pereira pediu que Anete buscasse um remédio para controlar o vômito, no quarto dele, e logo em seguida Anete voltou com o frasco, mas o deixou cair no chão sem querer. Eduardo, que começava a delirar, achou que ela estava tentando envenená-lo. Pedindo a ele que se acalmasse, Anete foi à cozinha e voltou com um copo de água, já com as gotas de remédio dentro, e ele tomou, indo embora a seguir.

– Mas ninguém pensou em ir atrás dele? – Cláudia unia os mais novos pedaços do quebra-cabeça.

– O velho Pereira quis, mas Anete garantiu que o acompanharia ao médico. E nisso ela admite culpa – o abandonou, mesmo sabendo que ele estava fora do normal. Ela julgou que ele estivesse bêbado e deixou ele seguir pela estrada da Baixa Montanha, torcendo, imagino eu, para que Eduardo fosse picado por vários insetos quando desmaiasse de sono no meio do mato. Ela realmente não achou que ele fosse longe, mas isso são palavras dela, enfim...

"No dia seguinte, segunda-feira, José perguntou à Anete como estava o Eduardo, e ela mentiu – disse que ele já estava melhor, que o Dr. Klèin o diagnosticou com uma virose, e comemorou que o garoto não houvesse dado as caras até então – talvez fosse o seu golpe de sorte. Ontem, que foi terça, encontramos o corpo, como você já sabe. Quanto ao molho de chaves que você achou atrás da mansão, a explicação é que Eduardo conseguiu chegar aqui, entrou pela porta aberta, pegou as chaves e veio com elas até a biblioteca, deixando elas caírem pela sacada. O resto é mera especulação, porém as anotações dele ajudaram bastante... E foi o motivo pelo qual o delegado e o médico não julgaram o caso como assassinato.

"Claro que há partes da história que só podemos imaginar, como o corte nas costas dele, mas a culpa poderia recair sobre você, Cláudia, e é por isso que o velho Pereira implorou ao doutor Klèin que ocultasse esse detalhe da análise...

Ela estava achando tudo aquilo inacreditável.

– Mas como assim? Bom, eu não sou assassina, e eu sei disso, mas e se eu fosse, como o seu pai poderia saber?

Maurício fungou. O nariz parecia estar sempre congestionado.

– Cláudia, nós sabemos das coisas estranhas que aconteceram nesta casa e... Bem, não desconfiamos de você, e é tudo.

O mistério continuava insolúvel. Mas havia uma pista a mais, e talvez mais reveladora que as conversas verbais com Maurício: o caderno. Cláudia o apoiou sob o braço e subiu as escadas do *hall*, seguida por Maurício. Ela voltou a entrar na sala em que estava quando o viu chegar – e ao lobo. Procurou o animal novamente, pela sacada, mas ele parecia ter debandado.

– Esse lobo tem a ver com os perigos que vocês tanto temem, Maurício?

Ele retesou o nariz em um gesto rápido.

– Em parte.

Cláudia não deu continuidade ao assunto. Foi até a escadinha que levava ao primeiro andar, conferindo a sua utilidade. Ao final da escada, uma portinha. Virou a maçaneta, mas não chegou a tirar o pé do último degrau – o quartinho era tão abarrotado de quinquilharias, cobertas por trapos empoeirados e com algumas pontas de objetos encardidos aparecendo por cima dos lençóis esfarrapados, que não encorajava a entrada.

Cláudia olhou pra trás, indagando a Maurício:

– Que é isso?

– Aqui é o famoso "quartinho da bagunça" – ele respondeu. – Tudo que está quebrado ou precisando de reparos, ou que simplesmente não quiseram mais e tiveram pena de jogar fora.

Depois de conhecer o pátio do segundo andar, que dava vista para o portão negro dos fundos do terreno, Cláudia convidou Maurício aos seus aposentos. Explicou a ele como se encantara com o painel eletrônico, e com a banheira de teto-solar, então!

Eles passaram em frente à biblioteca. A porta não estava fechada – Cláudia percebeu que Maurício estranhou aquilo, ajustando a opala à fechadura de imediato. Eles seguiram pelo corredor, sentindo o adeus do sol pela janela no teto, e subiram as escadas para a suíte. Era muito ilógico, pois, apesar do frio que estava fazendo até então, Cláudia começara a transpirar. Ela parou em frente ao vitral em forma de sol, sentindo-se distante... Era como se acabasse de entrar em uma sauna – o quarto a abafava, as paredes turvavam... Olhou para o lado e viu Maurício, parado como ela em frente ao falso-sol, a testa coberta de suor. Os dois estavam com um pesado ar de cansaço, como se houvessem trabalhado horas a fio.

Os miolos fritavam, e não havia muito raciocínio que restasse neles – só um caminho parecia o correto, e era o do banheiro: o que era para ser inodoro parecia atraí-los por um cheiro tão atraente quanto necessário – água, precisavam de água! Antes que Cláudia dissesse algo, Maurício entrou na banheira e abriu um registro na parte alta dos azulejos azul-marinho. Em seguida, girou uma torneira fixada na parede da mesma, vertendo água em seu interior.

Sem cerimônia, blusas e calças foram abandonadas no piso gelado. Cláudia passou a perna por cima da mureta azulejada para entrar na banheira. Maurício já estava sentado, recostado no murinho. Quando ela fez o mesmo, sentiu a efervescência d'água lamber seu vente e cobrir seus pés, trazendo-lhe uma sensação extasiante. Ao mesmo tempo em que os refrescava, porém, a água liberava o seu vapor denso, que como um óleo inebriante se espalhava por todas as dobras dos corpos, mergulhando-os em uma prazerosa inércia. O nível da água alcançou os ombros, e a pele de ambos tornou-se avermelhada.

Deixando-se levar pela falta de raciocínio, Cláudia movimentou lentamente seus olhos para os de Maurício, que refletiam um azul celestial. Com a feição serena, sem aquele vinco arrogante na testa, ele conseguia ficar ainda mais encantador. Ele percebeu a movimentação e devolveu o olhar, um pouco mais abaixo, descobrindo a transparência do tecido que não mais escondia os seios dela. Um segundo depois, era a mão feminina que repousava no tórax dele – como estava quente! Cláudia sentiu seu peso flutuar para o de Maurício, as faces cada vez mais próximas.

Deveria ser intimidador, mas era um sonho. Eles tentaram recuar, em um determinado momento, mas no seguinte já estavam acomodados naquela reconfortante ideia de que tudo não passava de uma aventura onírica. Os lábios de Cláudia desfloravam, enquanto pontinhos ferviam em diversas partes de seu corpo, e ela sentiu as maçãs do rosto anestesiando... Não fosse pra ser agora, seria agora, ou é, mas ele estava vindo e seria... Como seria? Ela já sentia a língua amortecida em um...

Beijo.

Mas não um beijo romântico e quieto, e sim um avanço animalesco e longo. Maurício mordeu seu lábio inferior e enlaçou-a com os braços pela cintura. Cláudia sentiu a tensão evaporar, esquecendo o medo, e foi inebriada pela ardência, sorvendo dos lábios dele toda a verdade e mentira contidas. Um transe apossou os dois corpos aguados, passando a um baile lascivo no espaço. A banheira vibrava com ondas crescentes, evolando o vapor do suor que em vão as águas esfriavam...

Venha, Cláudiaaaa...

Cláudia levanta da cama e desce as escadas da suíte, como sonâmbula, até a porta dupla de opala.

A porta desencosta-se como se tivesse vontade própria, revelando a névoa que toma conta do ambiente, iluminada pelos primeiros raios da manhã. Cláudia empurra-se para dentro da biblioteca, indo diretamente até um livro abandonado no chão. Recolhe o livro, procurando um espaço vazio na estante para recolocá-lo.

Ela avista um vão mínimo perto da parede – tenta encaixá-lo, mas... Algo obstrui o espaço. Cláudia coloca a mão no vão e sente uma pequena alavanca de ferro.

Empurreeeee...

A alavanca é forçada para baixo. Soa um estalido de algo que se destranca, mas nada acontece. Ela localiza, então, o lugar provável do livro que segura, um pouco acima do vão da alavanca. Encaixa o livro e empurra, ao que a estante se torna móvel. Cláudia dá um passo à frente com o deslocamento da estante – e não de toda ela, mas apenas de uma seção de três colunas.

CONTINUE EMPURRANDO!

A garota dá um pinote com o tinir da voz e a estante vira de uma vez, revelando uma pequenina sala secreta. Está escuro... Cláudia apura os olhos para ver.

– *Rrrrrrrr*!

Dois pontos vermelhos incendeiam na escuridão.

Ela tenta recuar, mas é atacada pelo cão negro.

– *NÃÃÃO!*

Maurício roncava. Cláudia enxugou o rosto no lençol. Maldita sudorese! Algo a espetava sob as costas... ela procurou o objeto do incômodo com a mão e o trouxe até seu campo de visão. Uma chave com cabo em forma de borboleta...

Abriu os olhos. Cláudia despertou, desta vez, de verdade! Não havia chave, lobo, suor, nada... Aos poucos as cenas da noite anterior foram apagando o pesadelo. Cláudia estudou o homem adormecido ao seu lado, mas não parecia feliz. Um estranho sentimento atormentava seu âmago. O que aconteceu ontem... Talvez eu não devesse ter permitido, penalizou-se ela.

Como se ouvisse aqueles pensamentos, Maurício acordou. Cláudia não sabia como encará-lo. Havia sido bom. E ela não hesitaria se precisasse repetir tudo mais uma vez, porém algo não estava certo – ela não havia planejado nada daquilo. Era como se houvesse sido controlada por uma força invisível, e sentia que o mesmo havia se passado com ele. Ela ainda estava confusa entre um sorriso de bom-dia ou um abraço meloso, quando Maurício se levantou, murmurando uma espécie de "estou apertado" e correu para o banheiro.

Ela aproveitou o ensejo pra começar a dobrar o cobertor e forrar a cama. Ouviu um espirro. Guardou o cobertor em uma das laterais do armário, atestando que, se Maurício tivesse rinite, essas cobertas mofadas seriam a fonte de uma grande perturbação às suas narinas pelo resto do dia...

Palpite correto? Maurício saiu do banheiro, enxugando o nariz com um papel e espirrando pela quarta vez. Como um farol que pula do vermelho para o verde, Cláudia teve uma ideia. Puxou a mala de dentro do *closet* e cavucou os tecidos até encontrar um vidrinho de perfume. Espirrou no pulso, salpicando gotículas de um perfume alaranjado no ar.

– Maurício! – ela foi até ele. – Você gosta deste cheiro?

O rapaz afastou a franja da testa e olhou para Cláudia, desconfiado, mas por fim segurou o braço estendido, inalando profundamente.

– *Hum*... É bom, sim. Cheirinho de morango.

É isso! Cláudia riu, disfarçando a graça com timidez. Ele não distinguia direito os aromas! Por isso não sentia o cheiro do corpo apodrecido, felicitou-se Cláudia. Ele a acompanhou até o andar de baixo, ambos desconversando sempre que por ventura seus olhares se cruzavam. Eles se comportavam como se Maurício houvesse acabado de chegar e nada houvesse ocorrido de 12 horas até então. Cláudia apressou o passo ao cruzar a biblioteca, constatando se as portas haviam permanecido fechadas.

Maurício sentou-se no barzinho enquanto ela preparava o café – ele havia trazido para ela as compras esquecidas na estalagem. Não tardou para que ele contornasse o balcão do bar e se apoiasse no batente da cozinha, de braços cruzados, observando-a na pia. Ele também estava inconformado com o que havia acontecido na suíte.

Cláudia espalhava o pó de café no filtro com o dorso de uma colher.

– Prefere mais forte?

Maurício torceu os beiços.

– Talvez... Faça como gosta. Vamos ver!

Cláudia sorriu. O aroma acafetado tomou conta da cozinha. Um estremecer a apoquentou quando passou para o bar com o café e uma caixa de leite, pois sentiu o leve roçar de suas costas em Maurício.

A xícara de Cláudia foi esfriando enquanto ele aprovava o desjejum. Ela estava decididamente incomodada.

– Maurício...

Ele a atendeu, ainda mascando uma bisnaga de pão com queijo branco.

– Você... Quer dizer... Se não quiser falar, tudo bem, mas... Você gosta da Maria?

Ele pareceu engolir em seco, mas respondeu, lívido:

– Isso foi... há muito tempo.

Ela quis prolongar o assunto.

– Você não quer me contar... O que houve?

Respirou fundo. Ah, sim. Maurício estava prestes a contar... Mas nada de mais. Eram três crianças, quase da mesma idade, ele, Eduardo, Maria.

Maria era a paixão de Maurício, mas Eduardo entrara na disputa. Cláudia perguntou sobre o objeto roubado... Ele então contou que era apenas um espelho do qual Mariel gostava muito, e que Maria o queria porque achava que ele era mágico. Narrou o que se sucedeu depois, como Eduardo entregou o espelho à Maria em vez dele, o beijo dos dois... e como Anete vivia controlando seu comportamento e jogando Maria para cima dele até que ele não aguentou mais.

– Mandei as duas para as *cucuias*!

– Mandou mesmo? – Cláudia riu. – Eu ainda quero fazer isso!

Riram ambos. Mas Cláudia ainda queria saber por que ele a chamara de Maria, outro dia. Maurício franziu a testa e oscilou o olhar sobre o mesmo trecho do balcão várias vezes, até espalmar as mãos e encolher o ombro, como se não houvesse resposta:

– Juro que não entendo... De um mês pra cá eu vinha me sentindo... De uma forma estranha, eu me sentia atraído pela Maria...
Cláudia fechou a cara.
– Não atraído amorosamente, mas uma coisa tipo... Sei lá, um ímã, era como se eu estivesse...
– Enfeitiçado... – sugeriu Cláudia, a contragosto.
– Exatamente!
Ela soltou o ar com uma risada incrédula. Ele só podia estar brincando! Ao menos, ela estava...
– É isso mesmo, Cláudia, como... Nossa, agora faz sentido! Eu estava meio que numa confusão mental, mas desde que você dormiu lá em casa eu estou me sentindo diferente, até com mais disposição!
"E que disposição", pensou Cláudia.
– Tá – começou ela –, mas, vamos supor, então, que você tivesse sido... "enfeitiçado". Quem teria feito isso, e por quê?
Maurício aprumou o corpo, o rosto escovando-se em uma expressão nula.
– O que é? – Cláudia começava a se assustar.
– Você reparou que ontem... Você chegou a comer na estalagem ou no bar da Sarita?
Ela percebeu aonde ele estava querendo chegar.
– Não... Você não está sugerindo que...
– Sim, Cláudia! – e então ele bateu a mão na testa, levantando-se e quase deixando a xícara cair, desesperado. – Precisamos sair desta casa, e já!
– Mas, Maurício, o que está...
Como ela não se mexia, ele também parou.
– Será que você não vê, Cláudia? Do que mais você precisa para acreditar que coisas estranhas acontecem nesta casa?
Ela abriu e fechou os lábios, mas ele voltou a falar:
– Eu não estava me sentindo muito à vontade para dizer isso, e acho que você também não, mas o que foi que aconteceu ontem, depois que subimos para a suíte, *ham*?
Ela corou imediatamente, abraçando-se com os braços cruzados. Maurício sorriu, atrevendo-se a colocar a mão no ombro dela.

– Não que eu não tenha gostado, mas... A gente não havia ido até lá para isso, certo?

Cláudia concordou, tentando impedir aquela queimação que subia pelo seu corpo. Desta vez ela sabia o que a estava provocando, mas evitou que continuasse.

– Eu sei, foi um tanto... sobrenatural.

– Viu? – Maurício estava satisfeito. – Agora você me entende!

– Mas não faz sentido, por que a casa iria querer que a gente...

– Não precisa fazer sentido, Cláudia, a maioria das coisas que acontecem por aqui não faz! Por isso é melhor você buscar suas malas e a gente voltar pra estalagem. Quanto antes consumirmos as plantas de proteção, melhor!

Aceitando a imposição, Cláudia correu escada acima com Maurício. Ele a ajudou a carregar as malas. Ela pediu que ele esperasse enquanto ela pegava a chave do painel e...

– Onde está o caderno?

– Que caderno? – perguntou Maurício.

– O do Eduardo!

Eles começaram a procurar, mas não o encontraram em parte alguma. Cláudia começou a ficar realmente preocupada. Arrancou o cobertor e o lençol da cama e, para sua surpresa, lá estava...

Mas não o caderno, e sim uma bela chave, com o cabo enlevado pela forma de asas lepidópteras. Subitamente, Cláudia se lembrou do sonho. O livro caído no chão da biblioteca, a chave-borboleta... E, bem, o lobo! Pensando melhor, antes de voltar à estalagem, ainda havia muito que conhecer nesta casa! Ela escondeu a chave no bolso da calça, tramando a melhor desculpa para desvencilhar-se de Maurício.

– Vai indo na frente! – irrompeu ela.

– Ir na frente? Mas por quê? – ele estacionara ao pé da escada.

– Esse caderno é importante para mim, Maurício. E pode ser a única prova a meu favor, caso alguém resolva me condenar pelo acontecido...

Ela achou que não iria colar, mas, no momento seguinte, Maurício dirigia-se ao *hall*.

– Tudo bem – disse ele. – Mas não demore!

– Ok! – Cláudia despediu-se, voltando à suíte. A luzinha do painel de força geral podia ser avistada do final – ou início – do cômodo. Ela deveria estar ficando com medo ou incomodada com a aparição daquele objeto, imaginou, mas o que mais a assustava era a sua própria calma. Quando se aproximou do painel, viu o *led* daquela seção especial aceso, e então a voz de seu sonho, nítida como a luz de um holofote, iluminou seus tímpanos.

Venhaaa, Cláudiaaa!

Ela desceu as escadas e atravessou o corredor, na direção da biblioteca. Empurrou uma das portas de opala, barrando o arrepio com um passo abrupto para o interior do ambiente. As duas paredes de vidro permitiam que o sol entrasse tanto quanto desejasse, o que acalmou seu coração afobado. Cláudia localizou, perto da estante, um livro. Foi até ele, erguendo-o do chão, e então reparou o que era: o caderno de Eduardo! Não havia dúvida: alguém estava guiando seus passos. Como o medo havia escapado por alguma daquelas janelas, porém, Cláudia acreditou que tudo conspirava a seu favor. Virou a capa.

"EDUARDO ♥ MARIA"

O título dava as boas-vindas. Havia muitas páginas arrancadas, pois a espiral grossa segurava metade ou até menos de sua capacidade original. A maior parte das linhas eram poemas de amor incompletos e pequenos garranchos; coraçõezinhos nas orelhas e vários "emes" perdidos de "M"aria. Até que Cláudia encontrou uma carta...

Era de um banco, e a impressão externa era exatamente igual àquela metade que ela havia encontrado na casa de sua avó. Ela desdobrou a correspondência, afoita, e leu o seu conteúdo com pressa, como se chegar à linha final fosse lhe conceder muitas das notas faltantes na composição que os problemas vinham formando em sua mente:

"Prezado Cliente,

É com prazer que informamos que, a contar desta data, está liberado o acesso à conta-corrente conjunta de número 900.678, registrado junto à agência central 7836-X.

É necessária verificação e confirmação junto à
agência citada, sendo que o prazo limite para a realização desta operação é de até 30 dias corridos,
estando o acesso à conta sujeito a bloqueio."

Abaixo do texto, havia ainda uma anotação feita à mão:

Autorizados: Eduardo Blaise / Cláudia Queirós
Senha: Olhar dentro do mapa

Cláudia chacoalhou a cabeça para ler melhor. Eduardo Blaise e Cláudia Queirós? Era evidente que Eduardo havia se confundido ao anotar os nomes. E mapa? Que mapa seria aquele? Cláudia folheou o caderno à procura de uma dica, encontrando um esboço da planta da mansão, uma seta apontando para o porão e, ao lado dela, a seguinte inscrição: chave-borboleta que está com a Maria.

Retirando a chave do bolso, Cláudia alisou suas asas. Então era isso que ele queria que Anete entregasse? Talvez Maria tenha perdido e achou que sua mãe havia escondido... Afinal, a própria Anete havia lhe dito que não gostava que sua filha se metesse com coisas relacionadas à mansão, ou à magia, enfim, a coisas estranhas, certo? Cláudia se levantou e foi automaticamente até o *hall*, sem saber aonde realmente ia. Ao porão, é isso! Mas como chegar lá?

Saindo da casa pela varanda da cozinha, ela virou à direita, passando por baixo da sacada da biblioteca, e levantou o alçapão. A abertura do tampo gerou uma luz difusa, mas suficiente para iluminar o pequeno espaço. Cláudia olhou para as estantes forradas de teias e ferramentas esparsas, depois mirou os geradores, imersos no lusco-fusco.

– Bem, já que estou aqui... – ela pegou uma lanterna da estante e conferiu os galões que comprara com Olindo – apenas um ainda estava cheio.

Seguindo os passos de Maurício, Cláudia procurou o botão de "desliga" do gerador. Após, desenroscou a tampa de um reservatório e despejou o conteúdo do último galão lá dentro, ouvindo as gotas tocarem o fundo do metal. Então ela religou o gerador, que roncou mais macio do que antes, como se estivesse acabado de molhar a garganta seca, e guardou o último galão junto aos demais, em um canto à esquerda da escada, e... O que era aquilo? Cláudia afastou os galões do canto, passando o dedo em um orifício da tábua de madeira à sua frente e puxando-a. Um rangido mal-humorado acompanhou o deslocamento da tábua, que formou um ângulo de 45 graus. Cláudia chutou os galões para afastá-los, permitindo a abertura total da porta disfarçada, e trouxe a lanterna consigo.

Quatro degraus contraíram-se de dor e rangeram ao serem pisados, convidando a poeira empolgada de um imenso porão a dançar. A luz da lanterna alçava todas as direções, prevenindo Cláudia de um susto em potencial. Mas só alguns móveis adormecidos e outras quinquilharias reinavam por ali.

Uma abertura rente ao teto da parede final, a vinte passos de Cláudia, deixava a luz diurna adentrar um espaço reservado do porão. Cláudia foi até lá e reparou, pela janelinha, o céu desanuviado. Ah! Esta é a abertura que eu vejo ao entrar na casa, uma janelinha estreita junto ao chão... – recordou-se ela.

Na continuidade do porão à direita, Cláudia viu uma estante abarrotada, tapetes enrolados e... O baú! Ela se ajoelhou, acariciando um cadeado enferrujado e largo. Comprimiu para o lado, ele cedeu – não estava trancado, ou então já devia ter sido quebrado. Mas então... Para que serve esta chave-borboleta? – a dúvida foi dissipada, porém, pela vontade de descobrir tesouros.

Ela empurrou o tampo abarretado, abrindo o baú. A primeira coisa que viu foi um ovo de porcelana com arabescos azuis... Dentro dele, que é isso? Correntes de ouro e uma enorme carta enrolada, na verdade parece um... A palavra que passeava pela mente de Cláudia se encaixou perfeitamente: mapa.

Ela desenrolou o papel bege-escuro, ávida pelas informações que ele poderia fornecer. Mas, bem, era apenas um-uma árvore genealógica. Um tanto desanimada, Cláudia começou a ler a copa de membros, alisando com a ponta do indicador as letras vincadas no papel *couché*:

Celita Vergassen e **Hélio Pereira**... Pereira, os parentes do seu José? – Cláudia lia e ia formando a mescla de nomes e pessoas em seu imaginário.

Filhos: **José Pereira** e **Anita Pereira**. São mesmo os pais dele! E essa Anita é a irmã... Estranho. Nunca comentaram sobre ela. Estaria viva?

Depois, começando outro ramo:
Giane Martins e **Rússio Fricote**...
Filhos? **Marcolino Fricote** e **Anete Fricote**! Oh, a arrogante está aqui também!

A cada geração, as letras brilhantes pulavam para outra cor, formando um arco-íris na folha áspera. Assim, se os pais estavam em azul, os filhos apareciam em roxo e os netos em vermelho, entre outras combinações.

Ela leu outro galho:
Justina Cancionatto e **Camilo Braum**. Braum?
Filhos: **João Braum** e **Joana Braum**. Onde está a Maria?
Ramificação dos Braum:
João Braum e **Anete Fricote**...
Filhos, ah, aqui está ela! **Maria Braum**.
Continuando a ramificação...
Marcolino Fricote e... **Joana Braum**? Nunca ouvi falar...
Filhos: **Maurício Fricote**!

Mas... Cláudia se lembrou justamente de quem ela menos gostaria: Anete, com toda a sua empáfia, estufando o peito para dizer: "É isso que eu digo, menina. Você não conhece nada daqui!". Pensando melhor, admitiu Cláudia, eu nunca vi Maurício chamar José por pai... Ele sempre o trata por "velho Pereira", e, quanto à Mariel, bem, ele realmente me disse que era madrasta dele. Agora, se esse tal de Marcolino era irmão da Anete, e, essa Joana, irmã do João, pai da Maria, então Maurício e Maria... são primos! Cláudia alisou o papelão. E finalizando suas conclusões: Mas que embromo...

Parou para ler o título da árvore: **Fundadores do**... Ela esfregou o dedo em vai e vem na borda direita... A "árvore" estava cortada ao meio! Cláudia fuçou no baú, a fim de encontrar a outra metade do mapa, mas não estava ali... Ou talvez esteja! Cláudia tirou do fundo do baú uma caixa quadrada de madeira lixada. Um símbolo de baralho, espadas, marcava o tampo em esgrafito. Retirou a chave-borboleta do bolso, a qual encaixou perfeitamente no fecho, produzindo um estralo ao virar.

Um tafetá rosa embrulhava um pequeno artefato. Cláudia puxou o embrulho, desembolando a seda.

– O que é isso?

Um espelho de mão ovalado e límpido, pedrinhas coloridas encrustadas simetricamente na moldura envolvendo o vidro, devolvia o olhar de sua observadora, que lia atentamente a inscrição antiga em sua parte superior: *Delenda*. Mas não é possível! Será que todo esse tempo o espelho esteve escondido bem aqui, sem que ninguém o soubesse? Delenda... O que será isso? Seja o que for, é uma palavra bonita, achou ela, admirando o próprio reflexo sem se dar conta de que, ao mesmo tempo, era também analisada por um temível observador...

Ela soergueu as pálpebras em direção à única janela do recinto, com aquela sensação de que havia alguém mais no lugar. Cortou o grito com a mão – o cão negro ria maliciosamente para ela. Deus, não! A porta do alçapão! – ela correu, deixando o espelho, a seda e a caixa que estavam em seu colo escorrerem para o chão, e subiu as escadas do alçapão, puxando as duas alças de ferro de uma vez e trancando-se bem a tempo de ser inundada por um uivo petrificante.

Com o peito abalado, Cláudia apurou os ouvidos, a fim de detectar garras raspando o outro lado da madeira, mas nada. Ela retornou vagarosamente para o baú, enfrentando a janela estreita, que agora exibia apenas alguns tímidos feixes solares.

Sentou-se no mesmo canto, ainda olhando para a abertura onde há pouco o seu perseguidor estivera, e remexeu na caixinha, à procura do outro pedaço da "árvore", mas não estava lá. Retornou o braço ao baú, com os olhos vidrados na janelinha do porão. Só voltou seu rosto para os objetos guardados ao sentir algo peludo resvalar sob a palma...

Antes ocultado pela caixa com o espelho, um compêndio aguardava a percepção de Cláudia. Ela retirou-o com cuidado, amaciando a palma contra a capa marrom aveludada. Percebendo as folhas amareladas e frágeis, tateou o título, virando com cuidado a primeira página do *Diário de Sortelhas – Tomo II*.

"... deixar o lodo em infusão por 20 minutos e um átimo de suspiro. Não ultrapassar – é perigoso que o líquido entre em ebulição, o que o faria talhar. Em seguida, acrescentar o lótus e as sementes de cerejeira, previamente moídas, calculando o espaço de dois segundos entre cada pitada. Mexer sempre à esquerda, para magnetizar o caldeirão. Quando o caldo atingir coloração púrpura, despejar uma taça média com o item recolhido do ente amado: fios de cabelo ou pelos do corpo, pele ou pedaços de um órgão. Lembrando que, tão vital for o órgão, mais vital será a poção e o seu resultado..."

– *Eca!* – Cláudia fechou o livro, enojada. – Quem teria coragem de realizar um experimento desses?

O caderno de Eduardo, nesse momento, chamou a sua atenção, como se tivesse a resposta. Maurício havia falado que a morte dele era acidental... Com base em quê ele dizia isso? Ela volta a folhear as páginas, passando pelo rascunho da mansão.

Outra anotação, desta vez uma lista:

• Acônito – reserva no quarto mágico de Maria. Importante para afastar os *wulfons* quando for testar a passagem. – OK.
• Chave-borboleta – para abrir o baú.
• Mapa – retirar a senha.
• Banco Central – liberar acesso à conta.
• Viagem com Maria.

Era uma espécie de passo a passo, mas apenas o primeiro havia sido finalizado. O último item, "Viagem com Maria", vinha grifado com um círculo forte ao redor. Então eles realmente pretendiam fugir! – confirmou Cláudia. Agora esse acônito... Ela forçou a memória... Acônito é uma família de plantas venenosas, lembrou ela, e era usado para matar lobos... Será que é a isso que ele se refere com esse... *wulfons*? – e Cláudia olhou novamente pela janela, temendo que o animal voltasse com aqueles terríveis olhos cor de âmbar para ela.

M aurício leva um grande feixe de trigo para dentro do moinho. Sobe com parte dele e inicia o processo de moagem. Pelos aros das altas adufas, ele tem uma visão privilegiada da região.

Uma gralha desliza não muito longe dali, chamando a sua atenção, e, ao olhar para baixo, ele vê Maria, esgueirando-se para a casa de ferragens, apreensiva. O que ela estaria fazendo lá? Maurício recomeça a moagem dos grãos, apreensivo.

Perda irreparável

Cláudia aguardou quartos de hora até ter a certeza de que o *wulfon* havia se dispersado. Nesse tempo de espera, ela aproveitou para ler páginas avulsas do *Diário de Sortelhas II*, encontrando algumas informações interessantes, embora julgasse tudo aquilo fruto de um ego fantasioso e megalomaníaco.

Embrulhou o espelho em seu tafetá e o guardou no bolso. Iria devolvê-lo ao seu Pereira e assim, quem sabe, aquele objeto restaurasse um pouco da paz de dona Mariel.

Chegando à estalagem, Cláudia notou a caminhonete de Maurício. Estacionou ao lado e dirigiu-se à recepção, topando com Matheus.

– Olá, Matheus, tudo bem?

Ele sorriu de volta.

– Ah, dona Cláudia, tudo maravilhosamente bem. E com a senhorita?

– Tudo certo! – e reparando naquela exaltação de felicidade. – É algum dia especial?

Matheus a trouxe mais para o canto e bateu na bolsa, explicando:

– Estou com meu melhor equipamento para fazer fotos e filmagens. Ao que tudo indica, Cláudia, hoje é o grande dia, teremos chuva e... Sim, um show espetacular no lago!

Cláudia vibrou com a notícia.

– Uau! Também quero ir ver!

– Você não deve demorar muito, então, pois eu calculei mais ou menos o dia, mas a hora fica difícil acertar... Bem, eu vou indo, qualquer coisa nos vemos por lá!

Ela acenou para ele, contente, e resolveu ir atrás de Maurício. Será que ele já havia assistido àquele fenômeno? Era melhor que comessem e, em seguida, fossem também para os fundos da mansão, já que a natureza prometia uma de suas inigualáveis demonstrações de beleza. Entrando no refeitório ela o encontrou, terminando o almoço.

– Você demorou! – ele contestou.

– Desculpe, mas é que eu... – e cochichando. – Tenho novidades!

Maurício ergueu o supercílio.

– Vamos comigo até o lago, hoje à tarde? – convidou ela.

– Calma, uma coisa de cada vez! O que há de novo?

– O Matheus me disse que aquela coisa que acontece no lago... Que vai ser hoje!

A reação dele não foi como ela esperava. Ele ficou demasiadamente sério.

– Que foi? – ela desanimou.

– Você sabe que é perigoso ficar perto daquele lago e da floresta, Cláudia! Viu aquele lobo...

– *Wulfon*! – corrigiu Cláudia.

– O quê?

– *Wulfon* é o nome desse lobo!

Maurício riu da ingenuidade de Cláudia.

– Ele realmente se parecia com um, Cláudia, mas espero que não seja!

– Como assim?

Maurício então pediu a ela que se sentasse. Iria lhe contar. E pediu a Gorete que lhe trouxesse uma refeição, também.

– Nada de retornar àquela mansão sem se alimentar com as ervas de proteção, ok?

Gorete ouviu o que Maurício disse a Cláudia, resignada. Ela não queria levar uma bronca, mas, bem, a verdade era que o estoque de ervas havia acabado... Marta, a filha que Mariel havia responsabilizado pelo preparo das plantas, estivera fora, e algumas vacas haviam pastado pela horta, acabando com as mudas floridas, de forma que não houve tempo hábil para que crescessem, fossem colhidas e secadas novamente... O pó preparado com as raízes e caules havia durado até anteontem, e desde então a comida estava sendo feita normalmente. No fundo, Gorete achava tudo aquilo uma bobagem, uma espécie de placebo que, se todos acreditassem que estavam comendo ou tomando, iria surtir o mesmo efeito...

Quando o prato de Cláudia chegou, Maurício já havia lhe explicado a diferença entre um lobo e um *wulfon*: este último era fruto de uma lenda, e se parecia com um lobo, só que primitivo e maior.

Uma importante diferença entre ambos era que um *wulfon* possuía veneno na saliva.

— Então isso é um tipo de lobisomem venenoso? – brincou Cláudia.

— Não! – Maurício riu. – Lobisomens seriam a mistura de lobo com homem, certo? O *wulfon* não tem nada de humano. A inteligência dele é como a de um lobo, só que ele é mais brutal. Na verdade, a única razão para a existência dos *wulfons*, na lenda, é que eles devem guardar a entrada de um portal...

— Portal? – Cláudia havia lido algo sobre isso no livro de Sortelhas – Que tipo de portal?

— Ah, sei lá, para outro mundo, eu acho.

— E você acredita nesse bicho? – interrogou Cláudia.

— Talvez... Nunca vi um, para ser franco.

Foi então que a imagem de Mariel, sendo resgatada da floresta com a perna ensanguentada, veio à tona.

— Mas, Maurício! Você não acha que isso poderia ter algo a ver com o que aconteceu com a sua madrasta? – ela comia devagar, sorvendo mais palavras do que alimento.

— Como assim?

— No dia em que ela foi encontrada com a perna machucada, ué!

— Mas quem lhe disse isso?

Ela terminou de mastigar uma garfada para responder, com a boca ainda cheia:

— Ân-ê-tê.

— Ah, essa fofoqueira... – ele ficou sério – Isso foi há muito tempo e... Não, ninguém viu *wulfons* naquele dia, Cláudia. Mariel estava deitada na relva, inconsciente e com a perna ensanguentada. Havia um rompimento acima do joelho, e poderia ser uma mordida de lobo, sim, mas quando José chegou lá não havia animal algum para contar história.

— Mas o que ela havia ido fazer lá? Por que ficou louca?

Ele suspirou fortemente. Era sempre relutante quando precisava informar coisas relacionadas ao passado, ou à família.

— Cláudia, há certas coisas que... – ele balançou a cabeça negativamente, mas acabou cedendo sob o olhar cativo da garota. – Olha, essa Anete já colocou o velho Pereira em poucas e boas. A mulher é uma praga! Os remédios que a Mariel toma... Foi Anete quem arrumou com esse tal Dr. Klèin. E ele nem era da Vila! Acabou se mudando pra cá, depois de ver alguma oportunidade local para ser indiscreto sem sofrer a perseguição da lei.

– De ser canalha, você quer dizer!

Maurício acabou rindo.

– Isso! O cara é um safado. Não perde *uma* pra ferrar com você! E a *Vacanete* fica toda se gabando dele, dizendo que trouxe um grande médico para a Vila, etecetera e etecetera... Só que eu acho que esses remédios controlados é que fazem mal pra Mariel. Já tentei falar com o velho Pereira, mas, quando a Mariel deixa de ser medicada, fica muito agitada. Eu acho que, se ela tivesse recebido outros cuidados desde o começo, poderia ser diferente. Mas agora, sei lá, já ficou viciada nessas porcarias, vive dopada e em cima daquela cama...

Cláudia estava pensando.

– Que tipo de remédio ela toma?

– Vários! – Maurício agitou os braços, inconformado. – Calmantes, soníferos, lítio...

– Lítio? Mas pode ser altamente tóxico em altas doses!

Maurício contraiu os ombros, reforçando a fala:

– Fazer o quê? Quem manda manipular é o doutor Klèin, então ele é quem controla as dosagens.

Cláudia terminou de almoçar e se levantou, sorrindo para ele.

– Vamos ver o que acontece no lago, então?

Ele jogou o corpo para a frente, como se aquilo lhe custasse muitos *joules*, e acompanhou Cláudia até a saída da estalagem.

– No seu carro ou no meu?

Cláudia mostrou a chave para ele, já abrindo a porta de sua picape. Na empolgação, acabou se esquecendo de falar do espelho...

Conforme subiam a estrada da Baixa Montanha, o céu ia se tornando mais escuro. Realmente vai chover, animou-se Cláudia, acelerando sempre que podia.

– Estava lendo o caderno do Eduardo – comentou. – Ele havia feito uma lista com "acônito". Será que foi assim que ele se envenenou?

– Foi o que deu no laudo, Cláudia. Resta saber como foi isso, e por quê!

– Agora eu não entendo... – continuou ela. – Por que a Anete tem tanta raiva dele?

Cláudia acentuou uma curva. Estavam quase no casarão.

– Por quê? – os olhos de Maurício pareciam úmidos. – A mulher nunca gostou dele, desde criança... Chamava-o de *filho da perdição*.

– Filho do quê? Como assim?

Maurício continuou:

– Bom, é que bem antes de você mudar pra cá era a Suzane quem morava no casarão...

Cláudia era toda ouvidos.

– Suzane?

– Sim, a mãe do Eduardo.

– Mas... E o meu vô? – aquilo era total novidade para ela.

– Ela... Seu vô? Ele já havia sumido, oras!

Cláudia não estava entendendo. Como assim, sumido? Ele não morreu na mansão? E o que a Suzane tinha com ele, será que... – ela se lembrou dos armários com itens femininos. Ah, começo a entender! – refletiu ela. – Alfredo certamente arrumou "um brotinho" longe de casa e ficou iludido... Deve ter engravidado a mulher e morreu pouco tempo depois... Mas então Suzane era filha de meu avô com outra mulher? Só assim Eduardo poderia ser meu primo!

Maurício estralou o dedo para chamar sua atenção:

– Ei! Tá me escutando?

Cláudia sorriu para dizer que *sim*.

– Então... a Suzane... Em parte eu sou culpado, mas... Ela teve de partir, porque houve uma briga feia entre Eduardo e eu... por causa do espelho que te falei, lembra?

Cláudia fez *ã-hã*, tentando disfarçar o espelho em seu bolso.

– Então eles deixaram a casa e... Eu fui tão burro, escutei a Anete minha vida toda! Ainda estava cego, achando que lutava por uma causa justa, quando era só vingança...

Cláudia sentiu o coração florir, regado pelas frutíferas palavras do rapaz.

– E então nós viemos morar um tempo na casa...

– O quê? – Cláudia freou inesperadamente, um pouco antes do local habitual, mas já em frente ao casarão, fazendo Maurício quase bater a testa no painel.

– Desculpa!

– Não, tudo bem... – ele havia esticado o braço, protegendo-se do impacto.

Cláudia queria saber mais sobre o passado da mansão e o envolvimento do acônito com a morte do Eduardo, mas um relâmpejo distante a despertou para o que pretendia fazer com alguma pressa.

– Então, Maurício, antes de você continuar... talvez não tenhamos muito tempo!

– Tempo de quê?

Cláudia apontou o firmamento cinzento acima deles, indicando que a diversão estava pra começar. Ela abriu a porta rapidamente e, com o movimento, a sua blusa levantou, exibindo o tafetá do espelho que não cabia totalmente no bolso. Maurício recuou ao reconhecer o tecido róseo.

– Isso não pode ser o...

Voltando a se sentar, Cláudia retirou o embrulho do bolso.

– Ah, esqueci de te falar! Eu encontrei isso... – e descobriu teatralmente o espelho.

Um relâmpago iluminou a face absorta de Maurício. Cláudia não percebeu que o espelho esquentou ligeiramente, praticamente pelo mesmo tempo que durou o relâmpago, e ficou fazendo vai e volta com a mão na frente do rosto de Maurício, para que ele voltasse a si.

– Ei, você tá aí?

Maurício ainda demorou a balbuciar...

– O-onnde você en-contro-ou isso?

Cláudia deixou de sorrir, vendo como ele estava encabulado.

– Estava no porão...

Ele continuava incrédulo.

– Mas no porão, no porão onde?

Ela temeu uma reação ruim – Maurício tinha ligeiros espasmos.

– Encontrei num baú! O que pode haver de tão ruim nisso?

– O que pode haver de ruim? – Maurício foi quem riu agora. – O que mais você sabe sobre esse espelho?

– Bem, na verdade, eu até li algumas coisas sobre um espelho poderoso no livro que encontrei, mas...

– E aí você achou que era só pegar o espelho e sair fazendo mágica?

– Não, eu só...

– Eu nem acredito que isso ainda existe!

Cláudia já começava a se irritar.

– Você pode afinal me explicar o que está acontecendo?

Maurício retirou o cabelo da testa, como de costume, empolando-se no banco.

– Bom, como eu dizia, Cláudia, nós ficamos um tempo por aqui... Ainda bem antes de você vir para a mansão, e foi nessa época que Mariel...

– Enlouqueceu, completou Cláudia.

– Sim, foi... E tudo porque a amiga dela, a Greta, veio para ajudá--la a procurar o espelho.

– E elas encontraram? – quis intrometer-se ela, de novo.

– Não, não encontraram! Você quer me deixar falar?

Cláudia fez sinal de zíper nos lábios, calando-se.

– Não encontraram, mas a Greta trouxe esse livro que você leu... Para fazerem um feitiço que traria o espelho de volta. Então alguma coisa deu errado, Greta precisou ir embora às pressas... E meu pai foi atrás de Mariel na floresta. Foi então que...

Cláudia não pôde se aguentar.

– Encontraram Mariel com a perna ensanguentada! – exclamaram juntos.

Maurício estava para fazer um novo comentário, quando uma luz se acendeu na sacada acima da porta de carvalho. Eles se entreolharam, abrindo as portas do carro quase que ao mesmo tempo.

– O que você acha que é? – Cláudia perguntou a Maurício, assombrada.

– Bom, só há um meio de descobrir.

A chuva os atingiu em cheio. Ambos correram casa adentro, espiando pelos cantos para que nada os pegasse de surpresa. Havia movimentação no segundo andar.

– Você ouviu isso? – Cláudia recuou.

– Parecem vozes...

Maurício prosseguiu pela escadaria do *hall*, encorajando Cláudia. Chegaram ao segundo patamar. Passos ressoavam à esquerda, mas algo chamou a atenção deles no lado contrário: Maria foi avistada, fugindo pelo corredor da suíte. Maurício foi atrás dela, enquanto Cláudia tomava a direção oposta. A luz da sala ao final do corredor, que dava saída para a sacada em frente à casa, estava ligada.

– Que diacho aquela maluca da Maria está fazendo aqui? – rezingou Cláudia.

Cleque, cleque – ela se deparou com as portas do terraço abertas, que batiam, como se para espantar a água da chuva que molhava o carpete. Cláudia fechou o trinco de uma delas, prendendo-a ao chão, quando uma profusão de relâmpagos chamou sua atenção. Ela andou até a beirada da sacada, molhando-se com a tempestade forte; a água que encharcava seu corpo, entretanto, era insuficiente para desviá-la – ela estava fissurada por uma parte do céu além das árvores, e provavelmente acima do lago: raios incandescentes furavam as nuvens em diversas direções, restringidos àquela área visivelmente delimitada, provocando um efeito luminoso bastante peculiar. De repente, outro estranho fenômeno – bolas vivas e fumegantes chamuscaram em rodopios até a nuvem elétrica, fundindo-se em mesclas faiscantes de trovões e luz...

Entorpecida pela visão, Cláudia não reparou que alguém se aproximava da sacada, especulando seus movimentos. Ela estava prestes a se virar, mas...

– Ai! – o espelho começara a queimar a pele de sua coxa sob a calça de moletom.

Ela tentou retirar o objeto do bolso, mas a moldura do espelho esquentara tanto que provocou uma queimadura leve na sua palma. Cláudia soltou a peça imediatamente, deixando-a cair para baixo da sacada e... *Pleeenc*! Ela sentiu o espelho rachar sobre a caçamba de sua picape.

A pessoa que a sondava derrancou até a sacada, procurando pelo objeto. Cláudia se assustou ao ver Marta, a irmã de Maurício, e a empurrou quando jogou o corpo de volta à sala, instintivamente. Foi então que se deu conta de quem era a moça e virou-se, para se desculpar. Mas Marta estava com um objeto na mão – o que era aquilo? *Banc*...

Cláudia caiu ao tentar desviar-se da bola de vidro que foi lançada contra sua cabeça. Marta descia a escadaria para o *hall* loucamente.

– Ai... Mas o que é isso? – Cláudia pegou o que quase a atingira na cuca e rolara para perto da porta: uma espécie de bola de cristal diminuta.

Estando ao lado da escadinha que dava acesso ao quarto de bagunças, ela reparou que a luz do quartinho também estava acesa. Marta e Maria procuravam por algo, possivelmente o espelho, e então...

– Ai, não, o espelho! – sem saber por que, Cláudia correu para socorrê-lo. Repentinamente, a ideia de que Maria o reavisse parecia um grande problema a ser evitado.

Passou pelo *hall*, escorregando, e viu a porta de carvalho aberta. Correu para fora, vendo Marta agachada na grama escura, tateando à procura do metal reluzente do espelho.

– EU VI! HaHa! Eu VÍ-Í!

– Mas o que é isso, agora?

Marta e Cláudia se esconderam quando Matheus surgiu feito desvairado por detrás da lateral esquerda da mansão, com sua polaroide toda encharcada. Ele passou pelas garotas sem parecer reconhecê-las e alcançou seu carro, estacionado mais além do gramado, que Cláudia não vira até então. Já o automóvel de Maria estava estacionado em parte mais estratégica, longe dos olhares curiosos. Em seguida, uivos saltaram de diferentes direções, atiçando os pelos femininos contra a força da gravidade...

Cláudia olhou para Marta, que levantou de imediato. Não vou dar outra chance pra essa maluca! – pensou, entrando na picape e vendo Marta correr na direção da estrada. Ao dar a partida, a voz de Maurício gritou que ela esperasse. Pouco depois ele apareceu pela porta de carvalho, segurando Maria pelo cangote. Cláudia abriu a porta do passageiro.

– Deixa ela aí! – disse para Maurício. – Ela não vai encontrar o que procura, mesmo!

Maurício largou Maria, porém ela deixou bem claro, pela sua expressão nemésica, que iria dar o troco.

Cláudia acelerou para a estrada.

– O que ela queria? – perguntou.

Maurício ergueu os ombros, balançando a cabeça.
– Só poderia estar atrás do espelho. – confirmou ele.
O lábio inferior de Cláudia tremeu.
– Eu vi o Matheus!
Maurício ficou surpreso.
– O Nottemin? Você quer dizer... agora, você viu ele agora?
– Sim. – Cláudia não descolava os olhos da estrada. – Ele saiu correndo, parecia enlouquecido... Nós já devíamos ter alcançado ele! – Cláudia preferiu não comentar sobre ter visto Marta. Estacionou ao lado da lanchonete da estalagem, que estava vazia.
– Matheus já deveria ter chegado! – preocupou-se ela.
– Ele pode ter estacionado no galpão. – alertou Maurício. – O que você fez com o espelho?
Cláudia olhou para a caçamba da picape, sentindo seu peito volver com galhos de desconfiança. E se Maurício estivesse atrás do espelho, também?
– Eu... Quando vi aqueles relâmpagos no céu, o espelho esquentou tanto que começou a me queimar. Tentei tirar do bolso, mas não consegui segurar, e ele acabou caindo no gramado! – mentiu ela.
– No gramado? E você deixou por lá?
– Eu tentei procurar, mas não encontrei! Aí quando vi Matheus correndo e os lobos uivando, achei melhor ir embora. Amanhã cedo eu vou procurar, não se preocupe!
– Olha, faz assim, estacione sua picape ao lado da minha casa, lá você pode tomar banho e se enxugar. – disse ele, alterando totalmente o rumo da conversa.
Cláudia obedeceu, entrando na estradinha e estacionando alguns metros adiante. Eles entraram. Maurício trouxe toalhas esverdeadas para se secarem. Cláudia se sentou em uma cadeira ao lado da cama, brincando com as cordinhas do capuz de seu blusão.
– Sabe – começou Maurício –, hoje, enquanto eu trabalhava no moinho, vi uma coisa suspeita...
Cláudia parou para prestar atenção.
– Eu vi a Maria entrar na casa de ferragens, então resolvi descer pra ver o que ela estava aprontando. Quando cheguei mais perto, ouvi ela conversando com a minha irmã... Não consegui entender direito, mas parece que minha irmã falou algo sobre *ir junto*, e a Maria

respondeu toda grossa, *não dá, sua burra! Parece que você não aprende nada, mesmo...* Que só uma pessoa preparada podia atravessar a porta... E que uma *burra* que nem ela iria sufocar só de chegar perto! Eu não consegui ouvir mais, porque alguma das duas vinha em direção à porta, então saí de perto...

– Isso é estranho! Será que tem a ver com o que ia acontecer hoje?

– Talvez e... Ah, você deve estar chateada! – Maurício se sentou na cama, encostando o joelho na perna dela.

– Por quê? – perguntou Cláudia.

– Você queria ter ido ver o lago, não é?

– Sim, mas eu consegui ver um pouco! – ela então narrou, com certa dificuldade, o que vira de cima da sacada, na nebulosidade do céu. Maurício não movia um só músculo, paralisado com a história.

– Então deixei o espelho cair, vi o Matheus sair correndo, ouvi os uivos...

– Faz sentido! – assentiu Maurício, quase gritando. – O... o portal de que ouvi Greta e Mariel falarem!

– Portal? Como *aqueles para outros mundos*? – debochou Cláudia.

– Quando te falei que moramos na mansão e a Greta veio nos visitar, ela falava de um portal, isso pouco antes de ir embora, sem dar mais explicações... E foi logo depois que meu pai encontrou a Mariel e... Bem, era estranho, mas... Não é que a perna estivesse machucada, sabe... Disseram que era coisa da minha cabeça, mas realmente, foi como você falou, parecia uma mordida!

– Você está querendo dizer – interrompeu Cláudia – que elas abriram um portal no lago, e que os *wulfons* vieram de lá para atacar Mariel?

Maurício percebeu desdém na menção de Cláudia e foi até o outro lado do quarto, irritado.

– Por que não? Eu também custava a acreditar numa série de coisas que se passavam aqui, mas faz todo sentido! Que outra explicação haveria?

Cláudia sacudiu a cabeça.

– Acho que precisamos de um chá bem forte!

Ele parecia contrariado.

– Vou até a estalagem. Você quer um? Vou fazer pra você também!
– Pode ser – ele então abriu a porta para ela, com má vontade.
Cláudia saiu apressada do casebre, ainda contestando:
– Portal dos lobos! Até parece – e entrou na estalagem.
Havia marcas de lama no chão... A sala de estar e o refeitório estavam vazios. Que chá, que nada! Cláudia queria mesmo era falar com Matheus. Subindo a escada da recepção, ela começou a testar as maçanetas, procurando o quarto de Nottemin.
Número um... Trancada.
dois... Trancada.
Ela passou em frente ao quarto em que ficara na sua primeira noite, número três, que também estava fechado.
... *Ops*, aberta!
Cláudia empurrou a porta devagar. A luz estava acesa, mas (felizmente), o ocupante não se encontrava. Ela foi até uma escrivaninha próxima à porta, abrindo a gaveta. Recortes de reportagens e uma mensagem de *e-mail* impressa... Para *Matheus Nottemin*!
Ela encostou a porta, lendo rapidamente as linhas:

"Caro amigo,

A *Geográfica Mundi* prontificou-se a contratar para o cargo de jornalista sênior aquele que trouxer, em até seis meses, uma reportagem completa relatando dois grandes fenômenos incomuns avistados por campistas e outros moradores de um vilarejo ao norte do país.
Consulte o edital completo no link abaixo.
Acredito que agora a nossa dívida esteja saldada!

Um grande abraço,
Homero"

Cláudia espreitou as outras folhas que segurava. Uma delas continha a seguinte manchete:

"O efeito *sprites*"
[nomeando a foto de uma tempestade com muitos relâmpagos que desenhavam círculos no céu]
E na outra folha:
"Ilusão das bolas de fogo continua sem explicação científica"
[estava ilustrada com reluzentes esferas em chamas sendo expelidas pelas águas plácidas de um rio oriental]

Cláudia devolveu as manchetes e o *e-mail* à gaveta e a encostou. Ora, se não foi isso mesmo o que eu acabei de presenciar no céu escandaloso! – constatou – Nada de mágica, nada de espelho *sobrenatural*, apenas um efeito... *natural*!

Mas que gabador, esse Matheus! *Avalio a paisagem para depois publicar minha matéria na Geográfica Mundi!* Oh, sim, isso se a Geográfica resolver te contratar, né? – disse ela para a imagem fantasiada de Matheus, continuando a conversar consigo mesma: – E Maurício, todo assustado... Sendo que os efeitos têm uma explicação racional, e até já até foram relatados em outros cantos! É como naquele caso... As pessoas diziam ver "luzes alienígenas", mês sim e mês não, nas encostas de uma montanha. Na verdade, havia um tipo de musgo naquela área da rocha; em determinadas condições climáticas, o musgo ficava fosforescente, o que provocava a tal ilusão de pontos brilhantes no meio do nada... Ah, povo místico e ignorante!

Apesar da autoconfiança, Cláudia bem que se lembrou do comportamento assombrado de Matheus após sair da floresta. Bom, ele ficou com medo dos lobos, foi isso! E de lobos que *sempre* pertenceram a esta mata, mas que só aparecem de vez em vez por causa da agitação na mansão – que foi construída muito próxima ao *habitat* deles – e não por causa da "abertura de um portal", concluiu. Mas uma segunda lembrança a atormentou: e quanto àquele envolvimento caloroso com Maurício, na suíte?

Isso definitivamente não tinha explicação, a não ser que... Com esse monte de plantas que eles têm por aqui, alguma deve ser afrodisíaca, com certeza, justificou a si mesma. Saindo do quarto de Matheus, Cláudia resolveu finalmente contar a José Pereira sobre o espelho. E eu já devia ter feito isso antes! – puniu-se. – Talvez ajude mesmo a coitada da Mariel, ter o seu amuleto de volta...

Ela cruzou a recepção e a sala de estar, entrando no corredor que desembocava no quarto do casal. Mas uma porta aberta à esquerda, porém, chamou sua atenção antes que ela fosse até o final do corredor: Marta se assustou quando viu Cláudia, quase caindo sobre o caçula Juca, que dormia calmamente em uma cama de solteiro, no meio do quarto. Havia mais duas camas enfileiradas, sendo que Marta estava se apoiando em uma delas.

Cláudia invadiu o quarto, raivosa. Marta não se moveu.

– E então?

– O quê? – Marta sentou-se na cama paralela a do irmão, observando Cláudia de alto a baixo.

– Você vai se fazer de desentendida? O que você queria na minha casa?!

Marta fez um tique com os lábios.

– Você deve estar louca! Eu nem sei onde você mora e... Ah, não, espere, você é a nova moradora do casarão, não é?

Cláudia cruzou os braços.

– Mas que cínica! Você é o quê, bipolar, herdou a loucura da família?

O semblante de Marta escureceu-se com o insulto. Cláudia aproximou-se dela.

– Você não deveria estar estudando?

Marta se afastou, como se Cláudia portasse um retardo mental contagioso.

– Como assim? Já terminei meus estudos. Moro na Vila, meu pai deve ter comentado...

Cláudia riu. De que se tratava tudo isso, um jogo? Recostando-se à janela, porém, ela percebeu o vulto de alguém passando atrás da estalagem. Cláudia afastou as persianas, bem a tempo de ver Maurício sumir por trás do galinheiro, e acompanhado por... Marta? Não, não pode ser!

– O que foi? – Marta enfurnou-se junto à Cláudia para ver pela fresta.

– Você tem... Aquela é...

– Minha irmã gêmea, sim. É a Elaine!

Cláudia bateu a mão na testa, envergonhada. Estava sendo enganada! Só que não era pela Marta... Ou era? Mas, espere... – ela se recordava muito bem de ter ouvido o seu José falar: *é a minha filha mais velha*. Como poderia haver uma mais velha, se eram gêmeas?

– E qual de vocês é a mais velha? – soltou Cláudia.

Marta riu, divertida.

– Ah, meu pai te falou isso, é? Ele gosta de fazer essa brincadeira! A Marta é a mais nova, ou seja, eu...

Cláudia achou que a frase soara estranha, e ainda sem sentido. Quase reafirmou que a moça só podia ser bipolar.

– Mas você acabou de me dizer que são gêmeas! E, pelo visto, idênticas!

– De fato – confirmou Marta – mas acontece que nascemos com dois dias de diferença, um caso muito raro... Ficamos até "famosas" na região, por causa disso...

– Você está me dizendo... Que sua irmã saiu primeiro, e depois você ficou mais dois dias na barriga, e só depois disso foi que você saiu?

– Bem... Sim!

Cláudia estava impressionada, e gravou o fato na memória para pesquisar mais tarde se isso era mesmo possível. Mas ainda que fosse, realmente... Muito raro! Deixando a arrogância de lado, deu um voto de confiança à garota.

– Por favor, Marta... Aceite minhas desculpas, eu... Deus! Não quis ofendê-la quando te chamei de bipolar e...

– Tudo bem – Marta tranquilizou Cláudia. – Elaine é uma peste, bem diferente de mim quanto ao gênio, mas quem não nos conhece pode acabar confundindo a gente!

– Então... você mora mesmo na Vila?

– Sim – Marta voltou a fechar a cortina –, e, por favor, fale mais baixo, meu irmão acabou de dormir!

– Ah, certo! – Cláudia afastou-se da cama de Juca, apoiando-se em uma cômoda ao lado da porta.

– Sou vizinha da Sarita!

Cláudia sorriu, ainda encabulada.

– Ah, é mesmo?

– É! Aliás, ela me contou como você foi cuidadosa. Pediu para agradecer a sua preocupação!

– Mesmo? – Cláudia não se sentiu muito confortável ao se lembrar do episódio com Sarita, no consultório médico. – Ah, acho que foi você então que eu vi ontem à tarde, no corredor da casa dela?

O sorriso afável que Marta exibia afrouxou pelas comissuras. Interpretando esta mudança facial, Cláudia, cuja mente fértil projetara um triângulo amoroso entre Marta, Matheus e Sarita, resolveu trocar de assunto imediatamente:

— Mas... me fala uma coisa! O que você acha que a sua irmã foi fazer lá atrás com o Maurício, a essa hora? Quer dizer, não era pra ela estar no colégio?

Marta pareceu voltar a respirar.

— Bom, eu costumo passar por aqui direto, mas estive viajando e retornei só ontem. Já a Elaine passa o final de semana de 15 em 15 dias com a gente. Mas agora ela está de férias...

— Ah, é verdade, o seu pai comentou isso comigo... — Mas Cláudia não entendia: se Marta retornara ontem, que foi quarta, e José disse que Elaine chegou na terça à noite, quem foi que ela viu no bar da Sarita, no sábado?

Cláudia preferiu não comentar. Alguma delas estava mentindo, e, nesse caso, era só esperar que a perna curta provocasse o tombo. Pensando nisso, ela deixou de acompanhar parte do que Marta dizia.

— E não me assusta que o Maurício esteja indo com a Elaine até a casa da Maria. Afinal, os três se dão muito bem.

— Os três? — Maurício, Elaine e... Maria? Novamente as imagens brincaram no cérebro de Cláudia com outro triângulo amoroso.

— É, todos brincávamos juntos, desde pequenos... Mas depois os grupinhos foram se definindo, e eu nunca fui *assim*, sabe, chegada às brincadeiras deles...

— Eu não acredito! — de certa forma, Cláudia estava se sentindo traída, a desconfiança grampando de vez suas garrinhas no miocárdio.

Marta observava o rosto de Cláudia, sem que esta percebesse, parecendo deleitada.

AAAHHHHHHH!!! — Marta e Cláudia foram interrompidas por um grito pavoroso.

— Oh, não, é minha mãe!

Cláudia correu primeiro que Marta ao quarto de Mariel, que já era a porta quase em frente, enquanto a irmã de Juca aproveitava para guardar um pote sob a cômoda, antes de apagar a luz e fechar a porta.

Sangue... Seu Pereira jazia caído sob os cacos de um vaso estilhaçado aos pés de Mariel, que continuava a gritar. Ao ver Cláudia, a mulher avançou para ela. Não, Cláudia se enganou. Mariel avançara para a porta, atropelando também a filha e correndo pra fora da estalagem.

– FUJAM! FUUUJAAAAM!

Cláudia correu atrás de Mariel e atravessou a porta de vidro da recepção, tropeçando em Matheus – ele estava esparramado no degrau da soleira, cantarolando um som infantil.

– Matheus, a Mariel...

Mas não era possível falar com ele – estava em estado de choque! Cláudia continuou atrás da pobre desvairada, que corria pela estrada em direção à Vila. Ainda chovia e já havia escurecido consideravelmente, o que dificultava a perseguição. Pelo caminho, a mulher abriu as mãos e estendeu os braços para frente, como se corresse às cegas. Cláudia recolheu do chão um papel embolado, que caiu por terra quando Mariel abriu as mãos. Marta vinha atrás.

– É melhor ir de carro. Não vai dar pra trazer a mamãe na marra!

– Você vem comigo? – perguntou Cláudia, parando de correr.

– Não, preciso socorrer o meu pai!

Cláudia atendeu à sugestão, retornando pela estradinha ao lado da hospedagem até alcançar o casebre de Maurício, junto ao qual estacionara a picape.

Já na estrada, Cláudia alcançou Mariel, que continuava a fugir pelo acostamento. O que havia com ela? Tanto tempo de cama, de onde tirou essa energia toda? Contudo, a velha parecia cansar. Cláudia parou a picape de atravessado, encurralando-a.

– Vamos, dona Mariel! Eu ajudo a senhora!

Porém *a senhora*, acuada entre o carro e o caminho de volta, saltou ligeira como um cabrito e se enfurnou pelo mato, deixando a mocinha no sereno.

– Droga!

Lembrando-se de José, Cláudia voltou para a estalagem, preocupada com o estado vital do velho. Seu Olindo, no entanto, já estava na porta, carregando o corpo de José até o *olindomóvel*.

– *Vô levá o hómi pro dotô olhá. Mais* parece que ele vai *ficá* bem...

Cláudia consentiu, mais consolada, e olhou para a porta da recepção, onde Matheus continuava sentado, lambendo a sola dos sapatos. *Eca...!* Talvez ele tenha batido a cabeça em algum lugar, e com mais força que o seu José! – ela supôs.

– A *fia* dele *tá ino* comigo! – finalizou Olindo.

Cláudia desviou o olhar do comportamento amalucado de Nottemin e viu Marta se sentar ao lado de Olindo. Então se despediu, desejando que tudo ficasse bem.

– E eu vou atrás da dona Mariel com o... – disse, dirigindo-se à Marta.

Ela ia completar com "o Maurício", mas a moça estava olhando feio. Cláudia se intimidou, como se aquilo tudo fosse sua culpa. Assim que o auto de Olindo Dias sumiu pela estrada, ela remexeu na caçamba da picape, encontrando o precioso Delenda. Estava rachado! No instante seguinte, Maurício apareceu, saindo pela lateral da estalagem.

– Cláudia! Preciso falar com você!

Ela se virou, ocultando o espelho com a mão nas costas, e, tentando disfarçar, respondeu:

– Pode falar daí!

– O quê? – ele não entendeu o comportamento dela.

Cláudia entrou furtivamente na picape, batendo a porta. A chuva, cansada, havia se tornado uma lamentação úmida. Procurando uma desculpa para seu comportamento, e não querendo admitir a mentira anterior, Cláudia disparou:

– Ah, pede pra Maria e pra Elaine te ajudarem a procurar a dona Mariel. Ela já deve ter alcançado o posto da Vila!

– O quê? Mas do quê você está falando? E o que aconteceu com el... Cláudia, espera! Aonde você vai? – ela dera a partida. – Cláudia! Espera! NÃO! É perigoso!

No entanto, o vento zumbindo a impedia de ouvi-lo.

Matheus continuava agachado, agora com a cabeça entre as pernas, fazendo barulhinhos de "brrr-bilub-bilu-brr-bi-lub-bilu". Maurício ficou espantado.

– Mas que... porcaria... é essa?

A lua, que alta brilhava, alto lançava seus raios – estava extática com toda aquela movimentação em torno do Vale. Mas apenas os mais sensíveis, como a mente fragilizada de Mariel e a superfície polida do espelho, podiam de fato compreender os seus efeitos – quando o Delenda deu sinal de vida, imantado pela força selênia, as criaturas ao redor do lago se agitaram enquanto outras, dado o alerta que precede as boas-vindas, alinharam seus regimentos, no paralelo da fina película que separava os territórios, seus ânimos exaltados simultaneamente amainados pela mãe lunar: sosseguem, crianças: o banquete não tardará...

Revelações

Cláudia retornou à mansão. Sentia que devia partir, mas ainda precisava da documentação da casa. E que lugar melhor para procurar documentos senão na biblioteca? Com o espelho nas mãos, Cláudia entrou no saguão. A luz, que permanecera acesa, começava a falhar, mas sustentava a claridade. Sabendo que não teria muito tempo, ela se deslocou para o segundo pavimento.

Havia alguém mais se movimentando no terceiro andar, mas ela não percebeu. Empurrou a porta de opala e dirigiu-se às estantes. Antes de procurar pela documentação, porém... Um dicionário de latim.

– Perfeito! – Cláudia encontrara um grosso exemplar à altura de seus olhos, apoiando-o sobre uma mesinha de canto ao lado da porta, e focou a letra "D".

Delendus – **que deve ser destruído.**
Delenda est Cartago – **Cartago deve ser destruída.**

– Então é isso... – descobriu Cláudia. – *Delenda* é destruição... Mas destrói o quê?

Ela alisou a moldura rachada do espelho. Só que ele estava ficando... opaco! Sim, como não reparou antes? Estava perdendo o reflexo aos poucos! Cláudia virou o espelho, observando o outro lado da pedra rachada. Parecia pedra-sabão. Num canto lascado da moldura, ela percebeu uma segunda camada. Engastando a unha na moldura, forçou a lasca para cima... O tampo de pedra se soltou, revelando uma chave de três centímetros em seu interior.

Cláudia foi acometida por um *déjà vu*... A chave do meu sonho, no bico da gralha! As luzes piscaram de novo.

Cláudia voltou a olhar para a mesa, mas o dicionário havia sido realocado na estante. O quê? Mas como?! Cláudia deveria ter ficado assustada; no entanto, sua mente nublara repentinamente, e ela não conseguia distinguir a realidade...

Tudo parece ser feito de éter, eu estou sonhando? – Cláudia tateou as lombadas dos livros, procurando automaticamente pelo espaço da estante que continha uma abertura. Um único livro, no último lugar, comprimido contra a parede, estava saltado como se houvesse alguma coisa impedindo seu total encaixe.

– A alavanca para a passagem secreta!

Era como no sonho que tivera pela manhã, enquanto dormia ao lado de Maurício. Os olhos de Cláudia brilharam. Ela tentou retirá-lo, mas... Não vinha! Estava preso pela compressão da coluna de livros ao lado. Ela puxou com mais força, o livro começou a se deslocar... Um tranco para trás.

– NÃO!

Todos os livros da estante acima de Cláudia despencaram sobre ela, uma enciclopédia bastante pesada atingindo-a em cheio no rosto. Desnorteada, Cláudia tentou se levantar. As luzes oscilaram, apagando de vez.

– Ai!

Nova pancada, mas ela não teve como ver de onde veio. Cláudia desmaiou, entrando em uma espécie de transe...

A biblioteca ficou imersa em fios brancos, como um bolo de algodão doce desenrolado, que se contraía e expandia, contraía e expandia, contraiu... e se expandiu para dentro da sua cabeça, transformando o ar em um globo de claridade intensa.

Um filme começou a se desenvolver em sua mente, seus olhos projetando a imagem tridimensional ao seu redor, como se ela fizesse parte da história, mas imóvel, calada...

Papel de parede verde, um leve dourado imitando escamas de peixe. Há um homem deitado no chão... Onde estou? Cláudia entra, sem perceber, na lembrança de outra pessoa. Ou é apenas sua imaginação? Risadas... Uma **Mulher Diabólica** saca uma pistola e atira. O homem, que estava deitado no chão, está agora revestido por um volume crescente e borbulhante e rubro... Pondo-se ao lado da **Mulher Diabólica**, seu **Comparsa de Feição Rude e Má** beija-a no pescoço, felicitando-a. Eles não veem Cláudia.

Parece que eu sou invisível... Cláudia tenta mover-se para identificar o lugar, mas com muito esforço consegue apenas revirar os olhos. Parece que eu já conheço a história, apesar de nunca ter visto ou ouvido falar dela! – e ela também sabe que, se olhar para a direita, ao lado de uma vitrine, verá sacas e mais sacas de ouro. Sabe também, quase que intuitivamente, que agora haverá outro tiro, vindo de longe... Piiiuuum! O **Comparsa** agarra o ventre da **Mulher Diabólica**, que flui aos borbotões...

— *Linaaa!* — ele grita, substituindo a palavra "adeus" pelo nome de sua amada...

O sangue turva até ficar esverdeado. A parede de escamas auriverde derrete, misturando-se aos corpos, debulhada em lágrimas que se metamorfoseiam no gramado do casarão.

Como Cláudia nunca reparou que o espaço vazio em torno da casa era grande *demais*? Um templo antigo aparece no mesmo lugar que hoje é ocupado pela mansão, porém abraçando aquele espaço vazio com seus muros robustos. Logo seus blocos de pedra começam a derreter em flocos cinza, deixando um belo matagal surgir em seu lugar. Em seguida, o mato também se desmancha, ficando apenas um pátio em demolição, ocupando exatamente o perímetro do casarão.

O **Comparsa Viúvo Enriquecido de Feição Rude e Má** escolta seu **Filho Loiro-Palha**, de olhos apagados como os de **Lina Diablo**, aos escombros do templo. O homem tira um relógio de bolso, pendurado por uma corrente de ouro, e consulta as horas...

Uma névoa, o ambiente se distorce novamente. Muros são erigidos, mais plantas arrancadas...

O mesmo **Viúvo de Feição Rude e Má**, envelhecido, entra em uma casinha ao lado de um moinho. Sim, é o moinho, mas não há estalagem ainda. O homem é recebido por um casal. Parecem já se conhecer! Cláudia observa a cena, recostada no próprio moinho... Espere, esta é a casa... da Maria, não é? Ainda não é. Cláudia sabe disso. Ela sente. Há algo familiar nas faces... Cláudia é empurrada por um vento imaterial à entrada da casa.

Uma reunião. O **Viúvo de Feição Rude e Má** sorri maldosamente para uma linda **Menina de Olhos Azuis**... Espere! Cláudia parece reconhecê-la. Esta moça... Será que já não sonhei com ela?

Cláudia lembra-se automaticamente de um sonho que tivera recentemente, mas que parecia ter-se apagado da memória assim que despertou. Dois irmãos, brincando no balancinho atrás do casarão... Ei! São eles!

Cláudia vê o **Menino Bonito de Olhos Azuis** aparecer na sala, vindo de outro cômodo. Sim, são eles, os dois irmãos! Mas agora já estão mais crescidos que no meu sonho... O **Viúvo de Feição Rude e Má** escancara a boca suja ao ver o moço, parecendo muito satisfeito. Está convencendo os pais a fecharem um grande negócio... Ele aponta a **Adolescente Muito Bonita de Olhos Azuis**. A moça se retrai contra o estofado pobre do sofá.

Em troca?

Em um repente, a construção da estalagem surge, ocupando o espaço vazio e bloqueando a paisagem. O **Irmão da Moça de Olhos Azuis**, também moço, agora está mascando um capim, sentado na soleira da hospedaria recém-inaugurada. Deveria estar feliz, mas ainda falta algo... Ele ignora o que a irmã tem passado na mansão. Preferia ignorar. Os boatos eram terríveis!

Cláudia sabe que, neste exato momento – assim como sabia do roubo e do assassinato na estranha loja de paredes escamosas e verdes – outra família está ocupando a casa ao lado do moinho – família nova, vinda de outra Cidade – a família Braum.

Na mansão, a **Adolescente Bonita de Olhos Azuis** está chorando. Cláudia sabe o porquê: a maior parte de seus pertences ficou na sua antiga casa, retirados dela à força... Como à força retiraram a sua liberdade.

Mais uma vez, Cláudia está no alto, no céu. Despenca... Avista um caixão. Dentro, o **Viúvo de Feição Rude e Má**. Nome na lápide? Cláudia apura os olhos para ler... *Ramires Queirós*. Arco-íris revirando a paisagem, a névoa volta a contorcer a realidade...

Música alegre. **Porcos** bebem e cospem no chão, embaralhando suas cartas. Cláudia percebe que está no salão de festas da mansão, só que ricamente decorado em vermelho e veludo. As vidraças reluzem a limpeza recente do piso polido.

Atravessando Cláudia, como se esta fosse apenas um espírito, vem a **Adolescente de Triste Olhar Azul** e longos cabelos negros, carre gando uma bandeja nas mãos. Ela serve mais álcool aos **Porcos**. Um deles esfrega os dedos sujos em suas nádegas. A moça recua.

— *Anita!*

Cláudia grava o nome, assustando-se com o grito do **Porco-Mor**: é o **Filho de Cabelos Loiro-Palha e Olhos Diabólicos**, que está gritando de outra mesa e babando um pouco. Sim, aquele era o filho adulto de **Ramires Queirós** e **Lina Diablo**!

— Acabou minha cerveja. Traz mais, mulher!

Anita baixa os olhos azuis e contorna a mesa com sua bandeja de prata.

— E logo!

Oh, não, outra vez, não! Cláudia quer ficar, quer ver o que vai acontecer... Mas a atmosfera onírica aos poucos toma outra forma, menos colorida...

Um quarto está iluminado apenas pelo lume escarlate das velas, espalhadas em castiçais. Ao centro, entre símbolos e névoa, **Anita** enfrenta um demônio; ou melhor, vários: homens dançam ao seu redor, trajando vestes negras e ocultando suas faces com o crânio de um bode preto, chifres longos e arredios espetando a carne desnuda da **Vítima de Olhos Azuis**, que urra, as tábuas ásperas sorvendo o líquido escuro que escapa de sua pele esfolada...

Cláudia quer ajudar, remover a garota de lá, mas não pode — apenas o desespero se move por ela, rastejando em torno do fúnebre ritual...

Os gritos se transformam em um choro, Cláudia é arrastada para algum mês futuro, em outro cômodo da mansão...

Um parto. Cláudia senta-se em uma cadeira ao lado do leito, esperando para ver a face do bebê. Em seguida, ela fecha os olhos — não quer ver aquilo, não! O feto escapa das vísceras maternas, natimorto, seu corpinho tomado por horrendos vergões...

Os **Porcos-Monstros** não estão contentes. E não haveria tempo para descanso! Sem forças para resistir, **Anita** é violentada vezes seguidas, permanecendo em estado catatônico.

Outro parto. Mas já? Sentada na mesma cadeira, Cláudia não percebeu que a atmosfera rodopiara, tão rápido que foi.

O cômodo da mansão estava novamente rearranjado, improvisado como leito!

Unhhéééé...

Desta vez era possível ver a face, corada, quase angelical. Nome da **Filha de Tristes Olhos Azuis Como os da Mãe**? *Suzane Queirós... Suzane!* Cláudia lembra-se desse nome, mas muito vagamente... *Suzane*, quem é mesmo... *Suzane*... As cenas entopem sua mente, Cláudia não pensa por si. Tudo está sendo mostrado a ela, não há como acessar as informações de sua própria cabeça!

Abrem a porta. O **Loiro-Palha de Feição Rude e Monstruosa** adentra o quarto. Entredentes, **Anita** range o nome do desgraçado... **Albert!**

Ele toma a bebê *Suzane* em seus braços. Parece satisfeito. Estende a mão, ao que **Anita** encolhe, amedrontada. Ele desfere tapinhas na cabeça dela, como se a parabenizasse pelo trabalho bem-feito.

O cronoscópio gira, e gira, e gira, e gira...

Um encontro às escondidas – **Anita** conhece o amor de sua vida! Ela se rende aos seus abraços, amando-o dentro da casinha de bonecas do lago... Mas são surpreendidos por **Albert**, que fuzila ambos com o olhar. Quando eles saem da casa, são pegos de surpresa e a pauladas. O amante misterioso foge, mas **Anita** não tem a mesma sorte – é espancada até beirar a morte.

Albert retorna à mansão. Vai pegar o máximo que pode do ouro e se mandar dali. Antes que consiga ajeitar as barras douradas na mala, porém, a figura destroçada de **Anita** surge, às suas costas. Seus ossos quebrados formam ângulos estranhos pelo corpo, e suas pupilas, dilatadas e contornadas por capilares rompidos, paralisam o covarde contra a parede.

Não há tempo para a fuga: o pulso deslocado de **Anita** traz força descomunal ao pescoço de **Albert**, e, com as mandíbulas abertas mais que o normal, ela devora o seu rosto em uma cena excruciante, provocando em Cláudia um terror inexprimível...

Cláudia soube, a partir daquele momento, que aquela não era mais a dócil **Anita**... Não, alguma coisa havia se imiscuído em suas veias, banhado seu sangue em furor lunar e transformado seu caráter para sempre. É, **Albert** e seus monstros haviam conseguido importar um ego demoníaco para dentro daquele invólucro de gente...

O tempo passa, as flores voam. A mansão parece abandonada, mas, na verdade, ainda há almas lá dentro...

Último parto de **Anita**. **Suzane** assiste ao nascimento. Nome do **Filho Bonito de Olhos Azuis?** *Austero Queirós*... A pequena **Suzane** observa seu irmão bebê. Está enciumada.

Cláudia fita os olhinhos miúdos de **Austero**, sugando avidamente o peito de **Anita**, enquanto **Suzane** chora e baba em sua saia longa. Cláudia não entende o que leva **Anita** àquele comportamento, mas ela despreza a primogênita. Com um chute grosseiro, afasta a criança para longe de si, trancando-a no quarto e saindo para o corredor, onde fica a ninar o seu bebê...

A desumanidade que **Anita** volta à **Suzane** faz Cláudia enraivecer - se um dia tivera pena daquela mãe, agora a odiava. Que direito ela tinha, afinal, de coagir um ser inocente, quando ela própria havia sofrido tanto? Enquanto **Suzane** era mantida na mansão, prisioneira dos caprichos cruéis da mãe, **Austero** crescia em liberdade, e agora frequentava a Universidade.

Austero fuma um cigarro em frente ao pátio da faculdade. Passa uma **Jovem Faceira** (e bonita, também). Eles conversam. Cláudia está sentada em uma fonte próxima. É apenas mera espectadora, como d'antes. **Austero** beija a mão da jovem. Mas... O quê, que é isso no dedo dela, uma *aliança*? Nada inocente, a moça retira a aliança e a guarda no bolso, sorridente.

Os quadros se fundem... Cláudia não sente o seu corpo, agora apenas vê... A **Jovem Faceira** extasiada com **Austero**... A **Jovem Faceira** entediada com um **Importante Candidato** às reeleições do senado... A tela treme. A barriga cresce...

A **Jovem Faceira** discute com o **Importante Candidato**. Joga a aliança no chão – quer desmanchar o noivado. Mas ele não aceita – esbofeteia a **Jovem**, que já não está mais tão **Faceira**. Sangue escorre pelo canto dos lábios. *Um filho* – o **Candidato** diz, apontando para a barriga dela. – É a única coisa que eu quero. *Me dê nosso filho e depois suma!* – E ele monta na **Jovem**, desrespeitando a gravidez, cavalgando-a como faria a um potro selvagem.

A **Jovem Desinocente** recebe um vidrilho das mãos de **Austero**. Presente de **Anita** para solucionar todos os seus problemas. Cláudia sabe o que preenche o tubo...

Na cama de casal, o **Importante Candidato** está bebendo aquele conteúdo, que foi despejado em um copo de uísque pela **Noiva Faceira**. Só no dia seguinte, porém, a mágica faria seu efeito. *Todas as sextas ele vai pra jogatina*, reza a **Jovem Noiva**, implorando aos céus que ele não volte para casa. E ele não voltou.

O **Candidato** estava apostando alto aquela noite. Um trunfo! Ele rega a vitória a muito álcool... Seu coração dispara. Ele é socorrido às pressas.

Riiiing... A **Jovem Faceira** atende. Finge choque. Faz uma cena. Corre pela chuva, segurando o ventre oblongado. Tempestade. O céu lava todas as calamidades. Uma senhora de olhos alvos abre a porta... "Vovó!" Cláudia reconhece **Geórgia**, contemplando *Inocência*. Mas essa moça então... É a minha mãe?!

Novo caixão. Cláudia despenca do céu... Lápide de um **Importante Candidato Político**. Nome na lápide... Alfredo Blaise Filho. Cláudia, mais uma vez, apenas sente. Está em alta velocidade... Encara um rosto vingativo. Ela não se lembra de como ele era, mas sabe quem ele é: **Pai do Político e Também Político**... Ele entra na jogada.

Inocência e o **Pai do Político Morto** fazem um acordo: *Vá embora, sua vagabunda, e não apareça nunca mais!* E foi o que ela fez. Mas o **Pai Político** não caiu na farsa dela. *Aquela múmia dissimulada não me engana!* E ela que pensasse que receberia pensão por causa de filho. *Jamais!* Mas o **Pai Político e Velhaco** já estava planejando a continuação da vingança – ele calculou que a primeira coisa que **Inocência** faria, quando saísse do hospital, seria correr para os braços do amante – *do mandante, do assassino!* E ele acertou.

Cláudia observa o **Pai do Político**, que está guiando um automóvel. Onde estaria **Geórgia**? Cláudia não consegue pensar além – sua mente é novamente bloqueada, a visão atraída para a estrada: o **Político** persegue o mesmo caminho percorrido por outro carro, que Cláudia sabe estar sendo dirigido pela **Nora Faceira** até uma casa bonita e afastada. A mansão!

Inocência entra no casarão. Pouco depois o **Pai Político e Vingativo** estaciona, sem ultrapassar o portão do terreno, para não chamar atenção. **Anita** está no saguão, com **Austero**. Ele alisa a barriga murcha de **Inocência**, desesperado. *O que houve?* Ela soluça, começa a se explicar. Mas não dá tempo – o **Político Vingativo e Assassino** irrompe pela porta de carvalho, dando um tiro certeiro no peito de **Austero**.

A **Mãe de Olhos Azuis** banha o filho **Moço de Olhos Azuis** em lágrimas azuladas. **Austero** jaz morto, a cabeça apoiada no colo de **Anita**... O sangue se mistura às lágrimas, e fica lilás... Roxo... Tudo escurece, as linhas arroxeadas sulcando a face de **Anita**, que já tem seus mais de 30, agora. Antes de a cena desaparecer, uma deusa de longos cachos loiros e lagos no olhar, **Suzane**, surge de dentro de um quarto – o escritório do *hall*, reconhece Cláudia – e vem abraçada a um **Porco**...

A casa começa a se desfazer, a girar... Cláudia fica sabendo de mais uma coisa antes que a cena mude: o **Pai Político** está assustado com a presença dos **Porcos**. São muitos, os **Porcos**! Eles entram e saem da bela casa... E todos parecem tirar proveito da **Rainha e da Princesa da Perdição dos Olhos Azuis**... Cláudia sabe que ele está excitado. Ele experimenta se tornar um **Pai Político, Vingativo, Assassino e Porco**. A estrada se comprime e dilata, alterando mais uma vez o ambiente... Cláudia não quer ver... A cena é obscena, e...

Cláudia consegue, pela primeira vez, escapar de uma das visões, mas advém outra – **Geórgia**, mãe de **Alfredo Blaise Filho**, está brigando com o seu esposo, o mais recente **Porco Político**. O **Esposo Político e Também Porco** resolveu assumir o seu chiqueiro, partindo para sempre. Uma bebezinha chora ao lado da vovó **Geórgia**, abandonada à própria sorte: Cláudia se reconhece, ainda bebê... Como a vovó era bonita!

Um carro vem levando o **Porco Político** de volta à mansão. As coisas estão passando mais rapidamente, agora! Cláudia precisa prestar atenção para não perder os detalhes...

A **Mulher dos Olhos Azuis Opacos**, que já foram bonitos, assina um papel e beija pela última vez o seu **Clone de Olhos Azuis Ainda Brilhantes**. **Anita** se despede de **Suzane**, mas por quê?

Cláudia, como um ímã, é atraída para aonde vai **Anita**. Ela está indo para um local reservado... Cláudia não sabe como ela chegou lá. Ela sobe em um banco, envolvendo uma corda no próprio pescoço. Cláudia fecha os olhos para não ver... os olhos azuis que não mais abrem.

Um cemitério... Claudia já não havia estado ali? **Inocência** está visitando a urna da família Blaise. Visitando? Ela usa uma alavanca, entra no jazigo... Sai um tempo depois, carregando um pote escuro e ensanguentado... A mansão é focada em rolagem rápida, feito um calendário com os meses sendo arrancados um após o outro, mas logo o tempo para.

O **Porco Político** está velho, mas ainda aguentaria a energia azul da juventude. **Suzane**... Ele a adora, na medida em que ambos se usam com interesses diferentes. Mas algo aparece na casa... Algo que não deveria estar lá, que não deveria existir, e a visão é demais para ele. Cláudia tenta ver o que aterroriza o **Político**, mas a única coisa que enxerga são seus olhos apavorados...

Suzane tem uma boa notícia para dar. Antes mesmo que ela o faça, porém, o **Político** morre – uma gravidez galopante e um ataque cardíaco fulminante. Uma carta é endereçada para **Geórgia**, atestando o óbito de **Alfredo Blaise**. **Suzane** alisa o baixo-ventre... **Mais um Herdeiro** a caminho. Cláudia sabe disso tudo, mas não tem tempo pra analisar. Lá vem nova...

A visão foge de **Suzane** e sobe para as nuvens, despencando sobre uma casa pequenina próxima à estalagem.

É o casebre que hoje pertence ao Maurício! – recorda Cláudia. Uma **Loira de Aspecto Sofredor** jaz pendurada em um quadro. O **Marido Ossudo e Viúvo** segura um **Bebezão Loiro e Gorducho** no colo. Seus olhos vermelhos secaram de tanto chorar. Ele agora está cego, mas um ponto de luz iluminará a paisagem... Ele vê **Suzane**. O romance dura até o nascimento do **Mais Novo Herdeiro**... *Eduardo Queirós*.

Suzane esconde do **Viúvo Ossudo** o nome do verdadeiro pai, esperando que assim tudo dê certo para ela e seu bebê. Mas o certo dá errado – os antigos **Porcos** que frequentavam o casarão resolvem importunar o infeliz do **Enamorado Ossudo**, que não aceitou aquele passado repulsivo de perdição.

Cláudia consegue captar algo no ar... Muita religiosidade. O **Ossudo** é um fanático! Mas é incapaz de perdoar... E ele fica sabendo do passado maculado de **Suzane**. Ela é obrigada a se confessar. Ele, não... Ninguém jamais soube que *Joana Braum* morreu pelas mãos do ciumento *Marcolino Fricote*.

Depois de cuspir na **Desgraçada Vadia de Olhos Azuis**, o **Ossudo Infeliz e Fracote** parte para sempre, abandonando o **Bebê Gorducho** nas mãos do **Irmão de Olhos Azuis** de Anita... O tio de **Suzane**... Cláudia observa como era bonito o jovem *José Pereira*.

As casas trocam de lugar. Duas famílias, dois cruzamentos... De novo a casa ao lado do moinho! Desta vez, as imagens passam tão rapidamente que Cláudia só consegue acompanhá-las depois de perder uma parte dos acontecimentos.

Uma **Mulher Ossuda** e seu **Marido Loiro de Aspecto Sofredor** invejam todos os nascimentos do mundo: a **Ossuda** não pode gerar filhos... Mas ouçam os ventos da mudança!

A **Mais Bela das Feiticeiras** encanta **José Pereira**. Ele se casa com a campista, acreditando que é uma sereia. Mas na verdade ela é a **Bondosa Aprendiz** *Mariel*, que ajuda a **Ossuda Com Seu Útero Infértil**.

Mágica, milagre?

A **Ossuda** ganha banha, e uma **Princesa do Campo** é descarnada de seu corpo, ao mesmo tempo em que **Mariel** dá à luz a **Gêmeas**.

O **Saco de Ossos** *Anete*, ainda assim, inveja.

E ela inveja tanto que...

Acorde.

Mas Cláudia ainda não acorda. O transe continua, embora interrompido, e avança muitos anos adiante...

Eduardo chora sobre o corpo desfalecido da mãe, **Suzane**, que perdera toda a vitalidade e beleza no decorrer de uma complicação venérea. Dias depois, **Eduardo** está abrindo a carta do Banco Central, que renova sua felicidade, e viaja até a estalagem, hospedando-se no terceiro quarto.

Cláudia assiste ao seu encontro com a **Princesa do Campo** – *Maria Braum*! – eles fazem planos. A namorada pergunta:

– *Mas como você vai conseguir a senha?*

Ele tem a resposta:

– *Minha mãe cuidou de tudo. Preciso entrar na mansão para consegui-la, mas sua ajuda será fundamental...*

Ele carece de uma poção de proteção – **Suzane** o advertira contra um ataque espiritual. Mas **Maria** não poderia se ausentar por muito tempo, pois, se **Anete** percebesse o engodo, a fuga dos dois iria por água a baixo. Então ela deixa orientações por escrito, beija **Eduardo** e retorna para casa. Em seguida, **Eduardo** retorna para a Vila e conversa com **Elaine** – ou seria **Marta**?

A **Gêmea** lhe concede um frasco com um unguento, seguindo as instruções de **Maria**, mas não explica direito a sua forma de utilização.

– *Devo passar isso no corpo?* – ele pergunta.

– *Não*, – responde a **Gêmea** –, *você tem que beber*.

E é o que ele faz.

Já principiando a ter alucinações, **Eduardo** conversa com José e Anete, na estalagem, e depois segue para a mansão, sentindo uma incômoda falta de ar assomá-lo durante o trajeto...

Eduardo sobe à biblioteca. Ele desloca o último livro à esquerda da oitava estante, como orientou sua mãe. A coluna de livros gira, revelando seu interior oculto. Cláudia percebe o vulto que salta da passagem secreta, intimidando **Eduardo**. Ele corre para o terraço, atordoado, e vira-se para encarar o que o atacara, iluminado pelo céu espetado de raios e estrelas.

Cláudia vê **Eduardo** dar passos para trás, alcançando o fatídico lócus da morte. Ela se assombra com as duas patas-garras-mãos que o empurram no tórax, ao que **Eduardo** bate as costas contra a mureta e, já debilitado pelo veneno que ele próprio ingeriu, desfalece lentamente...

A criatura de forma animal retorna ao seu esconderijo, armando-se contra invasores e protegendo o tesouro... Cláudia é puxada para longe, sente o estalo dos telhados, abandona a mansão. Vozes, buzinas, latidos e arpejos rodam com seus respectivos autores — se não fosse um sonho, Cláudia estaria enjoada... Tudo para.

Ela está de volta à Cidade. Demora a reconhecer a casa de **Klaus**. Tocam a campainha — o vizinho abre a porta, dando passagem ao nariz, que vem na frente. Ele fica deslumbrado com a loira que está sorrindo para ele. Deve ser a primeira vez que isso acontece! julga Cláudia. A loira então entrega uma caixa nas mãos de **Klaus**, desaparecendo em seguida. Ele parece hipnotizado. Sem fechar a porta, caminha até a calçada e invade o jardim da família Blaise...

Quem seria ela? Cláudia não tem tempo de ver. Dias e noites se alternam sobre a casa, alçando uma tarde sombreada. Nesse momento do passado, Cláudia estava a caminho da faculdade, mas, no presente, ela acompanhou a avó **Geórgia**, que acabava de retornar da Igreja...

Geórgia apanha a correspondência e segue para a sala. Sentada no sofá, abre a carta do Banco Central, destinada a **Cláudia**. Quando prestes a ler, porém, sente uma presença ao seu lado. **Geórgia** levanta os olhos senis, conferindo o semblante infernal da mesma loira que havia entregado a caixa ao vizinho, dias atrás. Mas não pode ser! – contesta Cláudia. Esta mulher é igual à... É **Suzane**! A loira arranca a carta das mãos de **Geórgia**, desferindo um...

ACORDE!!!

Anete procura. Pelo que procura? Só ela sabe. Mas talvez, se ela recuperar o segundo volume do Diário de Sortelhas, ela encontre. Ela e Maria, sua filha. Um pequeno favor para recompensar a sua princesa pelos dissabores que tem passado, e, talvez, ter a chance de rever aquele que a amara com exclusividade, mas que, infelizmente, já não se encontrava entre elas... João, meu querido João Braum! – Maria conseguira iludir a mãe com suas promessas, apelando para o seu ponto mais fraco: a solidão. O marido a abandonara desde o nascimento de Maria, para nunca mais voltar. Na verdade, ele não teria mais como voltar. E Anete sabia que ele jamais voltaria, mas... Você quer saber, mãe? – prometeu-lhe sua estimada filha. – Eu posso trazer ele de volta!

тара

láudia tentou abrir os olhos, muito pesados. Anete procurava pelo compêndio, em meio ao monte de livros caídos, porém Cláudia achou que ela estava apalpando seu corpo... *Mas onde está?* – sussurrou Anete. Cláudia começou a recobrar a consciência. Segurou com mais força a chaveta que retivera em uma das mãos, e, com a outra, empurrou a mulher. Anete se fez de simpática.

– Oh, querida, acordou! Você está bem? Maurício avisou que veio sozinha para cá, depois de toda aquela agitação...

Cláudia se levantou, com algum esforço.

– Vá se danar!

Anete também perdeu a paciência. Sem pedir licença, empurrou Cláudia para poder revirar os livros caídos. A menina, ainda tonta, achou que a mulher queria roubar sua chaveta, e, pegando um livro consideravelmente grosso para se proteger, se afastou para trás das cortinas. Em meio à penumbra, toda imaginação era fortalecida pelas sombras. Acreditando que o livro que Cláudia havia pegado era o diário mágico, Anete foi atrás dela.

Cláudia, que estava escondida pelo manto púrpuro da cortina, continuou se afastando por trás da malha espessa. Além do ambiente escuro, sua cabeça ainda não raciocinava bem, e os sons que chegavam aos seus ouvidos pareciam atravessar um aquário, fazendo-a acreditar que estava em mais um pesadelo, depois de uma noite de longos sonhos...

Anete se aproximava. Cláudia andou para longe, alcançando a quina das duas paredes de vidro, e encontrou a porta para o terraço. Puxando um ganchinho que mantinha a porta recostada, ela a abriu, mas o barulho fez com que Anete, que já estava próxima, desse passos largos naquela direção. Cláudia contornou o terraço, sendo perseguida, até que ambas foram barradas pelo local em que o corpo de Eduardo fora encontrado.

– Ah, *hahaaaa*! – Anete se aproximou da área. O chão ainda exibia manchas. – Olha só... O que temos aqui, querida? Não é o trono... Para o seu priminho *zumbi*? Ah, *haa*! Que tal seria se você se juntasse a ele? – provocou, divertindo-se com o atazanamento mental de Cláudia.

Havia um furor descomunal nas órbitas vazadas da algoz – ou seria imaginação de Cláudia? De qualquer forma, ela se sentiu acuada. Porém, um rato acuado... Ataca!

Cláudia bateu em Anete com o pesado livro, empurrando-a para trás. A outra guinchou, batendo contra a madeira limitante da sacada, ao que foi espetada em cheio por um... longo... prego... que ninguém mais pareceu perceber antes...

Anete tentava se levantar, mas Cláudia a segurou. A mulher se debateu para se desvencilhar da garota, provocando um alargamento vertical no furo das costas... ela então cedeu, manchada voluptuosamente do peito à barriga. Cláudia recuou, estremecendo dos pés à cabeça; a voz rouca do doutor Klèin, que de repente pareceu sinistra, rechaçava sua mente...

Nas costas. É um corte comprido e profundo, mas a pele está como se tivesse sido rasgada. Não é um corte uniforme, como seria o de uma lâmina afiada...

Encarou as próprias palmas, trêmulas, nas quais um vestígio de líquido avermelhado de alastrara... Consciência pesada. Ela se inclinou novamente, desta vez para ajudar Anete.

– *Aiii!* – a megera se pendurou no cabelo da menina, arrancando alguns fios.

Cláudia chutou o braço da mulher e voltou para a biblioteca, temerosa de que ela recuperasse as forças, e fechou o trinco por dentro. Respiração ofegante... O peito de Cláudia levantava e abaixava. Ela não sabia o que a coordenava... Isso é mesmo um pesadelo, ou o quê? O que eu estou fazendo aqui? – era como se ela houvesse ficado fora de si por anos.

A luz piscou, retornando, e fez a porta de opala resplandecer. Cláudia custava a recobrar a razão. Ela caminhou até os livros, percebendo uma alavanca que, outrora escondida, estava à mostra na estante pelada. Ela pisou no amontoado de livros para alcançá-la, empurrando-a. A mesma voz do sonho retumbou na sua cachola, grave, profunda... *EMPURREEE!*

Mas a alavanca estava emperrada.

Ainda abalada com o que fizera à Anete e confusa por causa do transe, Cláudia sentou-se sobre a pilha de capas abertas e fechadas. "De que se tratava tudo aquilo? Como poderia sonhar com um passado que nem conhecera?" O desespero avançava pelas suas entranhas. O choque das revelações, o advento de Anete e a alavanca emperrada bloquearam de vez sua racionalidade. Seu cérebro estava dando *tilt*... Inesperadamente, Maurício entrou em cena.

– Cláudia!

Péssima hora. A garota estava com as ideias a mil, uma embaralhando-se na outra. Ela avançou na direção dele com tal ferocidade que Maurício retrocedeu, embasbacado. Em seguida, ela bateu a porta de opala, virando a chave e o deixando para fora. Depois olhou para o terraço, querendo evitar surpresas desagradáveis – Anete havia se descravado da madeira, e agora estava inerte, deitada no chão. Cláudia viu um naco afilado de carne pendurado no comprido prego, fixado na primeira tábua do vigamento do terraço, cinco palmos acima do corpo dela... Se Maurício entrasse aqui, iria vê-la desse jeito! – Cláudia recostou a cortina na parede, escondendo o quadro impressionante. E voltando-se às opalas:

– Maurício? – ela se apoiou na pedra gelada da porta. Continuava um tanto desvairada.

Preocupado e ainda do outro lado, ele deu sinal de vida, sem entender bulhufas. Cláudia destrancou a porta.

– Você vai me ajudar ou vai ficar aí parado?

Diante daquele despautério, ele faz menção de ir embora, mas acabou entrando na biblioteca, avariado.

– Como se eu já não tivesse ajudado religando a porcaria da luz!

Mas Cláudia não ouvia. Já estava se dependurando na alavanca da estante, como se sua vida dependesse daquilo. E em um repente:

– Você disse que religou a luz?

Maurício, percebendo que ela agia de forma estranha, manteve-se cautelosamente afastado. E respondendo à pergunta:

– Sim!

– Mas eu havia reabastecido os geradores ainda hoje... – Cláudia estava perplexa.

– Bom, acho que a Maria deve ter fuçado lá no painel do quarto, sei lá, então eu desliguei ele, aí as luzes voltaram a ligar manualmente...

Ao ouvir a palavra "painel", Cláudia disparou pela porta de opala até o final do corredor, entrando à esquerda e subindo até a suíte. Maurício esbravejou:

– Será possível que você tomou *chá de bobeira* lá na estalagem?!

Mas Cláudia já não estava tão aparvalhada. A razão voltava a guiar seu caminho. Assim que Maurício falou do painel, o semissonho que ela teve pela manhã começou fazer sentido...

Ela desesperou-se ao constatar que a segunda chave, que acionava a seção especial do painel, havia sumido. Não estava na cama, nem no criado mudo, nem no chão, nem... Maurício deu dois toquinhos em seu ombro, fazendo-a pular. Ele chegara tão de mansinho – ou ela estava tão concentrada que não o percebeu. O rapaz estendeu a chave que ela procurava, e ela, sem agradecer, a tomou bruscamente de sua mão. Cláudia virou a chave na entrada do painel, passando o dedo no *led* isolado, que acendeu com prontidão. Vasculhou os códigos pelos díodos: 2-1-D, 2-2-D...

– Não... 2-1-E, 2-2-E... Espera, deixe-me ver... Da esquerda para a direita... O corredor, de norte a sul... Começa com a sala, depois passa pela escadaria do *hall*... – ela pensava alto, encafifando ainda mais as ideias de Maurício. – Isso, a biblioteca já é o segundo cômodo do lado esquerdo do corredor no sentido norte-sul! E agora... o contrário de 2-2-E-1... É isso!!

Cláudia acionou o código 2-2-D-1 e correu de novo, despencando escada abaixo. Maurício saiu feito louco em seu encalço e, quando a alcançou, ela já estava atracada à alavanca no final da estante, mas ainda assim... Puxa, que dureza! – não abaixava.

Maurício, todo empertigado, afastou Cláudia com suavidade, baixando a alavanca de uma só vez. Ela cedeu. Maurício sorriu para ela, que fez uma careta.

– Agora dá licença! – pediu.

Antes que Cláudia pudesse agir, porém... *Ponf... Ponf*! Anete recuperara as forças. Sua imagem horrenda se contorcia contra a porta de vidro, querendo entrar. Maurício abriu as cortinas e...

– Cl-Cláu-dia! O q-que... Voc-cê fez?! – ele cerrara os olhos, impressionado.

Cláudia refreou a loucura que tomava sua mente. Sentando sobre os livros, arrefeceu os ânimos. Acho que vou chorar... – pensou ela, também sem conseguir admirar a própria arte.

– Eu... Ela me atacou, Maurício! – desculpou-se.
Este continuava com os olhos semicerrados.
– Mas por quê?
Cláudia foi recapitulando o que havia se passado desde a fuga de Mariel, sentindo alguma dificuldade para fazê-lo. Ao mesmo tempo, ia narrando suas rememorações a Maurício, ocultando apenas como ficou perdida, pelo que pareceram anos, dentro de uma máquina do pretérito. Ele foi bastante compreensivo. Arregalou os olhos para ver melhor o ferimento de Anete, que se retorcia além do necessário do outro lado da parede vítrea, já toda marcada de sangue:
– Ela está machucada, mas não parece grave...
E vendo as olheiras de Cláudia:
– Olha, não se preocupa! Você não matou ninguém!
Ela se encolheu como se fosse apanhar ao ouvir a palavra "matou". Em seguida, Maurício afagou rapidamente sua cabeça e voltou a fechar a abertura do cortinado, escondendo a figura sinistra de Anete. Esta se debateu ainda mais ao ser ignorada por trás do manto vinho, provocando, com seus baques surdos, uma agonia extremamente irritante aos ouvidos.

Apesar das palavras de incentivo, Maurício também estava com os nervos em frangalhos, e ordenou a uma Cláudia petrificada: *Se tem algo a fazer, então faça logo!* Despertando da letargia, ela foi até a estante, enxugando as bochechas na manga, e empurrou... Empurrou... Maurício uniu-se a ela. A coluna falsa se deslocou de uma vez, arranhando o piso envernizado e...

– *Uuugh*!

Cláudia foi arremessada para dentro, beijando um esqueleto pendurado no meio do espaço. Maurício reteve sua queda, segurando-a pelo gorro da blusa.

Limpando a boca, enojada e amedrontada ao mesmo tempo, Cláudia sentiu algo pesado cair em seu pé – uma caixa abaulada que antes estava presa às mãos do esqueleto. Aliás, *esqueleta*, pois um vestido ainda ressaltava, enroscado nos ossos que pendiam pela gola, saia e mangas, o sexo do corpo que balançava, suspenso por uma corda afrouxada ao final superior da coluna cervical.

– *Ahhh*!!! – Cláudia desabou, levando Maurício com ela.

Acabara de ver, em um relance, o olho azul de Anita piscar para ela, através do crânio esfumaçado... Maurício a ergueu pela mão.

– Você está bem?
– Esta... Esta é a... Anita, a...
Maurício a encarou, comovido.
– Você quer dizer... A irmã de José, a falecida... Tia Anita?
Cláudia "fez que sim" com a cabeça. Maurício ficou desolado.
– Mas como... Como você sabe?
Cláudia não revelou sua fonte. Falar do transe? Nem pensar! Maurício agachou, levantando os olhos respeitosamente à morta.
– Então ela realmente se suicidou... – ele permaneceu ali, imerso em lembranças, por mais alguns segundos. – Cláudia, se você soubesse o quanto... O quanto o velho Pereira procurou por ela... Ele sempre me levava junto!

Cláudia entendeu o drama, lançando um olhar de consolo a Maurício. Afligida pela nova descoberta, ela o deixou junto aos livros desabados, feito um mausoléu de folhas velhas, e trouxe a caixa que caíra das mãos do esqueleto para fora do esconderijo, reparando ser igual à que encontrara no baú do porão – com um símbolo de espadas em esgrafito.

Do bolso-canguru, Cláudia retirou a chave mais esquisita que já vira, ainda menor que um palito-de-dentes, a qual havia sido desacoplada do interior do espelho. Um clique de aprovação, o tampo cedeu. Sua mente já aprontara o terreno para encontrar muitas pedras preciosas, moedas de ouro, um antigo tesouro... O peso todo da caixa, porém, provinha de sua armação, pois tudo o que ela continha era um rolo, ao feitio de um pergaminho.

Cláudia desenrolou o papel que exalava a morte cuidadosamente, um tanto decepcionada. Parecia uma carta que foi dobrada com o verso para dentro, ficando com o texto à mostra. Já meio apagada sob as letras desenhadas a nanquim, ela deu voz à mensagem do além:

"Meu querido irmão...

Você tem em mãos uma pequena chave... Que lhe dei antes de partir para sempre.

Não convinha fazer perguntas... E quando você ler esta mensagem eu já não poderei mais responder. Então apenas leia!

Eu ainda sou nova, apesar de já me sentir velha, mas nesses meus 31 anos tive um único amigo – este é você.

O Mapa

Só que metade da minha vida foi destroçada para que você ficasse com tudo, e eu com nada; Parece o contrário, eu sei... No entanto... Você simplesmente achou que eu ficaria bem, presa neste inferno para sempre!

Agora que me libertarei, porém, tenho ainda uma esperança: De que o seu amor de irmão por mim foi verdadeiro, mas cego; Se eu estiver correta, você irá me procurar, e encontrará este jazigo... E este mapa. Apenas a chave que lhe entreguei dará este acesso.

Ambiciosos de todos os cantos vieram a esta casa para encontrar o tesouro. E você achou que eu iria deixá-lo aqui, para eles se regalarem? Basta o corpo de minha amaldiçoada filha.

Só você, e mais ninguém, sabe a quem o mapa e o seu segredo devem pertencer... Ao verdadeiro herdeiro. O único feito pelo amor verdadeiro.

É como eu te disse no último dia em que nos vimos...

E então, já fez sua decisão? Confio pela última vez em suas mãos para fazer justiça neste lugar, meu irmão. Tens aí sua missão. E a minha, no momento, é...

Adeus!"

Cláudia achou que iria vomitar por causa do cheiro de mofo putrefato, e afastou o pergaminho para o lado. Verdadeiro herdeiro? Único feito pelo amor verdadeiro? E esta chave, se pertencia ao seu José, como foi parar dentro do espelho? – ela não acreditava que mais dúvidas poderiam surgir a essa altura do campeonato. Maurício, que estava ansioso pra ler também, puxou o pergaminho para si.

– Mas o que é isso? – ele estava lendo o verso.

– Não, você está lendo o lado errado! – avisou Cláudia, quando reparou que... – Ei! – ela tomou o papel de volta, conferindo o lado que não havia lido: a outra metade do mapa genealógico, que estava desenhada no verso da carta! Cláudia começou a releitura, agora com Maurício de frente para ela, tentando ler o texto no dorso.

Então vejamos... – Cláudia foi reunindo as partes na sua cabeça – O título recortado, logo acima: **Paraíso Perdido**. O que dizia a outra metade, mesmo? Ah, sim, fundadores! Então... **Fundadores do Paraíso Perdido.** Cláudia alisou os primeiros nomes coloridos da "copa", enquanto Maurício encostava a cabeça no seu colo para ler o final da carta de Anita, no lado oposto.

Ela continuava a leitura. Em amarelo: **Lina Diablo** e **Ramires Queirós**... Queirós, os parentes de Eduardo? *Hum*. Ramires? Diablo... Ah, não! Cláudia lembrou-se do crime e do roubo que presenciara durante o transe.

Filhos, em laranja: **Albert Queirós**. Ah, sim, este é o *Porco-Mor*!

Depois, em um tom mais rosado, **Albert Queirós** e... **Anita Pereira**, a irmã do seu José. Cláudia continuou, olhando de soslaio para o esqueleto solitário.

Filhos? Em vermelho-vivo: **Austero** e **Suzane Queirós**...

As letras brilhantes cambiavam de cor a cada geração, formando um degradê, como o da outra metade encontrada no porão.

Agora em vinho, **Austero Queirós** e...

Cláudia soltou o papelão. Não podia ter lido corretamente! Maurício já se preparava para pegar o rolo e ler o mapa também, quando ela o puxou de volta para si.

Austero e... **I**...

Inocência Macabro, minha mãe? Cláudia não entendia. Não, não estava falhado, as linhas desenhavam o nome certo! Mas... o transe... Aquele moço... Oh, céus, então é verdade! – ela talhou a testa na palma da mão, desconsolada. Não havia parado para analisar todas as visões a que sucumbira, e, ainda que repetido, o choque da revelação foi tamanho.

As cenas foram então empurrando espaço para aparecer na sua mente, como um doloroso feixe de luz nas pupilas – o envenenamento, Inocência correndo até Geórgia, o "vovô" Alfredo atirando em Austero... Uma pequena lágrima brotou, mas Cláudia a reteve nos olhos, embaçando a córnea. Esforçou-se para continuar a ler. Filhos?... Ela sentiu uma pontada ao ler seu sobrenome.

Cláudia Queirós, em marrom.

Ela lançou um olhar angustiado a Maurício, que parou de tentar ler com ela, aguardando as próximas instruções, como um cão fiel ao dono. Queirós, não! Eu sou Blaise! Eu sou... – a voz aguda de Maria voltou a furar seus tímpanos. *Matou seu próprio primo!* E lembrou-se da carta, que ela encontrara no caderno de Eduardo – *Autorizados: Eduardo Blaise e Cláudia Queirós*.

Mas Eduardo, então... – Cláudia voltou a ler a árvore, ainda na coloração vinho para indicar a geração anterior à dela:

Su-za-ne Quei-rós e... Ah, Deus, não! – implorou. – **Alfredo Blaise**.

Meu... Meu próprio avô! Quer dizer... Não, este *não é* o meu avô! Então a vovó Geórgia também não era a minha... – a lágrima, insistente e insidiosa, respingou bem acima do filho de Suzane e Alfredo: **Eduardo** *Blaise*, também em marrom.

Ao final da árvore, o casamento rosado de **Mariel Rusdorsky** e **José Pereira** vinha ilustrado em vermelho-vivo por seus três filhos – **Marta**, **Elaine** e **José Pereira Filho**.

Uma assinatura pequena e afilada completava a borda: *A.P.*

Cláudia não soube quanto tempo mais ficou ali, chocada – agora sim, *chocada*! – entre os livros tombados e a reorganização de todos os filmes a que havia assistido em seu transe. Não se conformava com isso: que tudo o que houvesse vivido fosse uma mentira.

Maurício não apreendia a totalidade do sofrimento dela, mas ainda assim tentou.

– Cláudia?

A moça não respondeu. Maurício puxou o mapa para si, e, vendo que ela não reclamava, passou a lê-lo também, procurando a fonte de sua angústia. Porém, não encontrando nada de especial naquele enlaço familiar, voltou a enrolar o pergaminho.

– *Cláudia?*

Ela continuava longe, presa em seu inconsciente. E a vovó, esse tempo todo... Ah, pobre vovó! Essa mansão então... É tanto minha quanto era do Eduardo... Ela estava certa! Era isso o que o meu "avô" Alfredo tentava ocultar de Geórgia, então?... Uma bela traição! – enquanto chorava, Cláudia recebeu um abraço carinhoso de Maurício. Ele a ajudou a se levantar, recolhendo, do fecho da caixeta, a estranha...

– Onde você encontrou essa chavinha? – ele perguntou.

Cláudia tirou do bolso os pedaços do *Delenda*, pouco dando atenção ao que poderiam significar aqueles cacos. Maurício não compreendeu o que aquilo tinha a ver com a chave, mas ficou penalizado ao ver o objeto de tantos sacrifícios espatifado nas mãos da garota. Que, aliás...

Ela já saíra da biblioteca. Maurício foi atrás dela.

– Que será da Anete? – perguntou ele. Cláudia deu de ombros. – Por que você está assim? – ela não respondeu.

Em vez disso, subiu as escadas para a suíte e guardou tudo o que pôde dentro da mala – inclusive o pergaminho, que ela voltou a tomar das mãos dele. O rapaz aguardava com extrema parcimônia que ela resolvesse dar alguma informação.

– Desculpe, Maurício, mas eu não preciso de que alguém me entenda. – ela mesma não estava se entendendo.

Só queria abandonar aquele caos e voltar a viver o que sempre foi a sua vida, ao lado da única pessoa que ela considerava sua verdadeira família: Geórgia, ou o que sobrara dela – em um vaso. Partiria agora mesmo, nem um minuto a mais naquele lugar horroroso!

Cláudia desceu para o *hall*, ainda seguida por Maurício. Avançou pela porta de carvalho. Sua picape a aguardava, ansiosíssima por entrar em ação. Ela jogou as bolsas no lugar do passageiro e derrancou, sem ao menos olhar pela última vez para o enamorado, que ficou congelado junto à porta de carvalho, ignorado...

Fingindo que nada daquilo havia acontecido, Cláudia ia perfazendo as curvas. Dor de cabeça... A memória do transe ia e vinha no seu cérebro, comprimindo-se contra o crânio. Apesar de relutar, ela sabia, no fundo, que aquela era a sua família, e que aquilo tudo foi tirado dela antes mesmo de ela nascer, escondido de seus olhos... Mas parece que só dos *meus*, pois nem Maurício pareceu ver grande coisa no mapa – desabafou. E minha mãe... o que será que foi dela? – uma curva mais acentuada requereu a mente de Cláudia, que precisou interromper os devaneios, retomando-os logo que a estrada normalizou.

Aquela Lina Diaba, ou sei lá o quê... Então ela era minha, deixa eu ver... Anita é mãe do meu pai... Minha... *avó*... – ela teve um calafrio ao se recordar da cruel revanche de Anita contra o odioso Albert. – E, sendo Anita nora do tal Ramires... Então Ramires e Lina eram meus *bi*savôs. Pensando em como segurara Anete violentamente contra o prego da mureta, ela concluiu: Família de assassinos...

Cláudia ainda se lembrou de quando conversava com Maurício, algumas horas atrás, ela prestes a revelar o espelho para ele, antes de toda essa confusão. Quando Maurício falou de Suzane, eu perguntei do meu avô, e o que foi que ele respondeu mesmo? Que ele estava falecido? Não... *sumido*! Eles então provavelmente não sabem que a Anita... *devorou* o meu avô! E avô este que é, na realidade, não o Alfredo, mas o tal do...

– *Arrrgh*! – a visão do *porco-mor* dos sonhos invadiu Cláudia, quando ele abusou de Anita sem dó, logo após o parto. – Como era mesmo o nome dele? Alberto, não é? Filho-da-mãe! Dá até asco, ter um sangue sujo desses!

Mas... Espere! Cláudia foi se recordando do encontro de Anita e seu misterioso amante. Então... Então o meu avô é um completo desconhecido! Eu só herdei esta mansão por parte da minha avó Anita... Outra imagem surgiu concomitantemente: o que a Suzane fazia na mansão, abraçada a um daqueles caras, um "porcão", logo quando o falso avô Alfredo chegou e matou Austero? Por que Anita e a filha eram chamadas de "rainha e princesa" da perdição? Tudo aquilo vinha à tona como a voz suave da narração que a invadira com o sonho hipnótico.

E Anete, o que ela realmente pretendia? Será que estava atrás do espelho? Quando passou em frente à estalagem, Cláudia desacelerou. Uma movimentação havia desviado sua atenção: Maria e – Ah! Desta vez *eu sei* que é Elaine, garantiu. As duas arrastavam Matheus pelos braços, rindo, para trás da estalagem.

Cláudia estacionou em uma área escura da estrada, um pouco mais adiante. Entrou na estalagem. Seu Pereira e Mariel ainda não haviam retornado; o quarto deles estava vazio. Cláudia abriu a porta do quarto de Juca, ligando a luz. Queria pedir ao garoto que se despedisse dos seus pais por ela. Agachou-se ao lado da cama, para acordá-lo, quando viu algo embaixo da cômoda.

– Mas o que é isto? Um pote de... Lítio? – a memória de Cláudia, reativada, trouxe imagens de poucas horas atrás:

Marta verificando a dormência do irmão...

O chão da lanchonete sujo de lama...

– *Ahhh*, não! Burra, burra, *burra*!!! – Cláudia bateu com o pote na cabeça. – Era *Elaine* quem estava aqui no quarto, e não Marta! Fui enganada duas vezes... Trapaça! Então, na realidade, Maurício fora investigar algo com a *verdadeira* Marta, enquanto eu aqui, idiota, acreditava nas mentiras dessa Elaine perversa! – enervou-se. – É isso! Maurício e Marta voltaram pra estalagem no mesmo instante que eu para socorrer o seu José, e aí foi a *real* Marta quem entrou no *olindomóvel*... me olhando de um jeito estranho, sem dar tchau de volta. – ela dava voz aos pensamentos. – Claro! Porque, no final das contas, eu nunca falei com a verdadeira Marta. E o Maurício ainda veio atrás de mim, querendo me avisar sobre algo... Mas eu simplesmente não quis escutar... Droga!

Cláudia guardou o frasco no bolso e tentou acordar Juca, mas o menino dormia profundamente.

– O que essas duas capetas da Maria e da Elaine estão tramando? Parece até que querem destruir a própria família! – destruir. A palavra encaixou feito luva. Destruir... *Delenda*... – Será isso o que o espelho destrói? Vidas?!

– De forma indireta, é claro.

Maria, toda descabelada, analisava Cláudia a falar sozinha. Elaine surgiu atrás dela, risonha, batendo com um bastão na palma da mão. Sem dar tempo às loucas, Cláudia afastou as persianas, rápida feito lebre, e pulou pela janela, correndo para trás da casinha de Maurício. Mais devagar, para não fazer barulho, foi esgueirando-se por algumas árvores em meio ao mato espesso, até alcançar o galinheiro, que ficava cerca de dez metros além.

As duas birutas já estavam à espreita, mas provocavam e riam alto, abafando, com o próprio estardalhaço, os galhos que Cláudia quebrava ao andar.

– Claudinhaaa... O Maurício tá te esperando aqui, ó... – Elaine falava besteiras e ria.

– *Cala a boca!* – grasniu Maria para a amiga.

E ela parecia ter um sexto sentido apurado, pois se aproximava rapidamente do galinheiro. Cláudia não sabia para onde correr... Foi um pouco mais para a frente, avistando uma construção abandonada e envolta em urtigas. Deu a volta por trás da casa de Olindo – o caminho mais longo, mas que certamente despistaria as dementadas.

A tina d'água gorgolejava a alguns metros de Cláudia. Se ela corresse, atingiria a construção. Não era um bom plano, mas, e daí?

Não iria ficar a noite inteira fugindo! Resolvendo arriscar, ela disparou, chamando a atenção das perseguidoras.

– *Olha ela lá!* – a voz aflautada de Elaine ressoou pela atmosfera.

Cláudia se jogou contra a porta do galpão e barrou sua abertura com o próprio corpo. Um móvel próximo... ela puxou o que parecia ser uma mesa, bloqueando a porta e ficando livre para se mover.

– *Mmmfm-Mmfmmm*!!

– Quem está aí? – com o coração aos pulos, Cláudia viu a silhueta escura de Matheus, que parecia estar amarrado e descontrolado.

Ela teve um impulso, mas recolheu a mão. "Melhor não retirar a mordaça!" Lidar com uma louca já era ruim. Duas, pior. Agora com três... Seria impossível!

Não dava para enxergar muito bem. Cláudia se dirigiu até a janela coberta pelo manto de Ganesha, que ainda permitia a passagem de alguma claridade, e encontrou uma vela. Ao lado, uma espécie de fogão... E uma caixa de fósforos. Ela acendeu a vela, virando-se para ver melhor como estava o Matheus, mas o que ela viu...

– *Blleerrrffff...* – Cláudia vomitou. Custara, mas não dava mais para o estômago segurar seu parco conteúdo.

Não depois do que a luz revelara... Não pode ser, eu estou vendo coisas! – ela voltou a abrir os olhos, aterrorizada. As três irmãs, Clara, Cleia e Cláudia, estavam amarradas juntas e cobertas de sangue, e... Vencendo a covardia, Cláudia se aproximou, reparando melhor. Não, talvez não estivessem mortas! Próximo aos seus corpinhos, um balde revelava um líquido rubi e espesso, ainda pela metade.

Bam-bam-bam! – as malditas chegaram. Que sensação ridícula de impotência... Não poderia acabar nas mãos das psicopatas, simplesmente assim! Como as duas conseguiam controlar tudo? Cláudia deixou de pensar e começou a falar, planejando um improviso:

– Escutem! Vocês duas, suas vacas!

Do outro lado da porta, Elaine reclamou.

– *Ela nos chamou de "vacas"?*

Mas Maria calou sua boca. *Deixa ela falar!*

– Pois bem – recomeçou Cláudia. – Vocês estão procurando algo que eu sei onde está... Mas vocês estão fazendo do jeito errado!

– *E o que a gente quer?* – desafinou Maria.

– Bom... Pra começar, gritou Cláudia, você já se perguntou onde está a sua mãe, Mariazinha?

– *O que tem ela?*

– Pois é, Maria... Você acha que eu matei o Eduardo, não acha? Então você vai se surpreender com os segredinhos da sua mãe! Só que agora ela se encontra no mesmo lugar onde foi achado o corpo do meu primo, e, se você não buscar ajuda, ela pode levar o mesmo fim dele!

Um silêncio infinito de cinco segundos.

– *Cláudia... Você acha que a Elaine avisou a minha mãe para ir até lá por quê?* – um turbilhão de raiva aflorava no coração soturno de Maria, tornando a atmosfera local mais densa. – *Eu queria que você desse um fim na desgraçada também!*

Maria blefava com um comportamento *nonsense*, deixando Cláudia abismada – a menina é mesmo louca! Ou está *se fazendo de*... Sem recursos, tentou apelar:

– EU NÃO SOU ASSASSINA COMO VOCÊ, SUA PORCA!!!

Cláudia gritou qualquer besteira para desviar a atenção das meninas e, em um piscar de olhos, se armou com a viga de madeira que Maria usava para fechar o batente, largada no chão, empurrou a mesa e se atirou com o baita pau para cima delas, soterrando-o na cabeça de Maria.

Elaine correu, desastrada, e tropeçou. Cláudia já ia para cima dela também, quando viu alguém se aproximando do galinheiro. Achou que era Olindo.

– Aqui! Seu Olin...

Antes de completar a frase, porém, Cláudia foi ao chão, abatida como um leitãozinho. Uma última frase chegou aos seus ouvidos, tornando-se distante... *Você não sabe mesmo* **nada** *sobre o que eu quero!*

– E, felizmente, eu já encontrei... – Maria sorriu para o céu, lunática.

Escuridão.

Não há sonho, nenhum movimento, luz, ruído, toque... Cláudia mergulha em uma água negra e surreal, tão leve... Pode respirar, mas sente que não precisa. A água transborda como um fluxo de ar entre seus dedos, massageando suas pernas, sua nuca...

O buraco. Está em um buraco, mas acaba de visualizar a saída... Ovalada, cintilando. Parece que uma suave correnteza a empurra na direção da abertura.

Mas eu não quero ir, está tão bom aqui! Tão bom...

Mentiras?

láudia... Blaise? – Um ronco suíno.
– Não, é *Queirós*. – O cantar de um anjo!
Cláudia abriu os olhos, dobrando o corpo junto ao joelho, desnorteada. A cabeça voltara a doer... Dr. Klèin? Maurício?
Ela sentiu raiva por estar ali novamente. Onde estou agora? Eu estava em outro lugar... Tão calmo... Ainda estou na... Vila? – ela fechou os olhos, com força. – Ah, não! Este lugar parecia tão distante, tão no passado...
– Cláudia!
– O que é?
Maurício voltava a chamá-la.
– V-você está bem?
Arrependida da grosseria, Cláudia amaciou a voz, esboçando um sorriso.
– A... acho que sim... Que aconteceu?
– Você desmaiou. A sorte foi o Olindo estar lá pra te socorrer!
Cláudia começou a recordar.
– Ah! É mesmo... Mas... E a Maria?
Maurício mostrou as palmas da mão, abrindo os braços, como se a pergunta não viesse ao caso.
– Deve estar na casa dela...
Cláudia começava a se estressar.
– Não, eu falo... O que aconteceu, ela fugiu, que nem a Elaine? O Olindo conseguiu pegá-la? E o Matheus, e as crianças?
Os olhos de Maurício e de Dr. Klèin se encontraram.
– *Vâcê estâve soñando*, roncou mais uma vez doutor Klèin, com sua imitação barata de sotaque estrangeiro. *Tâda âssa cânfusão é efâito dâ dâsmaio... Faltou oxegenâção nâ seu cérrebro.*
Maurício riu do sotaque forçado pelo doutor, sabendo que ele queria apenas impressionar Cláudia. Esta se irritou. Vou dizer a ele onde é que está faltando oxigenação! – amargou ela.
– Tudo bem, *senhores.* Então podem me explicar *por que* eu sufoquei e desmaiei? – e apalpando a cabeça na região dolorida – E *por que* eu tenho um galo *bem aqui*?

– Foi pâ câusa dâ queda, vâcê bâteu â câbeça câm fârça!

Maurício acariciou seus ombros.

– Foi isso, Claudinha... Seu Olindo a encontrou no momento em que desmaiava, perto da casa de ferragens...

Cláudia ficou calada. – Eles me tratam feito criança! Mas eu tenho um plano.

– Tudo bem então, *ahn... doutor*. Se o senhor me dá licença...

Dr. Klèin se afastou para Cláudia descer da maca.

– Ah, e quanto aos seus *honorários*?

O médico já esgarçava a boca, esfregando os dedos gordos no paletó. Maurício interveio.

– Ele é pago pela Prefeitura, não se preocupe.

Espumando de raiva por perder uma ótima oportunidade de caluniar o próximo, Dr. Klèin bateu a porta, expulsando os dois.

– *Tadinho*! Você não precisava ter sido tão direto e *Mau*...

Cláudia e Maurício riram. E voltando-se para ele:

– Como o *dâtor* sabia o meu sobrenome? – Cláudia olhou pra Maurício, que ria do "dâtor".

– Bem, ele mexeu na sua carteira... – e vendo a feição de Cláudia se transtornar: – Calma, eu tentei impedi-lo!

– Certo – Cláudia voltara a sorrir –, mas você me chamou de *Queirós*... Por quê?

Maurício pareceu surpreso com a pergunta.

– Não é o seu nome, ué, Cláudia *Queirós*? Você mesma viu a árvore da família!

Cláudia ficou desenxabida.

– Quer dizer, então... Que todo mundo armou um teatrinho pra mim, todos sabiam quem eu sou?

– Bem, eu nunca disse isso. – Maurício parou de andar e colocou as mãos sobre cada ombro de Cláudia, freando-a.

– Cláudia... Como eu te disse... José tem os motivos dele. Eu sabia sobre você, mas não podia falar... Você tinha que descobrir sozinha!

Cláudia não entendia.

– Mas por quê?

Ele respirou fundo.

– Como você já reparou... Nem tudo é um mar de rosas por aqui, Claudinha. E, bom... O sumiço da minha tia Anita foi um peso enorme pro meu pai... Talvez mesmo até mais do que ele poderia suportar.

– Você a conhecia?
– Eu? Ah, bem... Na verdade quase nada, eu era bebê quando tudo aconteceu...
– E a Suzane?
Maurício franziu o cenho.
– Ela morreu no mês passado, pelo que fiquei sabendo. O Eduardo contou pra Gorete quando chegou aqui, na sexta, um dia antes de você chegar. E, bom, depois de passar pela Gorete, as notícias voam longe! A Suzane já estava doente fazia meses, mas ela e o filho não avisaram ninguém...
Eles haviam retomado a caminhada em direção à estalagem.
– Era por isso que você estava chorando aquele dia, na sua casa?
Maurício virou o rosto, incomodado.
– Não, sério, *Mau*! Era por isso?
Outro suspiro.
– Cláudia, não sei se você já percebeu que a Maria não é normal...
– Oras, claro que já! É totalmente doida! E o que é que tem a ver?
Maurício deu uma risadinha forçada.
– É, meio doida, sim, mas é outra coisa, também...
– Bruxa?
Maurício fez aquela cara irascível, como já fizera antes, por causa dos atropelamentos de Cláudia para completar a oração antes que ele o fizesse.
– Cláudia, bruxas são poderosas. Maria é só uma aprendiz...
Ela quis rir, mas ficou calada. Para ela, aquilo tudo era "macumba das brabas", e mal feita.
– Você acredita *mesmo* nessas coisas?
Maurício voltou-se para ela, incrédulo:
– E como não acreditar? Você não sentiu *nada* de diferente desde que chegou?
– Ah, sim... O efeito das ervas!
Cláudia ria, fazendo Maurício calar-se, magoado.
– Mas como eu dizia – ele retomou o fio da meada –, naquele dia em que você me viu – *okay*, chorando – a *Vacanete* veio me procurar toda provocante pra falar de uma visão da Maria, de que o Eduardo provavelmente estivesse morto...

Cláudia não estava mais tão risonha. Ajudou Maurício com as deduções:

– Mas como ela já poderia saber? E bem no mesmo dia quando, à noite, a gente encontrou o... – ela afastou rapidamente a lembrança do corpo enrijecido do primo, na sacada sombria, que eles haviam encontrado havia apenas dois dias.

– É o que eu estou te falando. A Maria tem lá o seu jeitinho de descobrir as coisas! – Maurício olhou para Cláudia, enviesado.

– Bem, você tem razão, é mesmo estranho... – Cláudia ainda recordou de como Maria a atacara, do arranhado no rosto dela e... – Ei! Eu sei quem matou o Mingo!

– Quem? – Maurício riu pelo nariz. – Do que ela estava falando?

– O gatinho da Cleia, ele foi assassinado nesse mesmo dia! E a Maria me atacou lá na estalagem, transtornada, com um arranhão na cara! Agora o porquê disso tudo... está aí: ela deve ter tido a tal... visão.

Mas Cláudia não acreditava nisso – a Maria deveria estar envolvida de outra forma pensou. Deve ter sido cúmplice da mãe! E, como mecanismo de defesa, ela diz que é uma bruxa superdotada e que tem essa "visão ampla" dos acontecimentos e... Ah, pobre Mingo! Feito de bode-expiatório pelos interesses alheios...

Maurício recapitulou, a fim de entender bem.

– Então, calma... Eduardo aparece por aqui, conta pra Gorete que a mãe dele morreu, some e reaparece dois dias depois, "bêbado", briga com a Anete e com o seu José e vai para a mansão... Você, como já discutimos, estava no casarão e roncava fundo!

– Na verdade o *airbag* é que estava roncando embaixo de mim, mas tudo bem...

Ele continuou, sem deixar-se interromper pelo comentário de Cláudia:

–... e isso foi no domingo, quando você bateu a picape. Então a Anete veio na terça–feira me falar da "visão" da Maria, e do encontro com o Eduardo, e você depois foi atacada pela Maria, que estava toda arranhada por causa de sei lá *o quê* que ela fez com o gato da Cleia...

Mas Maurício sabia *o quê*. Maria praticava magia desde a vez em que o impeliu a furtar o espelho. Mas Cláudia não o encorajava a dizer.

– Nem adianta você me olhar com essa cara de "a macumba da Maria deu certo", porque eu não vou acreditar! – disse ela, como se adivinhasse o que ele queria falar.

– Certo! – irritou-se ele. – Mas, continuando, na mesma noite a gente encontrou o corpo... digo, o... Eduardo...

– Sim... E, afinal, por que o doutor Klèin preferiu deixar um laudo de suicídio?

Maurício inspirou ar antes de responder.

– Você sabe, Cláudia, até agora só há especulações, mas... A Maria acabou confessando, ainda ontem, que Eduardo pediu a ela um unguento de proteção, o qual é preparado à base de acônito, uma planta venenosa, e que deve ser passado sobre a pele para afugentar os lobos, ou os *wulfons*, se você preferir. Mas parece que ele acabou tomando aquele negócio...

Os dois alcançaram a frente da estalagem, seguindo na prosa:

– Aliás, e o seu José?

– Já está em casa. Levou três pontos no cocorote.

Cláudia torceu o rosto entre pena e agonia.

– Nossa! E a Mariel?

– Apareceu na Vila quando ainda estávamos no consultório. O pessoal avisou e a gente foi atrás dela... Deu trabalho trazê-la de volta!

Eles entraram na hospedagem. Cláudia continuava a perguntar.

– E aí?

– Nós demos o remédio dela... E eu a trouxe de volta pra casa, com o meu pai.

Cláudia pensou: Qual remédio, se eu estou com o carbonato de lítio no bolso? O quarto de Juca levitou na sua mente.

– Juca!

– O quê?

– O seu irmão! A Elaine deu lítio pra ele, de alguma forma, e...

Maurício franziu a testa.

– Como assim? A Elaine é uma peste, às vezes, mas não faria mal ao Juca...

– Sua irmã é perigosa, Maurício!

Ele riu de novo, como se Cláudia estivesse brincando.

– Você acha graça? Qual a parte do "ela *tava* dando lítio pro seu irmão" que você não entendeu?

Maurício ficou pensativo.

– Vamos supor então que ela tenha feito isso. Como ela teria pegado o remédio, se fica guardado à chave na cômoda do quarto do meu pai?

Cláudia tirou o frasquinho do bolso-canguru.

– Eu... Bem, isso estava embaixo da cômoda do quarto do Juca, achei pouco antes de as duas me atacarem!

Maurício pegou o frasco da mão de Cláudia.

– Está mais leve... – e desarrolhando para conferir o conteúdo – Isso aqui *não é* lítio!

Cláudia ficou um tanto decepcionada.

– Ah, não?

– Não, é alguma mistura de ervas... Olha!

Claudia viu cápsulas gelatinosas, com uma espécie de folhas secas e trituradas no tom de vermelho, amarelo e verde-musgo em seu interior transparente.

– Mas que estranho! Onde vocês compram o remédio?

– Com o Dr. Klèin... – respondeu Maurício –, mas isso aqui não veio das mãos dele. O frasco do lítio foi reaproveitado, é só ver a data...

Cláudia comprovou que a data era de três meses atrás.

– É só a embalagem do lítio. Colocaram essas outras cápsulas dentro!

Eles se entreolharam.

– Você pode achar exagero meu, mas...

– O quê? – incentivou Maurício.

Cláudia desistiu de completar a frase. Se tudo desse certo, logo ele teria a prova do seu veredicto. Maurício a seguiu ao quarto de seus pais. Cláudia bateu à porta.

– Seu José?

Alguém se arrastou com dificuldade pelo quarto, desencostando levemente a porta.

– Quem é?

Cláudia procurou o pergaminho no bolso-canguru de seu moletom para enfiar pela pequena abertura.

– Tenho algo para o senhor... Mas cadê...? – ela tateava o bolso, a calça... – Maurício! O mapa!! Aquele que encontramos na biblioteca... Acho que eu perdi!

José Pereira renovou a paciência ao ouvir a palavra "mapa".

– Mapa? – ele abriu a porta, dando passagem a ambos. – Por favor, venham comigo até o quarto. Não estou muito bem...

Maurício e Cláudia acompanharam seu José, atravessando a sala, e contornaram a parede. O velho desabou sobre uma poltrona larga. Cláudia veio até ele e, sem maiores explicações, retirou do bolso a chaveta e os dois pedaços do espelho, apresentando-os.

– Já fazia um tempo que eu queria entregar isso ao senhor!

José ergueu os olhos, aturdido, ao mesmo tempo em que Mariel começou a se remexer na cama. O velho segurou as metades do espelho adiáfano, uma em cada mão. Ao reconhecer o estimado objeto perdido, Mariel sentou, apoiando-se no respaldar da cama, e começa a gritar.

– NÃO!! MOIRAS! ANAGKÉÉÉ!

– Anag... Gnakê o quê? – Cláudia tomou os pedaços das mãos de seu José, unindo-os para conferir que...

– Ei! – ela mostrou a moldura para eles. – Aqui, na parte inferior do espelho... Achei que eram só detalhes, mas deve ser essa palavra estranha!

[ἀνάγκη]

– Se for, é uma mistura de latim e grego... *Delenda est Agnakê*! – completou Cláudia. – O que é isso?

Mas eles apenas continuaram mirando a rachadura na pedra que um dia fora espelhada. Cláudia atravessou a sala e foi até a cama de Mariel, deixando José e Maurício abestalhados junto à porta.

Agachando-se calmamente ao lado da cama, Cláudia segurou a mão da senhora, que tremelicava da cabeça aos pés.

– Dona Mariel... Por favor! Preciso de sua ajuda!

Mariel só fazia tremer e babar.

– O que é isso, que significa o que você falou, *agnakê*?

A velha voltou a cabeça tão bruscamente para encarar Cláudia que esta quase caiu.

– É Anagké! *An-ang-kay'*!

Cláudia engoliu em seco.

– Tá bem, vou tentar me lembrar!

Mariel não ficava quieta. Esfregava o corpo, parecendo delirar, porém desatou a falar, racionalmente e em tom brando.

– Moiras... As fiandeiras do destino, menina. Vocês quebraram o espelho da deusa Anagké, a deusa do destino... Ou, em outras palavras... Abriram as portas para outras entidades, capazes de nos prejudicar...

Lá vai... Pensou Cláudia.

– Obrigada, dona Mariel. Era tudo o que eu precisava saber!

– Espere!

Cláudia, que já havia se levantado, retornou para junto da moribunda.

– Quebrar um espelho, menina... É *minima de malis*... Ainda há outro! Só quebrando os dois é que a porta se abrirá...

Cláudia não enxergava o problema.

– Abrir a porta? Mas que porta?

– Um portal perigoso, minha filha...

– *Hum*. Bom, tudo bem, então... Se tem outro espelho, é só protegê-lo pra não quebrar! – Cláudia disse, a fim de acalmar a mulher.

– Não! – vociferou Mariel. – O outro espelho... Está perdido no mundo do portal que este espelho já abriu!

– Espera! – Cláudia estava atônita. Mas do que ela estava falando? – Quantas portas tem por aí?

Mariel continuou, como se não houvesse sido interrompida.

–... quando falo que os dois abrirão uma porta, eu falo... Da porta magna... *Limbus*! O corredor do inferno...

Cláudia continuava achando tudo baboseira, mas sentiu um leve arrepio com a última frase.

– Pera aí... A senhora está dizendo que existem vários portais... E que estes espelhos podem abrir essas passagens, certo?

– Não – corrigiu Mariel –, os espelhos abrem só *duas* passagens! As outras são abertas de diferentes formas... Algumas se abrem sozinhas, ou com um orbe de cristal... Uma porta não tem nada a ver com a outra!

– Calma! – Mariel tocara num ponto interessante. – A senhora disse... orbe? Tipo... Uma *bolinha de cristal*? – ela se lembrou daquela bolinha que Elaine atirara contra ela. Onde estaria?

– Isso mesmo! Um orbe, menina!

Cláudia tentava parecer séria, mas não acreditava naquilo. Mariel encurralou seu olhar, trazendo o corpo mais para frente.

– *Você leu, não foi?*

– O quê? – Cláudia fechou e abriu os olhos para voltar aos de Mariel, que espreitavam sua face.

– O livro... Você leu! E depois ficou sabendo como usar o orbe, você usou, não foi?

Cláudia estava começando a acreditar quando Mariel falou do livro, provavelmente se referindo ao *Diário de Sortelhas*, mas voltou a desdenhar quando a coitada citou o uso do orbe.

– Não, dona Mariel, eu não usei.

Ignorando os conselhos da senhora, Cláudia voltou à porta do quarto, onde estagnaram Pereira e Maurício, este logo interpelando:

– Mas de que se trata essa conversa?

Cláudia tesourou o companheiro com um olhar impaciente, passando a narrar a seu José a mensagem do mapa encontrado, da forma como se lembrava, e que a chave que ela entregara em suas mãos abria um pequeno baú... Encontrado junto ao corpo, ou o que sobrara dele... de Anita!

Seu José derramou uma lágrima ressequida. Não estava muito disposto a chorar na frente dos outros, mas a emoção vinha de anos. Maurício olhava de Cláudia para o pai adotivo, com piedade. Os dois homens se abraçaram por longos segundos.

– *In vento scribit laedens; in marmore laesus.* – Mariel voltara a resmungar.

– O quê? – perguntou Cláudia a ela, pela última vez.

– Não era o que estava escrito no final do mapa, menina? Me conta!

E apontando para o teto, descrevendo círculos no ar:

– *Aquele a quem se dá o escreve no vento, mas aquele de quem se tira o escreve no mármore...* – Mariel finalizou a frase perfurando o próprio marido com as íris desfocadas, causando aflição no homem.

Cláudia não entendeu nada. A mulher estava começando a delirar! Pobre do seu José, ter que viver o resto dos dias com a amada dessa forma!

– Eu só queria saber... Por que o espelho ficou assim, opaco! – lastimou Cláudia, vendo os pedaços penderem das mãos do velho Pereira.

Maurício, vendo que Mariel se preparava para responder mais essa, disse que depois sanaria todas as dúvidas de Cláudia, com a devida reserva. A menina entendeu a indireta e calou-se; e, vendo também que um terrível peso apossava José, Cláudia despediu-se, avisando que provavelmente não mais os veria. Seu José, porém, saiu do quarto e fechou a porta, deixando Mariel e seu latim aprisionados no quarto.

– Senhorita Cláudia...

Ela resolveu abusar.

– Sim, *tio*?

José ficou com as rugas das bochechas mais lisas, por causa do queixo aberto, ao ouvir o *tio*. Outra lágrima desceu de seus olhos cansados. Ele tentou sorrir, segurando a palma da mão de Cláudia com uma das mãos e desferindo tapinhas.

– Sabe, senhorita... Eu fiz uma promessa pra minha irmã. Eu não sabia que ela iria... logo depois... sumir e... bem, tirar a própria vida, como você me descreveu. Esse peso... Maurício, mesmo não sendo meu filho de sangue, deve ter te contado... Ele é um filho de ouro! – sorriu para Maurício.

Eles seguiram para a sala de estar, enquanto José falava:

– Esse peso me atormentou por anos! Minha irmã estava chateada por um erro de nossos pais... Um erro absurdo, hoje eu vejo... Entregá-la de mãos beijadas a um estranho para receberem em troca a construção desta estalagem! Meus pais eram ignorantes... à moda antiga, se é que me entende... a mulher cuida da casa, e o homem dos negócios! Na cabeça deles, qualquer homem rico seria um bom partido. Por um tempo eu também pensei assim...

Mas depois... Depois começaram os boatos. Meus pais já haviam falecido, não ficaram vivos pra ver – e ainda bem! – os bochichos de que minha irmã era maltratada na casa. Eu, bem, eu achei que fazia o melhor quando fui atrás do valentão do marido dela, Albert Queirós – filho do Ramires Queirós, o ricaço que construiu a mansão e a estalagem – e "dei um coça", sabe... Para ele não maltratar mais a pobre Anita. Então o desgraçado sumiu, deixando ela com dois filhos pequenos, o Austero e a Suzane...

Cláudia ouvia, atenta, mas sabia que aquela parte era falsa. E que Albert estava longe de ser o pai de Austero, mas, pelo visto, eles não sabiam disso! Não achou que José inventava aquela versão por mal, porém – pelo contrário! – sentiu que o pobre velho mentia para esconder de si mesmo que havia falhado com a irmã, peso que deveria ser insuportável para ele, e para tentar organizar de forma lógica aqueles acontecimentos, ainda mais depois da confirmação de que Anita realmente havia se matado. Coitado, Cláudia ainda pensou, se ele chegasse a saber metade da verdade!...

– Foi um sufoco grande! – ele continuava. – Anita ficou desesperada. Mas ela tinha um trunfo na manga, sempre parecia ter um... Criou os dois filhos com uma reserva de dinheiro que ela escondeu antes de Albert partir. Mandou Austero estudar. E tudo parecia ir de vento em popa, mas então percebi algo errado com minha irmã... Era Suzane! Anita não parecia gostar tanto da filha quanto do filho.

Cláudia e Maurício, que até então estavam escorados na lareira, se sentaram em um dos sofás. A história era longa pra se ouvir em pé! Seu Pereira, que já estava sentado em um sofá perpendicular, deu vazão, entusiasmado, aos acontecimentos, como se estivesse expurgando uma praga sarnenta que se alastrara pelas suas entranhas, e cuja única forma de se livrar seria espirrando-as pela garganta:

– Ouvi de bocas podres da Vila que Anita e Suzane se vendiam na casa enquanto o Austero estava fora. Eu não acreditei! Precisava ver com meus próprios olhos.

A atenção de Cláudia estava totalmente voltada ao tio-avô, e Maurício apenas a observava, pois já sabia a história de cor.

– Um dia, estando Austero ausente, fui lá espionar aquelas duas. E a verdade é que não gostei do que vi... Ah, não, menina! Preferia morrer sem ter visto aquilo! Não era Anita quem se vendia, não! Ela mandava a filha em seu lugar... A pobrezinha, só com 15 anos! E sabe lá Deus desde quando aquilo estava acontecendo! Precisei ser firme. Puxei minha irmã de canto, tive uma conversa séria. Ela veio cheia de chororô pro meu lado, desculpa fiada... Eu estava enfurecido, acabei batendo na cara dela. E hoje nem sei se me arrependo, céus!

Não tardou pra outra desgraça nos abater: Austero havia se enroscado com uma moça comprometida, lá na faculdade. Logo eles ficaram perdidamente apaixonados, e ela engravidou... De você, Cláudia! – a própria deu um sorriso. – E ela tentou desmanchar o noivado, mas não era assim simples. O casamento estava marcado e tudo, já tinham até anunciado em campanha... O Alfredo temeu um escândalo. Claro que isso não dava a ele o direito de maltratar sua mãe – eles começaram a brigar direto, mesmo ela estando grávida, e por vezes chegava a apanhar. Até que Anita resolveu dar o seu jeitinho... E um dia chegou o Austero aí, nesse mesmo banco que você 'tá, Cláudia, todo esbaforido... Falando que tinha feito uma besteira, e tal.

Cláudia segurou a borda do banco com a mão, um tanto incomodada com a "presença de espírito" de seu pai. Afinal, a besteira que o Austero fez, ao final de tudo, era "ela"!

– Dois dias depois estava o pai do noivo aí, o tal Alfredo Blaise, armado e nervoso... Matou o Austero sem nem perguntar o nome, bem na frente da Anita! E só não matou Anita e Suzane porque ficou de olho na menina, a senhorita me acredita? Fez minha irmã manter sigilo e tudo o mais pra poupar a vida delas!

Cláudia sentiu um asco tremendo daquele que um dia acreditou ser o seu avô, e felicitou-se pela primeira vez por ser filha de Austero.

–... só que a gente, aqui, não ficou sabendo dessa versão das coisas até a Anita vir me procurar – até então, a gente achava que o meu sobrinho Austero continuava fora, estudando.

Seu Pereira interrompeu o falatório e pediu a Maurício um copo d'água. Este foi até a cozinha e retornou, trazendo um copo americano cheio. O velho tomou tudo de um gole só, como se estivesse recauchutando o gogó para prosseguir com a história:

– Então a Anita veio me procurar, como eu disse, depois de quase dois meses da morte do filho. Hoje eu vejo que ela já estava com tudo armado! Me contou o que se passava... E, mais uma vez, não falou nada do assassinato, sabe lá Deus por quê! Disse só que o Austero estava sumido, se escondendo desse Alfredo, e que o Alfredo estava pressionando as duas para manter uma relação forçada com Suzane.

"Mas foi ela própria, a Anita, que deu cabo do corpo do filho, com a ajuda da sua mãe, a Inocência. E eu só fiquei sabendo disso mais tarde, pela boca da minha sobrinha, a Suzane. Anita parecia que odiava a menina, forçando a coitada a fazer tudo o que há de ruim nesse mundo!

"E Anita tinha uma razão, embora não haja razão nenhuma pra alguém fazer isso com um filho: Suzane não era filha de Albert. Era bastarda. Eu não entendia como podia ser, até Anita ter me procurado, nesse último dia em que nos vimos, pra revelar que, numa das festas que ele dava na mansão, o desgraçado do meu cunhado promoveu um prêmio para quem conseguisse... Ah, meu Deus!

Seu Pereira parecia perder o fôlego, sem conseguir respirar, tamanha era a rapidez com que soltava as palavras.

– Ah... Deus! Um prêmio para quem... A es... Estr-tu-pas-se... – estava saindo tudo embrumado. – "Estrupasse" ela mais rápido!

Cláudia e Maurício estavam comovidos. Mais uma vez, Cláudia sabia que a versão da história "não era exatamente aquela". Mas não seria ela a contar ao tio-avô, porém, que Suzane era filha de um ritual satânico. Pereira recuperara a energia, mas arfava, colocando a mão no peito.

– Vi-vin-te homens! Vinte! Ah, Deus, eu não sei como ela aguentou... Não me-me pediu ajuda, n-não falou nada!

Agora grossos fios d'água escorriam sem timidez pelas covas do rosto amadurecido, provocando náuseas em Cláudia. Isso tudo era horrível, horrível! Maurício já se levantara para levar o "pai de consideração" de volta ao quarto.

– Vamos, velho Pereira, o senhor está cansado, vai começar a passar mal!

Mas o velho ainda tinha mais a contar:

– Calma, menino, espera! Vou resumir! Bem, mas foi muito depois disso ter acontecido que a Anita me contou, depois do sumiço do Austero... Ela confessou os pecados e me entregou uma chave estranha, me passando umas instruções mais estranhas ainda... Pra eu ir na casa dela no dia seguinte que ia ter uma surpresa, e por aí foi, falando um besteirol que eu não entendi nada – que eu tinha que escolher entre o herdeiro certo, que o Austero tinha uma filha e que a Suzane estava grávida... mas que só um deles era filho do amor verdadeiro!

Cláudia corou, humilhada. Não queria ser escolhida assim, por um julgamento tão injusto! E agora que soube da morte de Suzane, seguida pela de Eduardo... Cruzes! Parecia até que algo diabólico tramava para que só ela restasse no ramo de descendentes – e herdeiros, *glup*! – exclamou.

Seu Pereira encarou firmemente os olhos de Cláudia para dizer as últimas frases que ela ouviria saindo de sua boca – ao menos naquele momento:

– Eu não sabia, menina. Eu não sabia a quem escolher. Por isso deixei os dois livres. Quem sabe um dia você e o Eduardo não entravam num acordo? Só que esse maldito Alfredo Blaise me salvou, é verdade, de me afogar no lago. Isso foi quando... eu estava deprimido com a morte da Anita... e desesperado com a insanidade da Mariel! Depois, o homem nem era tão ruim assim... Anita morreu, mas o Alfredo continuou aí, apoiando Suzane como a própria mãe nunca apoiou. Só que também não durou muito, morrendo uns quatro meses depois, o Alfredo!

"Fazendo jus ao que eu achava correto, depois de alguns anos me resolvi a ir atrás de você, conhecer a filha do meu falecido sobrinho Austero. Não foi difícil porque, por mais estranho que pareça, um passarinho grande e preto apareceu um dia na janela, e deixou um papel com um endereço, depois foi embora. Eu fiquei intrigado, fui até o lugar indicado e vi a casa em que moravam, você e uma senhora. Peguei as correspondências e li o nome da sua avó, Geórgia Gutemberg Blaise, e aí soube que era você mesma!

"Então voltei pra casa e fiz um testamento falso, em nome de quem você achava que era seu avô, deixando a mansão pra você. Mas nunca cheguei a enviar, eu deixei tudo guardado numa caixinha e... Não quis contar pra você naquele dia, mas essa caixa sumiu no mesmo dia do seu aniversário, e eu não faço ideia de como você chegou a recebê-la, não mesmo! – mas Cláudia fazia. – Agora acho que a senhorita entende quando queremos nos proteger de coisas estranhas que às vezes se passam na região!

Cláudia já se preparava para levantar do sofá, absorvendo as últimas palavras como uma esponja. José ainda estava terminando, porém:

– Quanto ao que você conversou com a Mariel no quarto... Aquele espelho, menina... Eu próprio havia escondido, com medo de que Mariel o encontrasse e pirasse de vez, e coloquei a chave de minha irmã escondida atrás dele, com um tampo falso de resina, pois eu *tava* decidido a nunca mais me lembrar da Anita! Mas você, um dia... Você viria pra cá, e então *ia* descobrir as coisas, melhor do que eu... Um velho fraco que não aguenta mais essas emoções fortes! E a caixinha com o símbolo de espadas, onde guardei o espelho... É engraçada a história dessa caixinha, sabe? Eu tinha uma e a Anita tinha outra igual, a gente ganhou quando era ainda pequeno... – seu Pereira deixou um sorriso nostálgico vibrar nos lábios frouxos, provocado pela lembrança dos tempos da meninice. – Mas eu guardei a chave da minha caixinha aqui no meu armário, e um dia ela simplesmente desapareceu, assim como a caixa com o testamento e o molho de chaves que eu deixei reservada pra você!

Maurício alisava o ombro do velho. Cláudia estava tocada – olhando assim, face a face, nos fundos olhos de José, ela reconheceu a própria avó, piscando pelas órbitas do crânio corroído. Mas...

– Vocês são gêmeos!

José Pereira também piscou, sendo arrastado por Maurício de volta ao quarto. Cláudia pensava – isso explica o nascimento das gêmeas Marta e Elaine... Está no sangue! – ela se sentiu boba por não haver percebido isso antes. E quando Maurício retornou:

– *Mau*! Seu pai, quer dizer, meu tio-avô, bem, ele não explicou uma coisa...

– O quê?

– Por que um dia eu escutei ele falando com a Mariel que eu precisava ir embora?!

Antes de responder, ele contraiu o rosto e mordeu os lábios, mas depois ficou complacente.

– Ele pretendia revelar as coisas ruins ainda antes de você ver como as coisas *realmente são* por aqui; ele pensou que você não ia querer continuar na casa depois de... bem, ver essas coisas estranhas. Embora, cá entre nós, eu acho que no fundo ele sempre quis encontrar uma solução, mesmo que isso significasse encontrar o corpo da tia Anita, pra ele poder ficar em paz. E ele pensava, no íntimo, que você faria isso, Cláudia... Que você iria restaurar a paz!

Cláudia ficou se sentindo "a escolhida".

– É mesmo?

– Sim... Às vezes ele me dizia que era como se a voz da Anita ficasse incomodando dentro da cabeça dele, todas as noites, sabe? *Onde eu estou, onde eu estou?*

Cláudia se impressionou

– Eu, *hein*! – e lembrando-se de mais uma coisa: – E o tesouro? Maurício riu.

– Não existe tesouro, Cláudia! – e parecendo não tão seguro quanto a isso: – Ou, ao menos, o seu avô Albert deve ter levado embora quando saiu fugido!

Cláudia achou melhor não comentar sobre o real destino de Albert.

– Só mais uma coisa!

– Siiim...? – respondeu ele, um tanto cansado.

Ela abraçou Maurício, aconchegando-se em confortáveis – e calorosas – lembranças. Ele correspondeu e, longe de influências perniciosas, eles deram o seu primeiro e tímido beijo...

Cláudia ainda queria saber mais, porém ela se ocupou de absorver as informações em uma língua mais física que sonora, repassando na memória todas as cenas do imenso quebra-cabeça que se formava, agora faltando poucas peças...

Que cenário monstruoso!

A noite avança, abraçando as árvores, os muros e as casas. Ela deita sobre as ruas e promete, aos ratos, que vai ajudá-los em seus assaltos noturnos. A lua será a única testemunha, então não temam – quando ninguém mais está vendo, ela se dispõe a ajudar... Saltem, roam, guinchem, mordam – o vento ajuda, está a soprar! Retiraram as grades das janelas. Esqueceram as portas abertas. O bebê balança no berço, ninguém ali para ouvi-lo chorar? É agora que a festa começa, passam ratos por todas as frestas, sobem paredes, postes, arestas – e você não os vê atacar...

Acilada

Agora era hora de provar a Maurício que Cláudia não estava tendo um acesso de loucura no consultório do Dr. Klèin. Os dois saíram da hospedaria, Cláudia no comando, guiando ambos para a casa de ferragens.

Quando contornaram a janela do casal Pereira, pelo lado de fora, nenhum dos dois discerniu o sussurro de Mariel que se perdeu pelas frestas da persiana, segredado ao vento... *Malo accepto sultus sapit.*

– Mas e então... Que foi da Anete? – disparou Cláudia.

Maurício pulava algumas pedrinhas, ziguezagueando pelo caminho de pegadas deixadas por ela.

– Depois que o Olindo te encontrou aqui, eu pedi a ele que levasse Anete para a Cidade... que eu tomaria conta de você.

– Até a Cidade?

– Sim, a um hospital. Ela estava com um machucado feio!

– *Hum* – Cláudia ainda se sentia culpada – então foi você quem trouxe a Anete até aqui?

– Isso, por quê?

Cláudia assobiou.

– Nada... Eu só *tô* imaginando para onde foi a Maria...

Os dois não precisaram se aproximar muito da casa de ferragens para ouvir o choro agudo que se alastrava até o moinho.

– Q-que é isso? – aterrorizou-se Maurício.

– Eu falei! – indicou Cláudia, vitoriosa. – As meninas: Cláudia, Cleia e Clara, estão lá dentro! E Matheus também estava...

Maurício jogou o corpo contra a porta, mas não era preciso – ela não estava trancada – acabou desabando quase em cima das três irmãzinhas, que choramingaram mais alto.

Cláudia acendeu a luz – só não o fizera antes para atrapalhar a perseguição de Maria e Elaine. As meninas estavam bem, aparentemente, mas, ao lado da mesa que Cláudia usara para barrar a porta, Matheus pesava, exangue, sobre uma saca de farinha, ou algo assim – não houve tempo para reparar. Ela ajoelhou-se junto ao corpo.

– Maurício!

O rapaz já terminara de desamarrar o pulso das irmãs, que ficaram bastante marcados.

– Sim?

– Matheus está... *Mo-or-rto?*!

Maurício pressionou o indicador e o dedo médio no pescoço de Nottemin, a fim de verificar a pulsação... Cláudia estava catatônica. Mortes, sem dúvida, não eram a sua especialidade. Ela virou o rosto para o lado, constatando que as meninas batiam os dentes e arregalavam os olhos para o corpo deitado. Felizmente, Matheus não apresentava marcas pelo corpo, parecendo apenas que dormia profundamente. Maurício fez Cláudia levantar, trazendo as garotas para fora do galpão horrendo.

Chegando à casa da família Dias, os adultos constataram, admirados, que a esposa de Olindo, a senhora Odete Gronch, dormia feito chumbo.

– Como é possível? – desatou Maurício.

– Foi a Maria! – começou a mais nova, Cleia, que não parecia tão assustada quanto as mais velhas.

Cláudia, que já havia conquistado certa intimidade com a garota, inclinou-se para ela.

– O que ela fez?

Cleia olhou feio para Cláudia, abraçando a perna de Maurício. Ele foi impelido a abaixar-se por uma mãozinha, que repuxava sua blusa.

– Ah, sim... *Haha*... – Cleia cochichava em seu ouvido.

O que foi? – Cláudia já ficara enciumada.

– Ela me contou que você ainda não trouxe o sorvete dela...

A menina fez Maurício abaixar de novo, comentando outra coisa.

– Ah, sim, e você prometeu!

Cláudia sorriu para Cleia, se desculpando.

– É que... começou a fazer tanto frio... Achei que sua mãe não ia te deixar tomar sorvete!

Mas a menina amarrou ainda mais a cara. Não, parece que crianças também não são o meu forte! – lastimou ela. Carismático,

Maurício levou a criança mais para o canto da sala de chão batido, e lá Cleia narrou o que se passara até o momento.

Enquanto isso, Cláudia levou as outras duas irmãs para debaixo do chuveiro, pedindo que se banhassem para remover a cobertura vermelha de suas peles e cabelos. Maurício guiou Cleia para também fazer a toalete, em seguida, e a pequena obrigou Cláudia a deixar o recinto:

– Você não vai me ver pelada! – gritou, antes de empurrar a adulta para fora e bater a porta.

Maurício riu de Cláudia, fuçando no criado-mudo do único dormitório, no qual pairava a bela mamãe adormecida, para encontrar três toalhas velhas e curtas. Cláudia as entregou pela fresta da porta, com a mão trêmula, pronta a puxar o braço antes que Cleia pegasse as toalhas e batesse novamente a porta.

As três crianças, banhadas, foram servidas com um copo de leite morno e levadas a um colchão puído, que hibernava rente à cama dos pais, onde se deitaram e dormiram, após serem convencidas por Maurício de que o papai Olindo *já, já* estaria de volta.

Maurício voltou à sala. Cláudia estava arrebatada de paixão.

– Você daria um ótimo pai!

Ele corou um pouco, mas ficou envaidecido. Então dessegredou à Cláudia o que Cleia havia contado: Maria viera "confortar" a família assim que o papai Olindo saiu, com a "tia" Marta, para socorrer o "vovô" Pereira.

– A Cleia contou que Maria fez um chá bem forte pra elas, e depois disso só se lembra de que foi sentindo um sono, sono... E acordou naquele galpão frio e escuro, toda molhada e amarrada com as irmãs. Elas não sabiam que estavam cobertas de sangue...

– Sangue do Matheus?

– Acho que sim... – Maurício virou o rosto, visivelmente sensibilizado. – Eu não quis mostrar pra você, mas havia uns furinhos atrás do pescoço dele... O porquê? Isso nem me pergunte! Tem a ver com algum ritual doido da Maria! Mas tiraram bastante sangue do coitado, porque as meninas estavam bem melecadas...

– E eu ainda vi um balde com uns três dedos de sangue! *Arrrgh*!

Os dois continuaram discutindo.

— Mas como as duas conseguiram pegar o Nottemin, isso eu não entendi!

— Isso é meio óbvio, retrucou Cláudia, já que ele ficou meio abobado depois que saiu da... — Cláudia estalou os dedos. Mas é claro! Como não pensou nisso antes? — Maurício!

— *Hum*?

— Temos que voltar até a casa de ferragens!

— Pra quê?

— Bem — Cláudia apoiou-se no ombro do loiro —, o Matheus 'tava com a polaroide na mão quando saiu correndo por mim e pela Elaine lá no casarão... Ele pode estar com as fotos em algum bolso da roupa!

Maurício concordou.

— Mas não é bom deixar as meninas sozinhas, com a mãe desmaiada!

— Bom... E a sua irmã?

— Qual?

— A Marta!

Maurício jogou a franja para trás.

— É verdade... Acho que ela deve estar dormindo na estalagem, por causa do acidente com o papai.

— Aliás — comentou Cláudia —, eu acho que foi a Elaine ou a Maria quem bateu com o vaso na cabeça do seu pai. E a Mariel, que devia estar dormindo, acordou e viu o corpo do José caído no chão, por isso começou a gritar. Afinal, eu não ouvi nenhum barulho de vaso quebrando ou o meu tio resmungando ao receber o nocaute!

— Faz sentido, mas continuo sem entender por que elas fariam isso! — e deixando esta nova dúvida, Maurício pediu à Cláudia que aguardasse até ele retornar com a irmã.

— Espera! — gritou, antes que ele fechasse a porta, alarmando-o.

— Você tá louca? Por que gritou? Vai acordar as crianças!

Cláudia não pôde evitar um sorriso de admiração. Realmente, um ótimo pai! E se refazendo:

— É que eu acabei de perceber uma coisa... Você reparou que as duas, a Maria e a Elaine, pareciam querer todo mundo meio que "apagado", ao menos naquela hora?

Maurício refletiu, levando a mão ao queixo. E Cláudia continuou:

– Olha, pra começar, o seu pai e o seu irmão foram "colocados pra dormir"... como a Mariel provavelmente já estava dormindo, não se preocuparam com ela – que, aliás, depois fugiu, de qualquer jeito, e não estaria aqui pra atrapalhar. A Maria aproveitou a bagunça na estalagem pra vir aqui na casa do seu Olindo e colocou a dona Odete pra "dormir" com as meninas, também... O Matheus, pra não incomodar, elas "apagaram" de vez...

– E elas por alguma razão precisaram das meninas para realizar o seu ritual macabro! – colaborou Maurício.

– Sim, e eu, que apareci no caminho delas, acabei desmaiando sem motivo aparente, não é?

– Caramba!

Maurício não sabia se estava espantado com a situação ou com a reflexão rápida da moça. De repente, ele se lembrou da conversa de Maria e Elaine, na casa de ferragens... Não, não teria tempo de discutir isso com Cláudia agora. De qualquer forma, ela só aceitaria uma explicação mais racional!

– Então, eu já volto! – despediu-se ele, por fim.

– Tudo bem!

Agora, o que realmente se passou depois que desmaiei? – ficou engrenando Cláudia. Eu vi o Olindo se aproximando enquanto a Elaine fugia... Depois disso... Senti uma fraqueza, como se minha energia estivesse sendo sugada... E a Maria, ela... Bem, simplesmente evaporou!

Enquanto esperava, Cláudia reparou que as maçanetas nas portas da pequena casa eram redondas, como todas as que vira na mansão. Que coisa! E na estalagem?... Sim, viu seu tio-avô *girando* a maçaneta antes de a porta abrir! Seria tudo isso medo de que... Ai! – ela fechou os olhos. Alguma coisa parecia pressionar a sua cabeça, empurrando-a para baixo... Uma horrível sensação de pânico atravessou inteiramente a sua espinha, instalando-se no cóccix. Abriu os olhos, devagar.

Um cão negro... Ou melhor... Nada de lobo, nada de cão...

O lo-lobis-omem em p-pes-soa estancara na janela de vidr-dro da s-sala, de frente pa-para o sofá onde Cláudia estava s-sent-t-ada! Sua bocarra canina reluzia a ponta dos dentes, afilada, e Cláudia podia jurar que a metade humana do bicho estava rindo maldosamente para ela.

Sem mover um músculo, Cláudia preocupou-se apenas com a respiração. Mesmo assim, aspirava o ar bastante devagar, sem desgrudar das pupilas da criatura. Estavam como naquela brincadeira: quem piscar primeiro, perde!

Quando o gigante lobo bípede se aventurou até a porta, Cláudia teve a certeza de *por que* as maçanetas *são* redondas – o animal tentava arrombar a porta, produzindo ruídos de garras, hora contra o metal da maçaneta, hora contra a madeira da porta...

E então ele conseguiu.

A maçaneta estava virando...

Cláudia correu para a lateral mais afastada do sofá, encolhendo-se o máximo que pôde para se esconder.

–... *ah, tudo bem!*

Marta entrou na casinha, acompanhada por Maurício.

– Vocês estão loucos? – Cláudia saltou de detrás do sofá, alucinada, fazendo Marta gritar de susto. – FECHEM ESSA PORTA!

Com a porta já fechada, Maurício abraçou Cláudia, começando a ficar preocupado. Marta levara a mão ao peito.

– O que foi, Cláudia? Cláudia, calma! O que foi?

Ela gaguejava.

– E... Eu p-pos-so ju-rar qu-que v-vi-vi um...

– *Lobisomem*? – brincou Marta, mas não teve graça. Cláudia despencou sobre o sofá, pálida.

– Por que você não me contou? – perguntou Cláudia a Maurício, irritada.

Maurício estava aflito.

– Mas contar o quê?

– Que vocês colocam maçanetas redondas pra... Esses... Bichos, ou seja lá o que for, não conseguirem entrar!

Maurício e Marta trocaram olhares.

– Mas Cláudia... na verdade não há bichos por aqui... Só... aquela coisa dos lobos... Não é possível, nunca vimos nada disso! E as maçanetas são assim desde que nasci, não sei explicar por que são todas redondas!

Cláudia não estava convencida. Desculpou-se com Marta pelo susto, aproveitando para fazer as devidas apresentações, já que ainda não se conheciam.

– Ah, que é isso... me desculpa, também! Eu não falei nada quando você me deu tchau lá na frente da estalagem...

Cláudia sorriu, dizendo que não fora nada, mas reparando em como era engraçado o jeito de Marta falar: meio dura, como se tivesse uma batata dentro da boca. E o timbre de voz era ligeiramente mais grave que o de Elaine. Ora, se eu soubesse disso, jamais teria confundido as duas! – se queixou.

Depois de agradecerem mais uma vez à Marta pelo favor prestado, Cláudia e Maurício saíram do chalé, rumo à vistoria da casa de ferragens. Mas foi um suplício para ela sair da casa – Cláudia agarrou-se de tal maneira em Maurício que o pobre mal podia andar.

– Cláudia, calma! Se houvesse alguma coisa, eu e Marta já teríamos visto! Ou então, teria nos atacado, você não acha? – ela achava que não, mas ficou calada.

Invadiram o velho galpão. Cláudia acendeu a luz e... Como? O corpo de Matheus havia desaparecido! Maurício ficou tão apavorado ou mais que ela. E agora, acredita em mim? – pensou, sem ter coragem se proferir as palavras. Vasculhando o cômodo à procura de uma pista, Cláudia reconheceu as páginas amarelas que estavam abertas sobre a mesinha ao lado do fogareiro...

– O que você está olhando? – perguntou Maurício.

– Ela... A Maria tem uma cópia do Diário de Sortelhas!

– Do quê?

Sem responder, Cláudia conferiu a capa de marrom aveludado.

– Não, não é uma cópia, esta é... É o primeiro volume!

Ele se colocou ao lado dela.

– Em que página está aberto?

Ela então voltou a abrir o livro, que havia marcado com o dedo enquanto conferia a capa, e leu em voz alta a receita executada.

FRAÇÃO DA RESSURREIÇÃO

Atenção! Este é um sortilégio de nível azul. Realizar com cautela.

"A energia vital de três pessoas vivas é requerida nesta emulsão. Separe proporcionalmente três jarros de sangue para banhar e isolar o triângulo de vitalidade, necessário para a ponte condutora de energia que induzirá os músculos falecidos à reanimação..."

– Isso é o que parece?

Maurício confirmou com a cabeça.

– É um tipo de feitiço... Para trazer um morto à vida!

– Mas, nesse caso...

E Cláudia se lembrou do que Anete lhe disse, no terraço: *Não é o trono para o seu priminho... Zumbi?!* Ela sentiu um terrível arrepio. Maria seria tão doida a ponto de acreditar que poderia trazer Eduardo de volta das trevas?! E a ponto de.... Usar e matar pessoas inocentes durante o trajeto?

Um barulho lá fora fez o coração dos dois ir às alturas. Eles abandonaram a leitura e, na corrida, Cláudia chutou sem querer o balde de sangue, manchando metade da perna da calça.

Se eles tivessem continuado a ler o texto até o final, veriam que aquele feitiço, na verdade, estava incompleto. Depois de realizado ele exigiria, ainda, uma segunda etapa, e esta sim você só encontraria no segundo volume do Diário de Sortelhas:

"Assim finaliza–se a ressurreição do morto, que voltará a mover-se como vivo, porém debilitado de suas faculdades mentais. Se quiserdes novamente prender o espírito ao corpo, é mister a realização da Poção da Vida, dificílima de acertar e de ingredientes complicados de se obter. O mais indicado é que, se vosso amor é louvável a ponto de sacrificar-vos tanto, fazei a viagem ao Escuso e lá falareis com um arimatã, o xamã das almas perdidas. Ele precisará do cérebro e coração íntegros do ente amado para prender a alma de volta ao corpo, e assim o ressuscitado voltará com suas memórias e sentimentos.

Muita atenção pois, se a cabeça já não presta, ele pode voltar sem conhecer-vos. Já se falta-lhe o peito, voltará sem amar-vos. Cuida, pois, do corpo com esmero – o embalsamento é altamente recomendado, e encontra-se no segundo tomo deste diário – e preparai-vos para a viagem, que será triste e longa.

Não seria de todo prudente deixar de avisar-vos, entretanto, que o ressurrecto fica sujeito a tomar para sempre a Poção da Vida, sem a qual não poderá manter-se neste mundo."

Maurício desligou a luz e se juntou a Cláudia, comprimindo-se sob uma janela ao lado esquerdo da porta, que fora pregada com tábuas antes mesmo de o rei-elefante vir para a janela vizinha. Eles tentaram ver algo pelas frestinhas irregulares. Seu Olindo acabara de chegar com o *olindomóvel*, estacionando ao lado de sua casinha, e era isso que provocara o barulho.

Graças a Deus! – Cláudia e Maurício correram até Olindo. Ele os recepcionou com a notícia de que Anete iria passar a noite no hospital... Talvez mais de um dia. Eles não se incomodaram muito com aquilo – seria um alívio não ter a presença de Anete por um tempo. Maurício explicou ao matuto, resumidamente, o que Marta fazia a essa hora na casa dele, e por que todas as suas mulheres já estavam na cama.

Olindo bufou de raiva! Era até bom Maria ter sumido, ou a coisa iria ficar feia por ali... Despediram-se todos. Cláudia seguiu com Maurício e Marta até a estalagem e, depois de dar boa-noite à gêmea, Cláudia convenceu Maurício a escoltá-la até o quarto de Matheus, para "verificações técnicas". Tudo estava bastante silencioso ao atravessarem a recepção. Cláudia foi à frente, subindo as escadas e andando até a porta do quarto quatro, já aberta.

– Vamos devagar, Maurício! – sussurrou para ele.

Cláudia tateou a parede próxima ao batente com a mão, ainda apoiando o flanco na parede do corredor, até encontrar um interruptor. *Clique*!

Os dois penetraram o quarto de uma vez, parecendo detetives armando um flagra, mas... Nada. O quarto estava vazio. Sobre a cama, apenas o casaco que Matheus usava ao sair da floresta. Cláudia avançou ferinamente, desarmando os bolsos da jaqueta de couro. Sim! Apalpou um chumaço de fotos. Maurício sentou ao seu lado na cama, ao que ela começou a passar as imagens diante deles, apoiadas em seu colo:

Centro da Vila, focando a Paróquia.
Placa do consultório do Dr. Klèin.
Cachorros vira-latas rolando no quintal da casa da Sarita.
Sarita esparramada no sofá.
Sarita mostrando o dedo.
Sarita só de sutiã e calcinha.

Cláudia rapidamente jogou esta foto e mais umas cinco que vinham em seguida para longe do olhar "curiá-curioso" de Maurício, fazendo-as voar para baixo de um *rack*, ao lado da cama. Maurício riu do gesto.

Vista frontal da estalagem.
Foto de Maria colhendo flores.

Colhendo *flores*? *Hum*... – Cláudia desconfiou de que aquelas fossem as famosas "ervas".

– Maurício, que lugar é este?

– Um jardim... Ah, fica atrás da casa de ferragens, mas um pouco mais afastado... você nunca foi até lá.

Cláudia arqueou as sobrancelhas, lembrando-se subitamente da mistura de ervas nas cápsulas gelatinosas que encontraram no frasco de lítio. *Depois, depois*, disse a si mesma, protelando a necessidade de analisar o conteúdo daquelas cápsulas. E dando sequência às fotos:

Portão dos fundos da lateral esquerda da mansão.

– *Hum*, tá esquentando! – sibilou Cláudia, baixinho.

Foto de um lobo devorando um rato, escondido próximo à mata ciliar do lago.

Nossa! Então era *isso* que ele fotografava tão interessado no momento em que eu quase o surpreendi? – constatou Cláudia. – Um lobo comendo um rato? *Ugh*! Cláudia sentiu nojo, recordando do rato sob seu pé no dia em que dormiu na picape... Um breve arrepio. Será que aquilo foi obra de algum lobo?

– Credo! – comentou Maurício. – Esse cara tem umas taras meio estranhas...

Cláudia com uma careta muito engraçada de bicho-papão.

Esta foto também foi atirada longe.

– Ei, que foto era aquela?

– Nenhuma! – respondeu Cláudia a Maurício, risonho. – Foi uma brincadeira boba dele! – E continuando, ainda sob as risadas de Maurício.

Matheus em frente ao espelho de um banheiro.
Matheus segurando a máquina para o próprio rosto e fazendo beiço.

– Ah, me poupe! – Cláudia começou a folhear o papel brilhante mais rapidamente, até chegar a imagens mais escuras. Largou as fotos que segurava na frente ao chão, passando às seguintes:

Lago redondo e agitado pela chuva.
Nuvens acinzentadas no céu turbulento acima do lago.
Relâmpagos e mais relâmpagos nas nuvens.
Círculos de luz e relampejos no céu.
Bolas de fogo formando-se nas águas turvas do lago.

Maurício observava as fotos com Cláudia, boquiaberto.

Mais bolas subindo em espiral na direção dos relâmpagos.
Fundo escuro da mata e... Pontos vermelhos.
Céu nebuloso ainda avermelhado pelas bolas fumegantes.
Trilha de volta para a mansão, mancha escura num canto.
Borrão no meio da trilha.
Céu escuro e chuvoso avistado por baixo das copas que cobrem a trilha.
Outro borrão na mesma direção da foto anterior, agora bastante desfocada.
Paisagem tremida e borrada.
Paisagem tremida e borrada.
Paisagem tremida e borrada e... Uma mão.

As fotos paravam por ali. Cláudia e Maurício se entreolharam. Parecia até que...

– Matheus sofreu um ataque! – ressonou Maurício em alto e bom tom, lendo os pensamentos de Cláudia.

— *Oras*, e o que o atacou, o lobo? E depois o quê, o bicho simplesmente debandou, desapareceu, deixando Matheus recolher suas coisas e ir embora?

— Pode ser que algum lobo tenha se assustado com os relâmpagos e atacou para se defender... – cogitou Maurício. – Ninguém mandou ele ficar indo lá pra invadir a privacidade dos coitados!

— É, parece que foi isso mesmo, concluiu Cláudia, rindo do gracejo e levantando-se da cama.

Maurício a seguiu, levando Cláudia pelas mãos de volta ao seu casebre.

Após se espreitar para dentro do moinho, uma figura sinistra e peluda tentava arrancar a própria cabeça. Um pouco mais de força, está saindo... Saiu.

Elaine estava disfarçada com uma fantasia fajuta.

— *Toma o seu troco, lambisgoia! Deve estar se molhando de medo!* – riu ela, felicitando-se por ter conseguido imprimir pavor naquela cara de dondoca.

Dificultada por causa das grossas patas que cobriam suas mãos, Elaine tentava desdobrar metade do mapa com a árvore genealógica. *Ah, acho que você não vai sentir falta disso aqui!*

E, enquanto Elaine aprontava com Cláudia, Maria estava quase finalizando sua vingança – em alguns minutos, tudo estaria acabado. E ela não havia perdoado o engano que levara seu amado à morte...

※

Maurício retirou um pote de um armário suspenso, tomando algumas cápsulas que retirou de seu interior.

— Que é isso? – interessou-se Cláudia.

— Meu estoque particular de "ervas". Quer um pouco? – Cláudia recusou, fazendo uma cara repulsiva. Maurício sacudiu os ombros. – Eu estou apenas me precavendo. Você devia fazer o mesmo!

Balançando a cabeça, Cláudia insistiu:

— Já disse, Maurício. Pra mim tudo tem uma explicação natural, acho que muitas das coisas estranhas que aconteceram aqui contaram com a imaginação fértil das pessoas.

— Ah é, é? — ele abriu a geladeira, servindo-se de um pedaço de torta. — Você é quem sabe. Quer?

Cláudia disse que não.

— Estou meio enjoada, sabe?

Ele se sentou em uma cadeira, observando-a enquanto mastigava.

— E então, quais os próximos passos? — perguntou ele, entre uma mordida e outra.

— Preciso passar no banco. Tenho que acertar os detalhes de uma conta con... — Cláudia se calou. Será que deveria contar a Maurício sobre essa conta, o verdadeiro tesouro legado por Anita?

— O quê? — ele perguntou.

— A conta conjunta com minha avó Geórgia, preciso retirar o nome dela. E colocar o anúncio de venda da mansão, também... Ah, além de voltar pro meu curso, é claro!

Mas ela estava mais preocupada com a conta. Havia uma data limite para comparecer à agência, não havia? E seria preciso ter uma senha, também... — Cláudia gelou. Ah, não, a senha! O que Eduardo anotara? Que a senha estava no mapa e... Droga! — amaldiçoou. — Não posso ir embora sem esse mapa!

— O que você cursa?

Cláudia perdeu a linha de raciocínio.

— O quê? Ah, sim, faço farmácia.

— É mesmo? — ele disse. — Combina com você!

Ela sorriu, ainda pensando no mapa.

— E você? Trancou um curso também, não foi?

— Sim. Jornalismo.

Ela riu.

— Sério? Jornalismo, que nem o Matheus?

— Ele estudava na mesma faculdade que eu, se você quer saber! Mas já estava no último ano.

— Que coincidência! — admirou-se Cláudia.

— Nem tanto. Eu avisei a ele que havia um acontecimento raro, uma espécie de "efeito fractal" na região em que eu nasci.

— Fractal?

— Sim — ele confirmou. — Aquilo que você viu no lago!

— Ah, não sabia desse nome...

– E então ele se interessou, resolveu vir pra cá por uns dias e conhecer o lugar...

– Coitado!

Eles continuaram conversando até Maurício se ajeitar ao lado de Cláudia, no apertado sofá-cama, e dormir, em um sono felpudo de carneirinhos enrolados. Mas ela se manteve bem acordada.

Escorregando dos braços dele, vestiu seu blusão e deslizou até a porta, abrindo-a devagar para não provocar ruídos. O luar dominava a relva, espalhando influências magnéticas e místicas. Mas ela achava que estava alheia a qualquer uma delas. Cláudia refazia o caminho até a casa de ferragens, último local em que se lembrava de ter estado com o mapa. *U-uh-wuuul!* – um pio de coruja a estagnou, em um sobressalto. Sua circulação foi intensificada pelos nervos, sensibilizados a qualquer movimentação ou ruído que sobressaísse a naturalidade.

Passos. Cláudia correu para as paredes do moinho, escondendo-se do que quer que fosse. O farfalhar de mato pisado se tornou mais intenso. Depois, um estranho grunhido, e os passos se transformaram em uma corrida. Sem resistir à curiosidade, Cláudia espiou o caminho que levava à casa de ferragens, descobrindo o lobisomem, que vinha correndo naquela direção. Ela sentiu as pernas amolecerem e pensou em correr, mas então viu que o animal estava fugindo, também: alguém vinha correndo atrás dele, os braços estendidos tentando agarrar os pelos.

– Que bizarro! – apesar de amedrontada, ela quis ficar para ver o que aconteceria. Quando se aproximaram um pouco mais, Cláudia percebeu quem estava correndo atrás do lobisomem.

Meu Deus! – ela sussurrou. – O maluco se tratava de ninguém menos que Matheus! O cérebro de Cláudia deu um nó. Afinal, não era Eduardo quem Maria estava tentando ressuscitar? Por que é então que ele... Mas o raciocínio dela foi interrompido quando o lobo tropeçou e caiu, ralando-se no solo pedregoso. Matheus saltou, as pernas e braços abertos, agarrando o lobisomem, que estava de bruços, e desferindo dentadas no couro peludo. Cláudia abafou o riso – não deveria ser, mas a cena estava cômica! O lobão começou a espernear, tentando empurrar Matheus para longe de si, e então algo inesperado aconteceu: à força das dentadas, a cabeçorra do lobisomem começou a se desprender do corpo, e logo um emaranhado de cabelos apareceu em seu lugar. O quê? – Cláudia estava espaventada. Mas é... É a Elaine! – E então o que deveria ser engraçado ficou cruel: Matheus, com globos avermelhados no lugar das íris acastanhadas, esmordaçou o pescoço da garota, cujo alarido despertou a vizinhança – ou seja, Olindo. Ele não demorou a surgir no avarandado, em posse de uma carabina. Cláudia agradeceu pela intervenção, ainda mantendo-se às escusas. O matuto aproximou-se de Matheus, que agora deglutia um naco de carne do pescoço de Elaine. Aproveitando a distração do predador, ela conseguiu se levantar, afastando-se do desvairado.

– Vamos, Olindo, atire! – torceu Cláudia. – Por que ele demorava tanto?

Quando Elaine se pôs de joelhos, cobrindo o ferimento abaixo de sua nuca com sua pata falsificada, Olindo disparou, abrindo um rombo em sua testa. Cláudia virou-se contra as paredes do moinho e tapou a boca com força, horrorizada. Por que ele havia feito aquilo? O que estava acontecendo? Sem muito tempo para pensar, ela entrou no moinho. Escutou um segundo tiro e, apavorada que ficou, procurou um lugar melhor para se esconder. Havia lotes de feno bloqueando uma área perto de uma escada. Para chegar até ela, assim, Cláudia teria de passar por uma janela, que consistia em um batente quadrangular aberto sem qualquer proteção. Ela parou para escutar a movimentação lá fora: ao invés de se afastar, Olindo se aproximava.

Desesperada, Cláudia tentou dar a volta pelo outro lado, evitando a janela, mas, quando alcançou a área próxima ao feno, tropeçou em uma alça de ferro. O impacto com a madeira provocou um barulho alto. Atemorizada, Cláudia puxou a alavanca e descobriu um pequeno alçapão, como aquele que havia atrás da mansão. Ela desceu as escadas e foi abaixando o tampo sobre si, e, quando o fez, escutou a porta do moinho se abrindo.

Querendo encontrar um esconderijo melhor, ela avançou no túnel escuro, ao que tropeçou e caiu sobre algo viscoso e nojento. Cláudia recuou, sentada no chão, até encontrar a parede com as costas. Seu corpo sacudia de frio e medo, e foi com dificuldade que ela conseguiu tirar a caixinha de fósforos, que encontrara na casa de ferragens, de dentro do bolso-canguru, acendendo um deles para descobrir em que buraco havia se enfiado...

Ela não gritou. Pelo contrário, emudeceu, e tinha apenas uma certeza: depois de ver aquilo, teria pesadelos seguidos por muitas noites! À sua frente, um leito mórbido fora arranjado sobre o solo, e nele se encontrava Maria, que parecia dormir profundamente, ao lado do corpo retalhado de Eduardo, coberto por uma cera que lhe dava um aspecto ainda mais tenebroso que o da morte. Querendo sair daquele antro decrépito o mais rápido possível, Cláudia voltou às escadinhas e se colocou sob a porta do alçapão, concentrando-se para escutar se Olindo ainda estava no moinho. Como não havia ruído algum, ela empurrou levemente o tampo, confirmando visualmente o que os ouvidos lhe haviam informado.

Ela saiu vagarosamente de sob o alçapão, depositando a pesada porta de volta, com cuidado para não produzir barulho. Permaneceu ali agachada, temendo que Olindo ainda estivesse à espreita. Antes que pudesse reagir e escapar da letargia traumática que se apossara de seus membros, porém, Cláudia sentiu um toque em seu ombro. Ela virou o rosto, aterrorizada, e alargou as pálpebras sob o olhar desumano de Olindo. Ele estivera ali o tempo todo, camuflado pelas sombras, e aproximara-se como um leão no encalço da presa – sem produzir som algum.

– S-seu Olindo, mas o q-quê... – BANC!

Com uma pancada na cabeça, Cláudia foi ao sono.

O cérebro rodopiava. Cláudia perdeu totalmente a noção de tempo e espaço depois do desmaio, e demorava a recobrar a consciência. Quando percebeu que seu corpo estava amarrado sobre uma espécie de tábua, refreou o instinto de abrir os olhos, aguardando por mais dicas que pudessem dar a ela sua localização.

Ela então sentiu pessoas se movimentando ao seu redor. Em um átimo de coragem, acessou a visão, captando vultos enegrecidos. Finalmente o foco retornou aos seus olhos, permitindo que ela visse, ainda sem compreender, figuras cobertas por compridas túnicas e longos capuzes, que ocultavam as cabeças até o pescoço.

Seu coração ficou mirrado entre as costelas – que sensação horrível experimentavam as vítimas! A adrenalina a obrigava a sair dali, cobrando de seus átomos o máximo de sobriedade, quando ela preferia que tudo estivesse morto dentro dela. Morto, ainda que por algumas horas, por dias, se fosse preciso, para que ela não precisasse passar pelas horríveis torturas que sua mente tramava contra sua vontade...

Não demoraram a perceber que a garota estava vigilante. Um dos encapuzados se aproximou, empurrando a superfície sobre a qual Cláudia estava apoiada para o centro da sala. Ela viu, de relance, as velas que queimavam em cerne-vivo, despertando-a para uma recordação terrível... Cláudia cerrou os olhos, desesperada. Sim, aquele era o mesmo lugar em que Anita sofrera a pior das punições que poderia ser destinada a um ente do sexo feminino: a profanação. Múltipla. Desonrosa. Invasiva. Dolorosa. E, lá estava ela, reservada à mesma sina.

As glândulas lacrimais resistiram ao máximo, mas por fim vazaram o grito que Cláudia prendia nas cordas vocais, em forma de notas salinas. Quando terminou de posicionar o jazigo portátil, o estranho sob o capuz conferiu as amarras que cingiam as omoplatas da prisioneira, aproximando-se o suficiente de seus ouvidos para sussurrar: *vou ajudar você.*

Cláudia dissimulou para não demonstrar a tentativa de comunicação, mantendo-se estática. Reconhecera a voz, no entanto: era Maurício, com certeza. Um princípio de onda leniente se espalhou das pernas até o umbigo, mas parou por aí: ela ainda estava incerta a respeito do que aquela noite lhe reservava.

Uma preocupação diferente corroeu a sua mente naquele instante, distraindo-a dos preparos ritualísticos pelo qual estava passando – se Olindo a havia coagido e Maurício estava presente, então provavelmente todos os que estavam ali eram conhecidos! E certamente eram todos do sexo masculino... O fervor da indignação e o arrepio da fatalidade, misturados, trouxeram uma incômoda dormência à coluna de Cláudia, cuja musculatura sofria com as elevadas doses de tensão.

Antes que ela pudesse dar sequência lógica às ideias, porém, os sete homens deram as mãos e rodopiaram em uma sinistra ciranda, entoando um cântico grave que fez levitar até a mais escassa penugem de Cláudia:

```
Mar-mo-riaaa-ree-giiis-brun-Aaa-rii-us

Mar-mo-riaaa-ree-giiis-brun-Aaa-rii-us

Mar-mo-riaaa-ree-giiis-brun-Aaa-rii-us

                   ...
```

Os saiotes acompanhavam a velocidade das vozes, acelerando seu ritmo infernal, enquanto uma tontura pressurizava o crânio de Cláudia, que testou diferentes espécies de vertigem. Mesmo depois que eles pararam, o cenário continuou a rodar, e Cláudia não conseguiu distinguir as faces que eram reveladas pelos capuzes que se erguiam. Um dos homens se prostrou à sua frente, as mãos erguidas para o teto, e invocou alucinadamente um nome que Cláudia não se atreveria, jamais, a repetir.

Risadas. E de mulher. Cláudia achou que estava delirando, mas o riso logo se verteu em gargalhada, e o homem à sua frente deu espaço à dona daquele estardalhaço: com a face fantasmagoricamente desfigurada, Suzane encarou a oferenda, rejubilada. Cláudia se negou a crer. Ou havia ficado louca, ou estava definitivamente sonhando!

A voz que parecera tão feminina ao rir, no entanto, ordenou com um sopro gutural que começassem o ritual. Os homens se postaram em fila, alienados, obedecendo cegamente ao comando despótico daquele espírito avivado. O primeiro a se aproximar, felicitou-se Cláudia, foi Maurício – ela o percebeu pelo cheiro. Mas, e como se percebesse alguma transformação nas pulsações do miocárdio da vítima, a entidade trocou a ordem da fileira, colocando à frente ninguém mais que o detestável e gorduroso Dr. Klèin.

O gelado arrepio na coluna foi inevitável. Cláudia fechou os olhos quando o troncudo desabou por cima dela, rasgando com brutalidade a sua calça de moletom. Ela gemeu, encolhendo-se ao máximo contra a madeira que a suportava. Prestes a sentir a massa roliça que forçaria sua dignidade, porém, Cláudia foi levada a abrir novamente os olhos – o médico havia saído de sobre ela. Mas por qual motivo? Torcendo o pescoço o máximo que pôde, Cláudia viu, à sua direita, uma densa neblina azulada tomar a forma de uma pessoa, que já fora tão ou mais bela que Suzane, mas preservara sinais decrépitos de velhice e decomposição em sua forma etérea: Anita. Sua representação esganava o médico, que mal tentava reagir.

Os homens parecem dopados, percebeu Cláudia, quando Suzane avançou contra a imagem de Anita. Um trovão cortou o ar, como o estrondo de um avião, e uma fala elétrica chispou pela sala, voltada à Anita:

Ela é a escolhida para a incubação. Vá embora!

Ao invés de responder, entretanto, o corpo de Anita foi se desfigurando até tomar a forma de um grande lobo, de contornos distorcidos, trazendo a visão da morte de Eduardo à mente de Cláudia. Era Anita! – pensou ela. Ou melhor, o *espírito* dela, ou seja lá o que for isso, que o atacou, jogando-o contra o muro... E eu, aturdida pelo transe, repeti o mesmo com Anete... Céus! – tudo era, ainda, incrivelmente inacreditável para Cláudia, mesmo que se desenvolvesse bem diante de seus olhos.

Um choque. Duas nuvens de energia transaram no ar, emitindo faíscas e um perturbador tinido de estática. De repente as partes se separaram, e o que tinha formato de "Suzane" foi se desmanchando, ou melhor, rachando, se é que havia uma forma de descrever aquilo. Os homens, que até então haviam permanecido imóveis e com os olhos colados ao teto, começaram a tombar um a um. A farsa corpórea de Suzane foi inchando, inchando, ganhando contornos arrebatadores, e explodiu em breu.

Piiiiiiiiiiiiiiii...

Escuridão e um incômodo apito tomaram conta dos sentidos de Cláudia. Demorou até que sua visão fosse reestabelecida e, quando isso ocorreu, ela desejou ter continuado cega: à sua frente, uma casta tenebrosa de demônio era expelida das trevas, seus membros atrofiados terminando de nascer através de filamentos esbranquiçados que evolavam dos corpos caídos.

Seu corpo retorcido lembrava o tronco de uma árvore anciã, a face encovada e assimétrica, com cavidades oculares desproporcionalmente grandes, aprofundadas por um negrume que provocou em Cláudia a terrível sensação de ser engolida pelo vazio turbador da morte. De sua ossatura frontal, uma crista agulhada em diversas pontas adornava a cervical, dorsal e lombar, culminando em uma cauda proeminente. E as garras, que finalmente estavam reconstruídas, alongavam-se obliquamente em afiadas foices.

Estar diante daquele demônio não era apenas desagradável pela sua horripilante aparência, ou pelo que se acreditava que aquelas mãos espinhadas fariam a você: a energia pesada daquele monstro era insuportável a um ser humano, que, sensível demais àquela emanação adensada de poder, tinha a sensação parecida como a de ser lançado a um profundo abismo oceânico, com toneladas de água comprimindo-o por todos os lados.

Enfrentando aquela agonia, Cláudia tentou procurar Anita, sua salvadora, mas ela não estava mais lá. Ou havia sido derrotada, ou se fundira à criatura que agora avançava para ela. A ausência de maxilares lhe conferindo uma expressão de alarmante contentamento.

O que o doutor Klèin não pudera finalizar seria agora terminado pelo satânico. Nunca passou pela mente de Cláudia que ela imploraria por ter o deplorável médico de volta. Antes que pudesse calcular os acontecimentos, porém, ela sentiu a terrível perfuração, cortante, pungente, do colo de seu útero. Cláudia bateu o crânio na madeira e urrou, animalizada, a raiva e o medo imiscuindo-se em uma sensação empelotada de opressão.

Automaticamente ela teve vontade de revidar, criar espinhos, aumentar sua força e poder usurpar e dilacerar cada pedaço enraizado daquele demônio crescido. Este parecia divertir-se com a manifestação de ódio nas órbitas de Cláudia, como se o contrário do amor fosse o que vibrasse por suas fibras ressequidas e emboloradas.

O demônio requebrou a coluna para trás, reunindo metabólitos para a próxima investidura que seria, inevitavelmente, fatal a qualquer ser humano. A cauda começou a tremer, avisando que estava pronta para o novo ataque, quando algo atrapalhou sua extravagância: uma ave, entrando por uma parte quebrada do vidro de uma janela que Cláudia não conseguia visualizar, cravou suas unhas na couraça de cada concavidade facial do monstro, o qual recuou e, com um único manejo, destraçou a pobre ave ao meio, fazendo uma chuva de penas plainarem sobre Cláudia. Seus olhos voltaram a umedecer quando ela reconheceu a gralha de seus sonhos...

Conformando-se com um final infeliz, Cláudia vedou as pálpebras com força, orando a Deus que, ao menos, o demônio terminasse rápido o que ele havia vindo fazer. O que ela não sabia, entretanto, é que o demônio já havia terminado. Mas ele estava se refestelando com o pânico que ecoava pelo organismo da garota, do qual se alimentava com igual ou maior ferocidade que um macho no estro.

Contrariando todas as previsões de chuva, sol, eclipse ou arco-íris, a fortaleza de maldade afastou-se de Cláudia. Como o ato demorava, ela resolveu abusar e abrir um pouco mais os olhos, mas teve que fechá-los e abri-los novamente, desta vez gradualmente: uma luz intensa havia se formado sobre o demônio, que se encolhera e começava a escabujar.

A dor, esquecida pelos momentos de forte emoção, voltou a deturpar o raciocínio de Cláudia, pulsando em seus órgãos femininos. O demônio continuou a ser afastado pela luminescência, que se tornou forte a ponto de apagar totalmente o ambiente, mergulhando-o em intensa claridade.

A ofuscância foi retrocedendo aos poucos, e, quando Cláudia conseguiu descerrar as íris, viu a forma luminosa de Geórgia sorrir para ela, no teto que se tornara distante. Tentando empurrar o corpo para frente, Cláudia percebeu que não tinha mais amarras – elas haviam sido arrebentadas! O suor de sua face foi lavado pelas lágrimas e, com as pernas trementes, ela pôs-se em pé, abrindo os braços e emanando o infinito amor e agradecimento que tinha pela avó.

Cláudia!

Ecoou uma voz.

Cláudia, vá embora! Você não está preparada para enfrentar as coisas que virão...

E sumindo pelo teto em um movimento espiralado, a luz sugou a voz consigo, retumbando nas trompas auditivas da protegida:

Vá embora, Cláudia, vá embora...

Êxtase. A lua estava em êxtase. E, para quem achava que o espetáculo havia acabado, ela gritava: "Não levanteis de vossas cadeiras, ainda! Sobre o palco vem mais, meus senhores – Oh, sim, muito mais!"

Profecia

Apesar da forte orientação espiritual que sua avó lhe transmitira, Cláudia permaneceu incontáveis minutos naquela sala, petrificada. Ela andou entre os homens, que se distribuíam pelo assoalho, conferindo a identidade de cada um. Maurício, Olindo, o médico, o padre, o mecânico, o dono da mercearia e o próprio José Pereira completavam o quadro.

Ela tentava entender o propósito daquele rito, e por que os homens haviam se envolvido naquilo com tão boa vontade. Ou ela era péssima intérprete, ou aquelas pessoas haviam sido manipuladas. À exceção de Maurício que, de alguma forma, tentou ajudá-la. Mas havia mesmo tentado? Ou só queria, ao fazer aquilo, aproveitar-se sadicamente da confusão emocional de Cláudia? Ela não sabia. Mas ele estava tão investido de vestimentas ritualísticas quanto os outros, e aquilo era o que atrapalhava o discernimento da garota. Um rangido.

Cláudia virou-se, o coração batendo tão forte que ela achou que não fosse suportar. Não, mais soldados do inferno não! – pensou. Mas era uma mulher que vinha entrando na sala, pela porta localizada na parte mais baixa.

O amplo cômodo era dividido ao meio por uma escadaria de três degraus. A mulher se aproximou lentamente, com suas vestes rastejantes, e encarou Cláudia, que se imobilizou de imediato: o rosto belíssimo de nariz aquilino e lábios delgados, realçado pelos cachos avelâneos, davam-lhe um ar de realeza e autoridade. Seus olhos, folhados à verde, transpassaram à Cláudia a capacidade de ler toda a sua vida pelo seu respectivo par receptor. Uma sensação calmante destruiu as incertezas de Cláudia, que se sentiu à vontade naquela presença.

A mulher avançou até a tábua em que Cláudia havia sido seviciada. Um vinco profundo marcou sua testa lisa quando ela viu as penas da gralha, espalhadas, e então o impossível aconteceu: com um meneio circular de uma das mãos dela, as partes voaram em um circuito mágico, devolvendo à ave seus órgãos, sangue, ossos e vitalidade.

A gralha, parecendo um pássaro adormecido, levantou-se do chão e gracejou por cima da dona, voando em liberdade pela mesma abertura da janela. Cláudia não precisava de maiores confirmações. Aquela era Greta. Como se ouvisse os pensamentos claudianos, a feiticeira voltou-se para ela, e, sem abrir a boca, Cláudia pôde ouvir a resposta, como um pensamento nítido em sua mente:

Sim, Cláudia, sou eu.

Ela quis novamente chorar. Aquela noite parecia testar toda a fé e ceticismo que ela acumulara durante a vida. Eram tantas perguntas... Cláudia queria saber tanta coisa!

Acalme-se, Cláudia.

Primeiro você precisa descarregar tudo isso que está pesando em seu flanco. Precisa se liberar desse ódio acumulado, disseminar perdão...

Enquanto enviava, por telepatia, aquela mensagem, Greta se aproximou de Cláudia, colocando a mão que fazia mágicas sobre o seu peito:

Libere o perdão, Cláudia. Perdoe seus pais. Perdoe seus tios. Perdoe seus primos. Perdoe seus avós. Perdoe seus bisavós. Perdoe Maria e Elaine. Perdoe os homens que estão nesta sala. Perdoe... O demônio que te destroçava!

A sugestão tornou-se uma imposição, e Cláudia experimentou um novo episódio de agonia: era como se o lado esquerdo do seu peito estivesse se abrindo em pequenos rasgos esparsados e, desraigando-se da fibra muscular cardíaca, farpas violáceas atravessaram sua carne, flutuando diretamente para a boca escancarada de Greta. Ao mesmo tempo em que isso acontecia, Cláudia viu uma fumaça escura desprender-se do corpo dos homens, acumulando-se em um nevoeiro malcheiroso. A um comando mudo de Greta, as portas-janelas para a sacada se abriram, e a nuvem de rancor esparramou-se para a atmosfera, debandando com seu irritante odor sulfúrico.

A sensação de leveza que invadiu Cláudia foi tão grande que, mesmo aspirando grandes quantidades de ar, ela achava que o pulmão estava vazio, temendo sufocar. Mas respirar normalmente era suficiente para reabastecer suas células com o oxigênio necessário, de forma que ela ficou liricamente flutuante.

Você deve partir, Cláudia.

Ela já sabia disso.

Mas, Greta, por favor – mentalizou ela –, eu ainda quero saber... A feiticeira manteve sua expressão serena, autorizando-a a prosseguir. O que o espelho faz? Por que Maria me atacou? Onde está a minha mãe? O que há comigo de anormal??!! Ainda havia um carente desespero infantil naquelas palavras de Cláudia. Greta sentou-se sobre o assoalho, convidando a garota a fazer o mesmo.

Você não é anormal, Cláudia. É especial!

Foi a primeira vez que a feiticeira sorriu, entortando um único lado dos lábios para cima.

E eu acho que você já sabe o que o espelho faz, embora não acredite. Ele abre portais, certo?

Cláudia concordou, vencendo sua descrença.

Um Delenda costuma ter a aparência de uma simples pedra para aqueles que não invocaram os seus poderes. Durante o especial período de influência de seu portal correspondente, porém, ele fica sensível à grande quantidade de energia ao seu redor, voltando a refletir. Uma vez que se rache, entretanto, ele volta a ficar opaco, criando uma explosão de energia tão grande que é suficiente para quebrar a barreira de proteção de seu portal-irmão. Por mais que não pareça, eu venho tentando de tudo para impedir estes acontecimentos, Cláudia. Mas o destino é inefável. Anagké é teimosa! Ainda que tentemos contorná-la, Ela utiliza meios que fogem à nossa compreensão para cumprir seu sacramento.

As ervas de proteção, em cujo uso coloquei tanta insistência, em parte protelou desgraças que já deveriam ter se abatido sobre o Vale. Mas as influências desse alinhamento planetário eram por demais intensas. Não houve como contornar os resultados, embora eles pudessem ter sido bem piores...

E Cláudia olhou de seu corpo para o dos homens, ainda desfalecidos. O que era aquilo que a atacara? Como Suzane estava ligada a ele?

O que você presenciou e sentiu hoje, quer queira quer não, irá acompanhá-la pelo resto de sua vida, Cláudia. Esta mansão, infelizmente, foi construída para ser o berço de uma entidade maligna do

Limbus, que, como já lhe informou a Mariel, é um portal do inferno. As criaturas que lá vivem não têm permissão para atracar na Terra; contudo, há alguns interesses maiores que a nossa compreensão, e um demônio de alcunha Arius, que você teve a infelicidade de conhecer pessoalmente hoje, vem há muito tentando obter os dois Delendas, para destruí-los e abrir uma passagem livre entre o nosso mundo e o dele. Só que, impedido de vagar em sua forma normal nesta realidade, ele se aliou a uma seita de humanos que têm interesses mórbidos relacionados à abertura do portal do Limbus. Um desses homens foi escolhido para receber a essência de Arius em seu corpo, mas só depois se descobriu que o demônio se ligava a seres que representassem energia oposta à sua, ou seja, a feminina. Assim, Lina Diablo descende de um longo ramo amaldiçoado pela incubação de Arius. Esta foi a primeira vez, no entanto, que ele se materializou neste mundo, contrariando regras pelas quais ele terá de arcar com um pesado tributo – morte concreta, eterna, destruição total sem transformação das moléculas – ele foi sugado para um buraco negro.

O que o levou a se arriscar tanto, porém, foi o fato de um Delenda ter sido encontrado e destruído, elevando a carga energética das redondezas ao nível máximo. Ele não queria perder a oportunidade de transmitir sua alma infernal ao próximo descendente feminino direto, Cláudia, que seria você, e assim continuar sua busca pelo segundo Delenda.

Anita havia percebido a tramoia do demônio. O complicado é que, quando incubado em um corpo, Arius permanecia literalmente latente, convivendo com a personalidade e alma original da pessoa. Isso lhe dava a oportunidade de usar o corpo para enganar as pessoas ao seu redor, que acreditavam estar lidando com o dono do corpo, quando, no fundo, Arius estava sempre planejando os próximos atos.

Assim, apesar de parecer – e ser, de fato – cruel, Anita precisou odiar Suzane. Esta pequena, induzida por Arius, tão logo se tornou fértil teve seu corpo usado e abusado por homens que visitavam o casarão. O demônio nunca sossegava enquanto não garantisse sua próxima vinda a este mundo, pois já havia acontecido, antes, de uma sucessão de descendentes do sexo masculino barrar sua estratégia.

Usando de sua esperteza, porém, Anita ministrava anticoncepcionais na comida da garota. Quando Arius descobriu isso, descarregou sua fúria sobre Anita, incutindo em sua mente a necessidade do suicídio. E Anita, pobre Anita, já carregada de tantas lembranças perversas, pouco tentou resistir àquela influência. Tão logo Anita saiu de cena, assim, Suzane veio a engravidar. Mas, para infelicidade de Arius, veio Eduardo, um garoto.

E aí ocorreu uma coisa engraçada – você, que já havia completado um ano, tornou-se o alvo de Arius, e ele deixou de influenciar Suzane durante um período considerável de anos. Quando Suzane morreu, por causa de uma doença venérea adquirida pela falta de escrúpulos de Arius ao usar o seu corpo, sua alma bipartida tentava defender seu filho, Eduardo, ao mesmo tempo em que desejava atrair você até a mansão, e assim transferir aquele pesado demônio para o próximo descendente.

E não que Arius não houvesse tentado antes – Maria chegou a engravidar de Eduardo, mas sofreu um aborto, provocado por Anete. E até Maurício chegou a se sentir impelido a ficar com a prima, mas as minhas ervas de proteção felizmente surtiram algum efeito, impedindo-o de influenciar as pessoas, ao menos por um tempo. E Anita, mesmo depois de morta, também tentou ajudar, embora, sem saber diferenciar o joio do trigo, tenha julgado que Eduardo fosse tão demoníaco quanto a filha, a pobre Suzane que não teve como ter diferenciado, por sua mãe, seu lado bom do ruim. Por isso ela atacou tão ferozmente o neto, impedindo-o de alcançar o que ela acreditava, no fundo, que deveria pertencer a você. Ela te protegeu com garras e dentes, com a forma lupina que ela escolheu ao materializar seu espírito numa forma semicorpórea, mas eu teria que lhe explicar muito mais sobre isso, e agora não temos tempo!

Cláudia, aturdida com tanta informação, ainda tinha dúvidas. Mas ela também queria ir para casa, só que não queria partir sem...

Maurício, se você bem notou, foi o único que seguiu à risca o consumo das ervas protetoras, Cláudia. Ele tem um coração de ouro, mas eu não precisava lhe dizer isso, não é?

E vendo o olhar de Cláudia recair sobre os homens:

Não, eles não tiveram culpa. O que habita – veja, e que ainda habita esta mansão, está fora da sua compreensão. É uma força pode-

rosíssima. E ela só nos deixou em paz porque a balança é equilibrada dos dois lados – você recebeu uma intervenção divina de dar calafrios. Mas devo adverti-la, minha pequena pupila: nem todos os demônios são ruins, nem todos os anjos são bons... Cada um tem a sua dose de bom e mau-humor.

Mas Arius não está morto? Confundiu-se Cláudia.

Sim, Cláudia, mas ele não é o único interessado no espelho – era apenas um dos muitos braços que se movimentam em sua direção. E, como eu disse, aqui nesta casa foi criado um berço para estas forças malignas. Mais de uma delas reside aqui, e Arius era, com certeza, a força mais influente de todas. Mas estamos com pressa, vamos resumir a história!

Colocando as duas mãos sobre a cabeça de Cláudia, Greta lhe concedeu uma rápida visão: ela viu Inocência, sua mãe, embora mais velha do que quando a reconheceu grávida, durante o transe, e viu também seu pai, Austero, mas este não havia mudado, o que era muito estranho... Ela tentou reconhecer o lugar, mas a visão foi interrompida.

Eles estão bem, Cláudia, e isso é tudo o que você precisa saber neste momento. Se quiser entender mais, pode falar com Tahoser, minha gralha. É ela quem vem a acompanhando desde... Bem, desde sempre!

Agradecendo com o coração, Cláudia ouviu Maurício tossir, virando o corpo no chão. Ela correu até ele, abraçando-o.

– Vamos! – pediu Cláudia. – Precisamos sair daqui!

Maurício, com muito esforço, conseguiu se sentar. Ele estava completamente sem forças. Olhando para o tio-avô, Cláudia lançou um olhar de súplica à Greta.

Não se preocupe com o que ficar para trás. Eu estou aqui.

Cláudia ajudou Maurício a ficar em pé, levando-o até os degraus.

Espere!

Com uma mão em cada peito – no de Cláudia e Maurício – Greta deu descargas elétricas, o que, por estranho que pareça, renovou a disposição de ambos. E, lançando um olhar penetrante em Cláudia, ela ainda acariciou seu ventre, com um olhar ao mesmo tempo triste e aliviado. Maurício sorriu, hipnotizado pela bela mulher, que ele reconheceu imediatamente. Cláudia o puxou pela mão, dirigindo-se à saída com uma despedida de olhares.

A mansão nunca estivera tão sombria. Quando eles saíram pela porta de carvalho, tiveram de aguardar a passeata de uma ninhada enfurecida de ratos, que seguia na direção do lago.

Durante o caminho até a estalagem, eles ouviram sons estranhos eclodindo da mata, o que os deixava apavorados. Maurício queria saber o que havia acontecido – e Cláudia também queria saber como os homens o haviam obrigado a participar do ritual – mas ambos tiveram de refrear os ânimos para saírem ilesos da Baixa Montanha.

Ela soube, no dia seguinte, que Maurício havia sido coagido pelos outros seis homens, o que incluía José Pereira. E, como nadar contra a corrente era arriscado, ele seguiu o grupo, arquitetando qual seria a melhor forma de reverter a situação ao seu favor. Cláudia deu-se por satisfeita com a explicação e também deu a sua, poupando Maurício do seu envolvimento com o demônio, e contando apenas como Greta chegara para resolver tudo.

Alcançaram a estalagem. Muitas luzes estavam acesas, o que, de acordo com Maurício, não era bom sinal. Ele quis verificar o bem-estar de Mariel e dos irmãos, mas Cláudia o impediu.

– Greta avisou que vai cuidar de tudo! Agora precisamos partir.

Ele entrou no casebre e jogou lotes de roupas em uma mala. Cláudia ajudou, abrindo uma sacola para guardar objetos pessoais. Quando saíam do casebre, porém, Maurício avistou a porta do moinho, aberta.

– O que está acontecendo aqui?

Olhando naquela direção, Cláudia sentiu as tripas revirarem só de recordar como os miolos de Elaine voaram pela grama.

– Não, Maurício! A... A gente precisa ir embora!

– Vai ser rápido!

Sem alternativa, Cláudia acompanhou Maurício até o moinho. Era impressão deles, ou a lua rebrilhava com mais força? Apesar de ser noite, as formas próximas podiam ser vistas com alto grau de detalhamento.

Quando se aproximou do moinho, Maurício pôde entender o que era aquele volume que havia chamado a sua atenção: o corpo de Elaine, ainda lançado à relva, sem qualquer impedimento à visão da abertura obscena em seu crânio.

Maurício, que não sabia da morte de Elaine, arrependeu-se amargamente de sua curiosidade. Eles foram direto para a picape e, no banco do passageiro, ele afundou o rosto na janela e não saiu daquela posição, ignorando quando Cláudia o olhava ou falava com ele...

O resto do caminho foi relativamente rápido. Cláudia vinha lembrando-se da semana que passou no Vale. Dos novos conhecidos. Das intrigas. Da família que não pôde conhecer por completo. E as mortes. O espelho. O... demônio... Ela preferiu limpar a mente, pensando em um campo florido a perder de vista.

Estacionou, em frente ao sobradinho azul. O bairro era tranquilo, arborizado. Cláudia sempre gostou de viver ali. A caixa de correio tinha muitas cartas. Entrou em casa, sendo recepcionada pela poeira, e aquele cheiro impregnado de alfazema. Era como se Geórgia a estivesse esperando, afoita, na soleira da porta! Cláudia finalmente tirou a calça de moletom, rasgada e manchada, jogando-a na lata de lixo.

Maurício observava os cômodos de alto a baixo, sentindo-se feliz por ter fugido de tantos dissabores. Cozinha, armário, copo, filtro, água, *glub-glub-glub*, escada, quarto. Cláudia afastou a cortina para observar um pássaro que voava longe, perto do horizonte. Não sabia por que, mas sempre que mirava aquela longínqua linha arroxeada entre telhados, árvores, morros e arranha-céus, tinha vontade de chorar. Mas um choro que não vinha, ficava preso na garganta. Um choro nostálgico. Só o sentimento do choro, mas nada de lágrima.

Maurício resolvera tomar banho, enquanto ela desfazia as malas. Um brilho chamou a atenção das íris castanhas – Cláudia viu o cadeado metálico de um diário reluzindo. Ela o pegou, lembrando-se de onde o encontrara – no dormitório do segundo andar da mansão.

Arrebentou o fecho pequenino, sem dó, e, sentando-se na cama, virou a capa do diário.

"Este diário pertence a Anita Pereira"

E um pouco abaixo do título:

"Não há bem que dure sempre nem mal que nunca se acabe"

Hum. Engraçado. É como se minha falecida e desconhecida avó viesse me confortar pelos infortúnios... Cláudia virou a página.

Foi folheando até encontrar uma caligrafia forte, que afundava no papel, criando sulcos:

"Esta é a última vez que escrevo. Benza-Deus, ainda tenho forças para isso!

Eu estou escrevendo pro Senhor mesmo, Deus. Esta filha, aqui, que parece ter sido esquecida há muito tempo...

Eu não sei se devo começar pedindo desculpas. De fato eu errei. Mas sou humana. E não sou das melhores. Ah, isso não sou!

Eu não posso. Não consigo, bom Deus. Sempre que olho para Suzane... Ah, desgraçada! Não há dia, não há momento em que ela engatinhe por mim e eu não sinta aquele ódio. Aquela mortalha. Aquele dia horrendo que eu queria apagar de minha vida...

Podia ter apagado. Aconteceu, foi ruim, mas podia ter sumido para sempre da lembrança. Sim, se não fosse **a maldita**, acordando todos os dias para me lembrar! Com aquele choro irritante... Pedindo o peito. Eu tenho que alimentar o próprio diabo!

Sim! Posso estar blasfemando, meu bom Deus, me perdoe! Mas outra coisa ela não pode ser! Só o tinhoso plantaria uma semente tão ruim como essa capaz de brotar dentro de mim e me fazer pegar fogo. Eu odeio essa criança. Oh, Deus, que horror.

E ainda ontem, grudada ao meu peito, feito um daqueles porcos me chupando... Ah, sim, ela tem a cara de um daqueles porcos... Ou de todos eles juntos, Santo Deus!

Todos eles me cutucando, me enfiando, chutando meu ventre... Oh..."

Cláudia reparou que a folha estava mais enrugada nessa região, como se uma gota de água houvesse respingado ali.

"Eu daria de tudo para devolvê-la ao inferno! Mas não. Tenho que sofrer. Tenho que pagar. Não sei bem o quê, mas estou pagando.

E o desgraçado, Albert, ao morrer feito um rato covarde... Ao menos poderia ter levado junto a sua cria defeituosa! Eu agora tenho que carregar esse fardo. Oh, não. Mas ainda tenho muito ouro pra pagar, não é mesmo? Tenho sim.

Agora também tenho certeza: Ela não é filha de Deus, e eu também não. Se eu fosse Tua filha, jamais permitirias que tal atrocidade rebentasse de meu útero..."

Cláudia interrompeu a leitura. Estava se sentindo mal. Aquilo era muito *underground* pra quem acabara de sofrer tantas perdas! Depositou o diário em uma estante alta, empurrando-o mais para junto da parede, onde não poderia ser avistado. Queria distância daquele passado funesto!

E, abrindo a porta do armário para pegar uma toalha limpa e levá-la a Maurício, a atenção de Cláudia foi novamente atraída à janela: aquele pássaro, que antes voava longe, havia se aproximado. Era Tahoser, a gralha.

Cláudia sorriu, afastando as cortinas para deixar a ave entrar. Mas ela não passou do parapeito. Entregando uma mensagem que estava amarrada com uma fita, a gralha voltou a alçar os céus, despedindo-se de Cláudia.

O rolo era grande. Pobrezinha, deve ter se cansado para trazer esse pergaminho para cá! – e Cláudia desenrolou a mensagem, descobrindo, surpresa, que se tratava dos dois pedaços do mapa, um enrolado dentro do outro. Procurando pela senha, Cláudia releu até o final. Seria alguma senha em código? Ou essa mudança de cores e... Foi então que Cláudia percebeu.

Por isso o papel era tão grosso: eram duas folhas bem-coladas! O tempo pelo qual ficaram guardadas deveria ter ajudado ainda mais a aderi-las. Ela começou a puxar uma ponta com a unha, depois esfregando a ponta levantada para cima, como se estivesse coçando o papel. Separou as folhas grossas em duas metades, porém a parte de cima se soltava desigualmente, deixando a parte de baixo áspera. Cláudia foi puxando lentamente até desgrudar totalmente, e então, no encontro do mapa com o que seria a sua outra metade, exatamente ao centro das duas partes unidas, uma região ficara de fora da substância colante, permanecendo intacta. Lá estavam dois pares de números, um de cada mapa, riscados fracamente a lápis...

Cláudia sorriu.

Era primavera. O vento suave não ressecava mais a pele ao passear pela rua. Os pássaros não eram mais observados voando longe no céu, e sim pertinho, piando na janela.

— Amor, você está *lindo*!

Cláudia aspirou o perfume no pescoço de Maurício e o abraçou. Seu abraço era sempre macio e gostoso. Ela beijou seus lábios fartos, como se ainda fosse a primeira vez. Maurício exibiu seus dentes alvos para a amada.

Dois meses haviam se passado desde a desgraça no Vale dos Segredos. Com o dinheiro que descobriu ter em conta, Cláudia preferiu abandonar a mansão a vendê-la – não iria propiciar mais dor e sofrimento a outras pessoas.

Maurício, que também retornou para o curso de jornalismo, aproveitara-se das fotos de Matheus, atribuindo a ele a autoria, para escrever a matéria que foi aceita e publicada pela Geográfica Mundi – seu primeiro estágio.

E, abandonando o sobrado, preferiram comprar um apartamento menor, mais condizente com a vida agitada de um casal sem filhos. Felizmente era sábado. Nenhum dos dois precisaria se preocupar com horários, e haveria tempo de sobra para tomar café da manhã, almoçarem juntos, amar as coisas, o céu, a vida e um ao outro.

Maurício trouxe a jarra da cafeteira para a mesa e reparou alguns envelopes sobre o balcão da cozinha.

— Que é isso?

— A correspondência – respondeu Cláudia. – Você sempre se esquece de olhar na portaria!

Maurício viu um remetente conhecido. *Jesuíno Affonso*.

— Ih, Claudinha... Se eu ando esquecendo de olhar na caixa do correio, é melhor você começar a lembrar de pagar essa promissória!

Cláudia estremeceu levemente. Havia se esquecido de pagar o diesel que Olindo arrumara para ela, no posto da Vila! E brincando:

— Não faz mal. Acho que com esse seu artigo na revista vai dar pra pagar tudo!

Ele deu um peteleco no nariz dela, que se esquivou.

— Engraçadinha! Agora a próxima...

José Pereira. Maurício rasgou o envelope e leu a carta, silencioso.

Desde que Maurício veio morar na Cidade, as coisas pareciam ir bem no Vale. Entrementes, Anete entrou em depressão, sem filha e sem marido, e recolheu suas coisas, mudando-se sem deixar o novo endereço. Sarita apareceu morta na estrada que levava à mansão – um surto geral abateu a Vila, e hoje evitavam comentar o ocorrido. As suspeitas recaíram sobre Matheus, o único que vinha tendo um envolvimento maior com a moça, apesar de que, desde a noite sinistra na casa de ferragens, ele nunca mais tenha sido avistado.

Cláudia espichou o pescoço para ler a carta de seu José, mas Maurício começou a falar:

— Você não vai acreditar...

— O quê? — Cláudia quase engasgou com a movimentação repentina dele.

— A Mariel... Ai, ca-ram-mba!

Maurício sentou na cadeira mais próxima, apertando a fronte com a mão. Enquanto Maurício choramingava, Cláudia pegou a carta para ler.

Boa-noite, filho.
Aliás, não sei se é bom-dia ou boa-tarde pra vocês aí, mas que seja bom!
Como vão as coisa, menino, o novo emprego, a vida nova? E a minha sobrinha-neta, está cuidando bem dela?
Espero que estejam indo de vento em popa!
Mas infelizmente a notícia que eu tenho pra dar não é tão boa, Maurício.
Aconteceu um problema ainda ontem ca Mariel... Eu... Bom, só tive coragem de escrever agora. Eu tô fraco, não sou como antes!

Não vou ficar enrolando pra falar. Ela faleceu, filho. Mas o mais importante, filho, é que o velório vai ser depois de amanhã, e eu queria que vocês fosse no velório, seria muito bom ter alguém pa consola este velho...
Espero ver vocês.

J.P."

A assinatura era como a de Anita ao final do mapa. Gêmeos pareciam ter essas ligações de gênio... Cláudia abraçou Maurício. Entendia e compartilhava do sentimento dele. Mariel... A pobrezinha sofria muito em cima daquela cama! Espero que esteja em um lugar melhor, desejou Cláudia. Quanto a José Pereira... ela achava que ele não deveria mais ficar por lá.

Ninguém mais morava na estalagem ou arredores – desde aquele terrível acontecimento, abandonaram o lugar, tão perto da Baixa Montanha, para levar a vida no centro da Vila. Mas Cláudia achava que eles estariam ainda melhor se viessem para a Cidade – e ela estava disposta a arcar com as despesas.

– Vou arrumar as coisas para a viagem.

Cláudia deixou Maurício se refazendo na sala, embora soubesse que aquela agonia iria demorar a passar. Antes de subir para o quarto, acariciou um vaso branco com ornamentos azuis posicionado sobre a estante da lareira.

– Volto logo, vovó!

Antes de partir, o mais jovem casal deixou a picape em um posto para "dar uma geral". Enquanto isso, Cláudia e Maurício aproveitaram para almoçar em uma churrascaria em frente. Não em ritmo de festa, mas um almoço triste e calado. Talvez enchendo a barriga ele esquecesse um pouco a dor, pensou Cláudia. Afinal... Homem deve sentir a dor da perda de uma forma diferente que a mulher. Eu, por exemplo, não tinha fome alguma, mas aposto dois bois como ele vai descontar no prato!

Se Cláudia acertou na diferença de sentimentos entre homens e mulheres, isso é improvável. Mas acertara a respeito de Maurício, que devorava seu prato, apesar de não ter colocado tanta comida quanto era de costume. E ela observava a avidez dele, tão igual ao dia em que jantaram juntos pela primeira vez, na mansão... Agora sem ervas, e sem confusão, graças a Deus!

Eu estou amando este homem com todas as forças que tenho! – abriu-se Cláudia, para si mesma. Afinal, seu âmago vazio tinha bastante espaço para ser ocupado, e Maurício parecia estar preenchendo-o por completo. Quanto a ele... Estava felicíssimo, apesar da recente tristeza. Tristeza essa, aliás, que passaria logo. Cláudia iria providenciar as massagens curadoras ao coração de seu companheiro! E todos os enigmas deste mundo seriam solucionados. É, esperava-se que fosse assim.

No posto em que eles deixaram a picape, um rapaz passava o aspirador no interior do automóvel. Outro funcionário analisava o nível de óleo.

– *Vamo saí* mais cedo hoje, *ô alemão?* – o mulato que passava o aspirador perguntou pro amigo branquelo, que agora abastecia o óleo.

– O quê? Tá muito barulho, xará.

O "xará" desligou o aspirador. O "alemão" perguntou de novo.

– O *quê* que você *falô*, xará?

O xará fez um movimento pra baixo com o braço, pedindo para o amigo esperar, enquanto abria um papel amassado que enroscara no bico do aspirador.

– *Peraí* que achei uma coisa. Às vezes eu já achei cada coisa nesses *carro*, alemão... Tu nem *ia acreditá*, cara!

O mulato começou a ler com dificuldade as palavras que ele não conhecia de uma página arrancada de um livro. Começava assim...

A PROFECIA

Dois espelhos se farão,
um de cor e o outro não;

De sete planetas alinhados
os sete metais representarão;

Cada um fundido no dia certo,
com hamamélis e condão;

Se a tudo for obedecido,
então do espelho merecido
só na data do ocorrido
seus segredos se revelarão;

Dia sim, dia não,
num presente sem perjúrio,
o passado ou futuro
surgirá em suas mãos;

Mas se não tiveres cuidado,
muitos seres malfadados
do item se aproximarão;

Neste dia a Terra chora,
pois tamanha é a injúria
da magia e da loucura
que juntas se erguerão;

E numa noite não estrelada,
sem a beleza de seus astros,
entre raio e luz vermelha
céu e terra se unirão;

Tomai cuidado, pois verão!
Que a contar desse triste dia
outros se apagarão;

Se os espelhos quebrantarem
seus poderes milenares
logo se dispersarão;

E não haverá pior dos males,
nem do inferno sob o chão,
pras criaturas que virão;

Eis aqui vosso destino,
que de Anagké será rompido
por tal breve predição:
Um orbe de cristal perdido,
a perda de um filho querido
e também a de um irmão;

Depois disso não haverá cura,
nem oração de abadia,
todo santo será vão –
Passarão a temer
as sombras do dia,
que pelo mundo se alastrarão.

O mulato riu do texto, mostrando-o para o alemão.

No momento seguinte, mulato e loiro correram para a porta do restaurante, ao verem que Maurício tentava levantar Cláudia do chão: ela se curvava em dor, apertando o baixo-ventre... Muitas lembranças dolorosas invadiam a sua mente: o bebê defeituoso de Anita, o demônio que quase a massacrara, sua mãe e seu pai vivendo em algum lugar desta realidade – aquelas cenas estavam tão distantes que Cláudia já havia passado a atribuí-las a um pesadelo bisonho! Contrariando os desejos, porém, Anagké vinha cumprir seu juramento, e, tal qual dissera Greta, com muito suor poder-se-ia evitar, apenas, que o sofrimento fosse maior. Já resistir no meio do processo faria apenas redobrar a dor...

A picape alcançou o hospital das Alteias. Maurício segurou Cláudia no colo, correu para a ala de primeiros-socorros – mas todo o seu esforço e desespero foi vão. E enquanto Cláudia agonizava com as contrações, estranhas memórias iam e voltavam de sua mente – lembranças descabidas, que não combinavam com o momento. Ela se lembrava de Mariel. Era como se, desde o instante em que lera a carta de José, a mulher não houvesse saído de sua cabeça. Ela estava sobre uma maca, agora. Maurício trazia um semblante desolado. Mas a Mariel lá estava, apontando para ela, alertando... "Achar um espelho, menina, é *minima de malis*. Ainda há outro... Moiras, Anagké! Ela não vai te perdoar. Não, não... Assim como eu, filha, você vai enlouquecer!".

Adentraram a sala de procedimentos, mas todo o esforço e desespero médico, o olhar aflito e tenso de Maurício, as orientações malucas e fora de hora da falecida Mariel, a aldeia fantasma ao lado da estrada para a Baixa Montanha, as ervas de proteção de Greta e os olhos de sua gralha, o amor e dedicação de Cláudia por Maurício, o cuidado póstumo de Geórgia pela neta, os corpos mumificados que reinavam no moinho, o velho Pereira que não mais aguentava a vida e seus desencantos, a nova matéria da revista geográfica que alertava os incautos, o inverno rigoroso que bloqueou as estradas do Vale, a morte de Sarita e de tantas pessoas amáveis, todo esforço e desespero foram em vão.

Uma mancha escarlate já escorria para as coxas. Greta havia tentado. Realmente, ela tentara. Mas Anagké era uma deusa teimosa e, aborto ou não, aquele sangue estava manchado com o que, incubado no plasma fracionado, por pouco havia escapado da completa extinção...

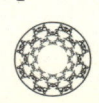

A Lua,
Que no céu não brilhava, ainda que oculta, ali estava. E ela, mais uma vez, ria, gargalhava – como era bom assistir àquele teatro! Seres humanos, não vos enganais: sois iguais aos ratos! Respiram, comem, bebem, copulam, mordem, mentem, correm, fogem, matam, abusam, roubam, fingem... E eu, que aparento tão apetitoso pedaço de queijo, vos atraio com a mesma facilidade que a bola vai a um buraco; mas a fortuna, como o vidro, tanto brilha quanto quebra, e vós, animais, não sabeis separar a atração do perigo. Tão melhor para mim – disse a lua, repetiu a lua – tão pior para vós. Aqui quedarei, eternamente alimentada, e aí derradeareis para sempre...

Devorados!

Mapeamento da Mansão

Mapeamento da Mansão

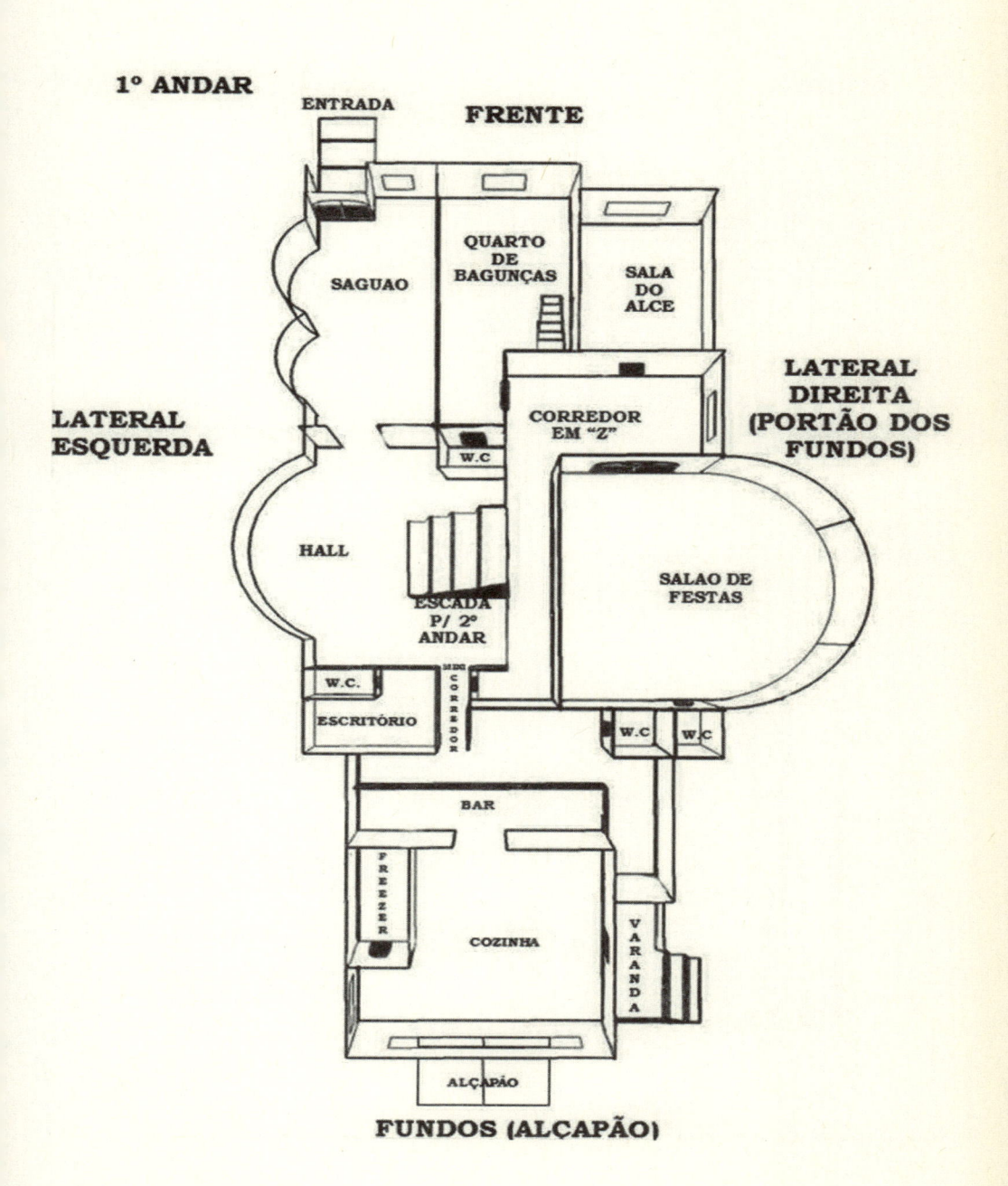

1º ANDAR

FRENTE

ENTRADA

SAGUAO

QUARTO DE BAGUNÇAS

SALA DO ALCE

LATERAL ESQUERDA

W.C.

CORREDOR EM "Z"

LATERAL DIREITA (PORTÃO DOS FUNDOS)

HALL

ESCADA P/ 2º ANDAR

SALAO DE FESTAS

W.C.
ESCRITÓRIO
CORREDOR

W.C   W.C

BAR

FREEZER

COZINHA

VARANDA

ALÇAPÃO

FUNDOS (ALÇAPÃO)

2º ANDAR

FRENTE

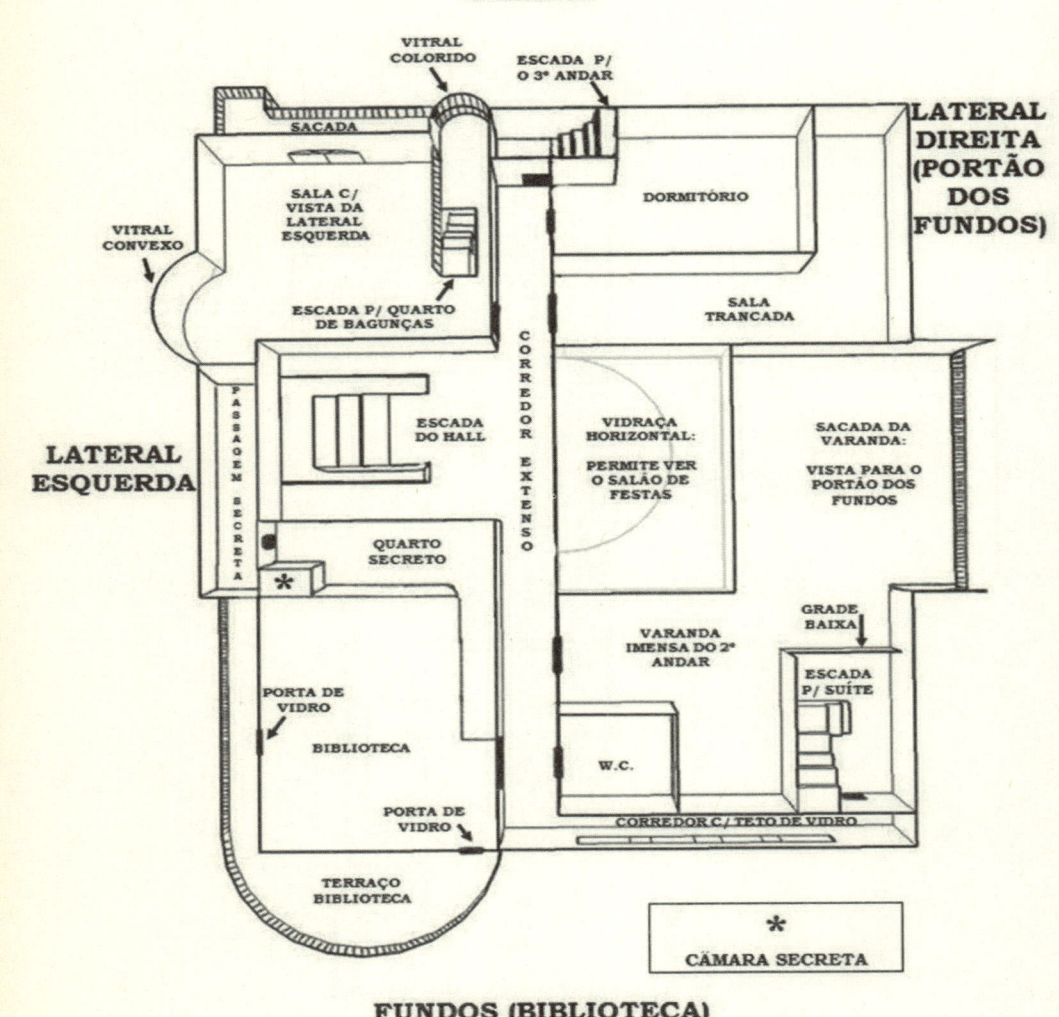

- VITRAL COLORIDO
- ESCADA P/ O 3º ANDAR
- SACADA
- VITRAL CONVEXO
- SALA C/ VISTA DA LATERAL ESQUERDA
- DORMITÓRIO
- **LATERAL DIREITA (PORTÃO DOS FUNDOS)**
- ESCADA P/ QUARTO DE BAGUNÇAS
- SALA TRANCADA
- PASSAGEM SECRETA
- CORREDOR EXTENSO
- **LATERAL ESQUERDA**
- ESCADA DO HALL
- VIDRAÇA HORIZONTAL: PERMITE VER O SALÃO DE FESTAS
- SACADA DA VARANDA: VISTA PARA O PORTÃO DOS FUNDOS
- QUARTO SECRETO
- *
- VARANDA IMENSA DO 2º ANDAR
- GRADE BAIXA
- ESCADA P/ SUÍTE
- PORTA DE VIDRO
- BIBLIOTECA
- W.C.
- PORTA DE VIDRO
- CORREDOR C/ TETO DE VIDRO
- TERRAÇO BIBLIOTECA
- * CÂMARA SECRETA

FUNDOS (BIBLIOTECA)

Mapeamento da Mansão 285

3º ANDAR

FRENTE

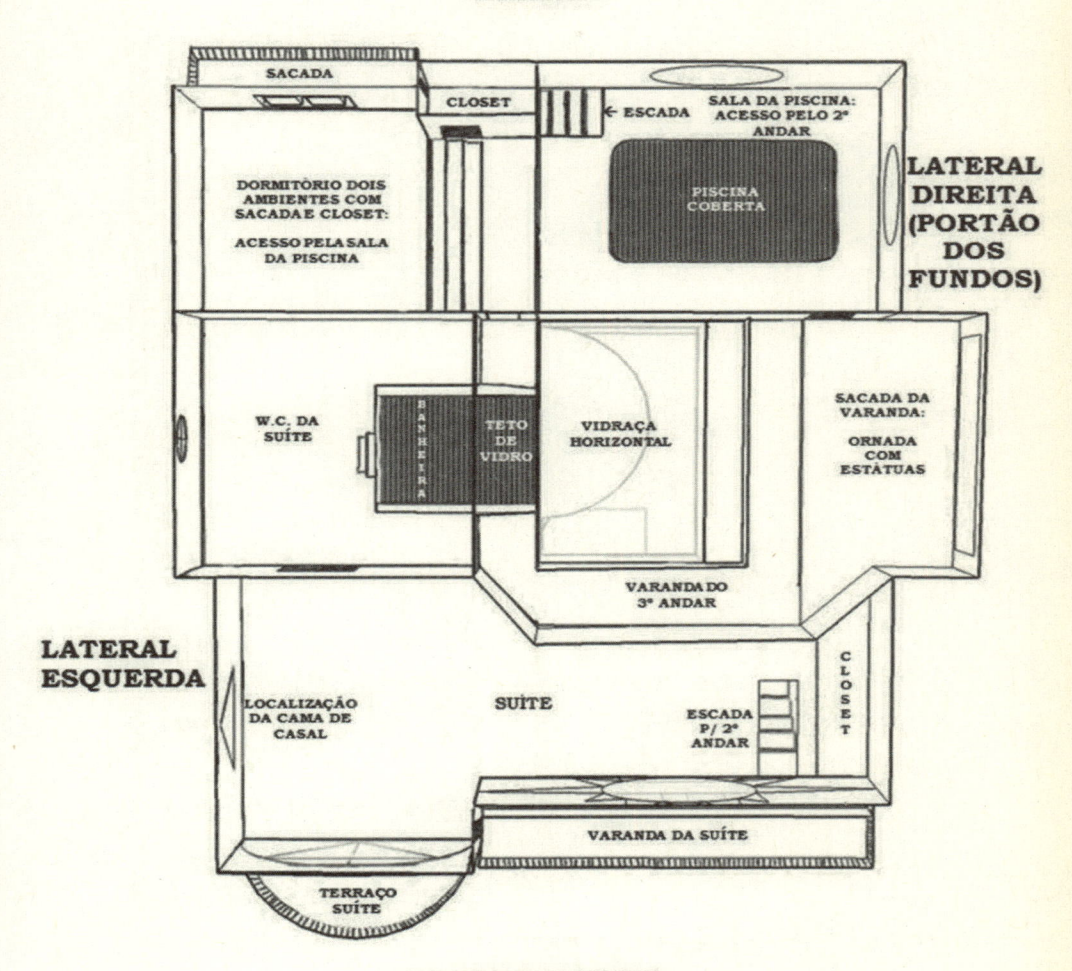

SACADA

CLOSET

← ESCADA

SALA DA PISCINA: ACESSO PELO 2º ANDAR

PISCINA COBERTA

DORMITÓRIO DOIS AMBIENTES COM SACADA E CLOSET: ACESSO PELA SALA DA PISCINA

LATERAL DIREITA (PORTÃO DOS FUNDOS)

W.C. DA SUÍTE

BANHEIRA

TETO DE VIDRO

VIDRAÇA HORIZONTAL

SACADA DA VARANDA: ORNADA COM ESTÁTUAS

VARANDA DO 3º ANDAR

LATERAL ESQUERDA

LOCALIZAÇÃO DA CAMA DE CASAL

SUÍTE

ESCADA P/ 2º ANDAR

CLOSET

VARANDA DA SUÍTE

TERRAÇO SUÍTE

FUNDOS (SUÍTE)

Considerações Finais

De todos os medos que enfrentamos, qual poderia ser mais perigoso: o invisível e insosso ou o real e doloroso? Como saber?

Todo medo é um medo. Ele flui, inverte o estômago, engasga na garganta e embala o coração. Talvez a parte boa seja que libera adrenalina. Talvez o medo vicie. Ou talvez vicie a solidão...

Mas quando morei por três meses sozinha, aos 16 anos, achei que fosse enlouquecer. E tive medo. Muito medo. Mas o pior, além do medo, é o medo de não saber: *aquilo* foi coisa da minha imaginação ou estava realmente se passando comigo?

Perdão! Cansei de ouvir que é tudo coisa da minha cabeça.

E se for mesmo só loucura, dessas bravas e obscuras, deixe-me a sós com minha razão. Um dia saro, me recupero, pode deixar que volto sã!

Porque ir e vir em minhas próprias releituras é... Simplesmente uma viagem, uma bela alucinação.

Quer embarcar comigo?

Pois então, vamos!

Existe um lugar, além do horizonte, onde nunca amanhece ou anoitece. Sempre que estiver próximo a uma janela ou em um lugar alto do qual possa avistar uma linha longínqua cerzindo a terra e o céu, lá estará.

Lá, onde é sempre crepúsculo. Agora, se precedendo a noite ou o alvorecer, você escolhe. Mas prefiro pensar que é o anoitecer, com a explosão de mistérios e uma sensação tépida de medo pronta a eclodir. Ao mesmo tempo em que eclodem... Bem, você verá.

LEIA, NAS PÁGINAS A SEGUIR, TRECHOS DE UM FUTURO VOLUME QUE COMPORÁ A SÉRIE **"VALE DOS SEGREDOS"**

Capítulo I – Expulsa de Casa

Tão distante aquele morro... Como deve ser lá? Talvez haja um rio. Ou um lago. Melhor seria um lago. Combina mais com a paisagem fria... Isso, um belo lago platinado, resplandecendo a escada de coníferas que se estendem até a ponta manchada das montanhas. Manchadas de quê? Pode ser neve? Não, acho que não. Aqui não neva!

Vento, vem, vento... Ah, este mesmo vento que bateu nas folhas das árvores longínquas e resvalou as águas vem ao meu encontro trazendo o aroma do inverno! E eu aqui, olhando pela janela. O sol já se foi há mais de meia-hora. Cansei de estudar. Já li mesmo até a página 49, um bom adianto!

Risque, risque, risque. Comprimo o grafite contra a folha branca. Tão macia... As marcas *delgando* sulcos nas páginas como uma faca adentrando um corpo... Deixo que o lápis tombe. Chega!

Levanto, impaciente, ajeito o pijama, espio novamente pela janela. Anne não chegou ainda... Mas aonde anda? Ela nem sempre demora assim...

Dou meia-volta, deparo com a porta do quarto – aberta. O silêncio é atordoante. Fixo meus olhos nos feixes de luz que escapam para o corredor escuro... Logo a penumbra me envolve.

Observo cada detalhe, do chão ao teto; o piso forrado de carpete bege, o corrimão da escada, as íris vermelhas... *Ops*! Íris vermelhas? Um leve arrepio escoa por minha espinha... As bolinhas cilíndricas então se aproximam até destorcer-se o vulto de um felino. Preto. Baltazar, seu gato desgraçado! Quer me matar de susto?

Procuro relaxar. Suspiro. Apoio as mãos sobre a escrivaninha e vou me alongando, sentindo os músculos tremerem de cansaço. Ai... A brisa roçando as persianas, o farfalhar das folhas secas. Mais uma olhadinha pela janela; a lua cheia reluz por trás dos pinheirais, linda, amarela, intimidante. Volto-me para a cama: Baltazar me encara como se procurasse ler através de minha testa.

— Está com fome, está, bichano feio?

Ele não responde. *Há*! O nervosismo já me apossa. Não tarda muito, meus pés lá estão balançando, *tap-tap-tap* no chão. Balti vem e finca as unhas no meu dedão.

— Chega, gato danado! Ei, espere... Esse barulho... Anninha chegou!

Corro escadaria abaixo, tropeço no tapete da sala. Puxo os trincos, abro a porta.

— Anne! Anne?

Como? Não há ninguém! Nem sinal de viva alma... Mas eu juro que ouvi o motor, o espelho da cômoda chegou a refletir os faróis... Como?

Bato a porta. Estou ficando louca! Será a fome? Ou o nervoso...? Mas eu tenho de esperar a minha irmã para jantar... Ah, esquece, acho que vou fazer um lanchinho.

Vou contornando o quadriculado da tapeçaria, o chão de tábuas de madeira, o teto também, as paredes branquinhas...

— Baltazar, Balti, vem comer comigo!

Nem sinal do peludo. Ah, azar o dele... *Ahn*?

Ai, essa não, azar o meu! Isso são horas de acabar a luz?

Ah, não, por favor, não!

Vou me esgueirando até a cozinha, deixando meus olhos se acostumarem à escuridão. Atravesso-a e chego à lavanderia, onde fica a caixa do disjuntor. Empurro a chave-geral para cima. Já é a quinta vez nesta semana!

Preparo um lanche, meio emburrada.

Mal dou a primeira mordida, *toc-toc-toc*...

Anne!

É isso... Ela estava vindo e o carro deu pane bem na curvinha antes de casa. Também, com o lamaçal que se formou daquele lado... Eu sempre disse que a gente iria ter problemas num lugar como este, afastado de tudo, no meio do mato. Mas ela insistiu... Eu preferia ter continuado na cidade. O papai e a mamãe que viessem para a eterna lua de fel no matagal sozinhos. Ah, mas agora isso não importa!

Lá vou eu de novo. Tranca por tranca...

– ANNE!

An... *Ahn*? Ai! Não há... Ninguém!

– Anne, pare com isso, está me assustando, tá bom? Eu admito, Anne!

Desço o degrau da varanda, minha cabeça vasculha o ambiente à procura de um sinal de vida.

– Oras...

Bang! A porta atrás de mim se fecha com tamanho estrondo que quase me urino toda.

– Droga de vento, droga!

Corro desesperadamente de volta à porta. Só que... Caramba, a porta não abre!

– Anne, Anne, você tá aí? Anne, me deixa entrar, por favor, Anne, você sabe que eu não posso passar esse medo... Anneeeeeeeeee!

Contorço-me. Terei de dar a volta na casa para entrar pelos fundos... Se a porta da lavanderia estiver aberta, é claro.

Com metade do corpo apoiada na parede áspera, vou me arrastando para o outro lado. Barulhinhos indefinidos, imagens estranhas captadas pela visão em meio ao nada e meu coração vai a mil...

Pé ante pé chego à porta que dá na lavanderia.

Uau, aberta.

Aberta? Será que...

O medo me sufoca outra vez. E se algo entrou em casa e tentou me trancar para o lado de fora?

E se eu estiver mais segura aqui fora do que lá dentro?

Um tanto indecisa, caminho até o nosso barracão, a cem metros de casa.

Capítulo I – Expulsa de Casa

Adeus, Anne. Seja lá o que for que está acontecendo, esta noite nem em sonho durmo em casa!

Sobre as tábuas do celeiro abandonado, meu corpo se envolveu com serragem, e em poucos instantes meus olhos cerraram, afundando-me no jorro do sono.

Por horas permaneci assim, semimorta...

Agradecimentos Especiais

Nesta edição do *Delenda* quero agradecer especialmente a Elaine Velasco, colega de letras e amiga que indicou o livro para a seleção da Madras, bem como a toda a equipe editorial que se dedicou com esforço e carinho para que o mesmo fosse publicado com perfeição. Por esta grande oportunidade e esmero, meu...

MUITO OBRIGADA!!!

Leitura Recomendada

Filhos de Lilith
O Despertar

Elaine Velasco

Alice não se lembra de seu passado, de quem era ou de onde veio. Fatos por ela desconhecidos sobre sua antiga família humana e sua ascendência a ligam diretamente a Lilith, a mãe dos súcubos e íncubos, senhora do inferno, esposa de Lúcifer e rainha das bruxas, tornando-a objeto de desejo de todas as criaturas da noite.

Tudo que Alice sabe é que seu corpo anseia desesperadamente por sangue e prazer. E, para saciar-se, está disposta a tudo. É assim que Carol a encontra, no centro de São Paulo, e oferece-lhe abrigo, proteção e esclarecimentos. Entretanto, há também um antigo clã de vampiros interessados na garota, que não hesitará em tentar aliciá-la, usando como artifício o belo e sedutor João Eduardo. Batharyal, um notório anjo caído, rei dos ladrões, também possui seus próprios planos para a confusa Alice e entrará nessa disputa.

www.madras.com.br

Leitura Recomendada

Os Demônios de Deus
O Acaso é uma armadilha do Destino

Alexander Mackenzie

"– Preciso que vigiem os passos de Rachel e Willian Cohen. Houve uma turbulência momentos atrás! O ambiente foi selado."

O paciente que o Dr. R. Mazal, em Victoria, Canadá, estava prestes a atender iria mudar o rumo de sua vida, e as revelações, o curso de tudo o que sabemos sobre nós mesmos até hoje!

Ser compreendido sempre foi um desejo da humanidade. Decifrar a mente humana era a especialidade do Dr. R. Mazal. Todos queriam se deitar no divã do mais famoso psicólogo do oeste norte-americano... Inclusive Deus!

www.madras.com.br

MADRAS® Editora — CADASTRO/MALA DIRETA

Envie este cadastro preenchido e passará a receber informações dos nossos lançamentos, nas áreas que determinar.

Nome _____
RG _____ CPF _____
Endereço Residencial _____
Bairro _____ Cidade _____ Estado _____
CEP _____ Fone _____
E-mail _____
Sexo ❏ Fem. ❏ Masc.   Nascimento _____
Profissão _____ Escolaridade (Nível/Curso) _____

Você compra livros:
❏ livrarias   ❏ feiras   ❏ telefone   ❏ Sedex livro (reembolso postal mais rápido)
❏ outros: _____

Quais os tipos de literatura que você lê:
❏ Jurídicos   ❏ Pedagogia   ❏ Business   ❏ Romances/espíritas
❏ Esoterismo ❏ Psicologia ❏ Saúde   ❏ Espíritas/doutrinas
❏ Bruxaria   ❏ Autoajuda   ❏ Maçonaria ❏ Outros:

Qual a sua opinião a respeito desta obra? _____
_____

Indique amigos que gostariam de receber MALA DIRETA:
Nome _____
Endereço Residencial _____
Bairro _____ Cidade _____ CEP _____

Nome do livro adquirido: Delenda

Para receber catálogos, lista de preços e outras informações, escreva para:

MADRAS EDITORA LTDA.
Rua Paulo Gonçalves, 88 – Santana – 02403-020 – São Paulo/SP
Caixa Postal 12183 – CEP 02013-970 – SP
Tel.: (11) 2281-5555 – Fax.:(11) 2959-3090
www.madras.com.br

MADRASTEEN

Este livro foi composto em Minion Pro, corpo 12/14,4.
Papel OffWhte 66.6g
Impressão e Acabamento
Orgráfic Gráfica e Editora — Rua Freguesia de Poiares, 133 — Vila Carmozina — São Paulo/SP
CEP 08290-440 — Tel.: (011) 6522-6368 — comercial@terra.com.br